只是看一眼

Just One Look

琳賽・卡麥隆 LINDSAY CAMERON——著
林師祺——譯

獻給我的爸媽，羅賓與伊莉莎白，我最重要的啦啦隊。

他不知道我可以進入他生活的每一處，即使是積灰的角落也不例外。我可以看到他的簡訊、親友的回覆，裡面有照片、收據、備忘錄、預約。他在我面前沒有秘密。我知道他去了哪裡、見過誰，最重要的是，我了解他美麗嬌妻的每件事情。我乾脆住進他的腦裡。

眼睛不是靈魂之窗，電郵才是。

1

走出二樓電梯時，我竟然默默祈求天降大難。火災、山洪，一場小地震都好，我就有充分理由立刻撤離。逃生不及更好，布萊恩．威廉斯[1]的低沉嗓音會在夜間新聞中詳細說明我的死因。**這是小凱．伍德森換新工作的頭一天，她才踏進這座城中摩天大樓，整座商辦幾秒後就被炸成廢墟。**

說這是「新工作」還算仁慈，表示這份工作會維持一定的時日。希望布萊恩．威廉斯可憐可憐我。

我撫平縐巴巴的褲子，無所適從地尋找樓層簡介。我已經六個月沒踏進辦公大樓，或者應該說我幾乎沒離開公寓。吸頂燈的嗡嗡聲讓我頭昏腦脹，也可能是因為直立的時間超過我從沙發走到浴室。

「大廳接待處會發臨時員工證給妳。然後妳搭電梯到二樓，去二四一室。」人力仲介公司的員工在我的語音信箱裡大費周章地解釋，彷彿在幫困惑的幼兒指路。他顯然很需要拿到他的介紹費。快講完時，他的語氣中有種不祥的預感：「我說過妳會去，**不要**放他們鴿子。」不知道他有多少客戶接下工作之後就蹺頭不去，如果數字大於零，就不是好兆頭。

一個不苟言笑的嬌小女子抱著整疊風琴檔案夾從編號門內走出來，步伐矯健地邁向電梯。我站得更直，挺起胸膛，希望儀態看來鎮定自若，雖然心裡毫無自信。

「甜心，需要幫忙嗎？」她挑眉詢問。

如果妳能幫上忙就好了。我用力吞口水說：「我正在找二四一室。」

「右手邊第二扇門。」她進電梯時擺頭示意。

「謝謝。」我大喊，電梯門剛好砰地關上。早上開始積累的恐懼都卡在喉嚨。

這只是暫時的，我在心裡重複告訴自己，希望幾分鐘前用胃乳灌下去的止痛藥多少能減緩腦中飛竄的思緒。顯然，我需要更強效的替代品。

二四一室就在逃生門旁邊，當我咬唇，迅速考慮開哪扇門時，腦中響起益智節目《我們做個交易》[2]主持人的聲音。**小凱．伍德森，妳要開一號門還是二號門**？我選中的那扇門後一定是一群咩咩叫的山羊，而不是閃亮新車，但我有選擇嗎？我不能臨陣脫逃，否則就拿不到薪水，況且我沒有其他選擇。要不選羊，要不就是因為付不出房租被趕出去。

1 Brian Williams（一九五九－），美國國家廣播公司夜間新聞主播。

2 Let's Make A Deal，一九六〇年代的美國遊戲節目。最後贏家可以從三扇門中挑選，只有一扇可以選到車子，另外兩扇門後都是山羊。

我深呼吸，小心翼翼地把手搭到合金把手上，推開門，走進二四一室。

「不會吧？又來一個？」走進碉堡般的房間時，某個大鼻子男人大叫。「靠。」他氣沖沖地說。「如果上面派來更多人，表示我們又有一堆資料要處理了。」他把椅子從置放整排電腦的長桌前推開，起身時指尖在腿上撣了撣，整條黑褲子上都是糖粉。

「我是瑞奇。」他伸出手。「特級行政律師[3]，我是這裡的老大。」

「我是小凱。」我握著他濕漉漉的手心，勉強堆出笑容。我環視這個毫無窗戶的房間，從推到角落的成堆紙箱看來，這裡也充當倉庫。我突然覺得髒兮兮的白牆正向我逼近，緊緊包住我的肺。

深呼吸。

「小凱。」瑞奇皺眉點點頭，似乎在腦裡斟酌這個詞。「小凱，我不知道派遣公司今天會送一個新女孩過來，所以我完全不知道妳要來。」「女孩」和「公司」這兩個詞讓我覺得難堪，我彷彿是第一天去斯特林．庫帕廣告公司的佩姬．歐森[4]。只是佩姬踏上節節高升的職涯，我可沒有。

「我……櫃台給我這個。」我舉起護貝證件卡，上面寫著臨時雇員○二一。

他接過卡片，像海關檢查護照般仔細，還我時無奈嘆氣。「好吧，一定是上面的律師或合夥人叫妳過來。」他說「上面」時指指天花板，提醒我，我們顧名思義就是處於法律行業的底層。那些有頭銜、辦公室、穩定工資的真正律師，比我們高三十層，臨時雇員則被貶到底下，就像**鐵達尼號**上的低等艙乘客。

「各位。」瑞奇轉身對房裡的人說話。房間有四排電腦，每排的人都面無表情地機械式點擊滑鼠。瑞奇揮舞雙手，活像呼喚救援直升機，等待那些點擊滑鼠的機器人摘下耳機，從螢幕前抬頭，不情願地望向瑞奇。他們讓我想起從黑洞中探出頭來的鼴鼠家族。

「有個派遣公司新來的女孩加入，」瑞奇大叫。「所以今天伺服器大概會收到更多檔案。」

我尷尬地揮揮手，不確定是否該向大家自我介紹。因為我的證件寫著臨時雇員〇二一，也許這裡不用名字叫人，我的腹部一陣糾結。大學四年，法學院三年，加上全美最難的律師檢定考，成就了今天的我：派遣公司新來的女孩。

「跟我來，小凱。」瑞奇招手，走過一整排座位。「妳的位子最靠近牆壁。」

我吸氣穿過一排椅子，小聲重複「借過」，但每個人都戴回耳機，繼續專心點

3 staff attorney，雖然有律師執照，但在事務所中從事單調重複的工作，壓力較小，卻沒有升遷管道。中文沒有此譯，故暫譯為此。

4 以美國一九六〇年代為背景的影集《廣告狂人》中的公司與角色名稱，而佩姬一角打破性別天花板，逐步高升。

擊滑鼠。我眨眼，忍住意外的淚水。我知道臨時雇員比初階律師差一些——薪水少了六成，當然知道職涯正朝錯誤方向發展——但事實比我預想的更糟。我以為臨時雇員也有獨立隔間，這裡唯一的牆面是支撐大樓的結構牆。沒有人有獨立辦公桌，甚至沒有電話——只有一台電腦，一把椅子，連擤鼻子的空間都不夠。

脖子後方感到幽閉恐懼症的沉重壓力。

「妳上一份派遣工作剛結束嗎？」瑞奇問。

我抓皮包的手指握得更緊。**小心了，要小心**。

「嗯……對。大概一星期前離開。」我在腿上抹抹突然出汗的手心，我說謊一定會立刻有反應。蘭登曾說，他沒見過誰像我一樣，就連說個善意謊言也會焦慮。**我不能帶妳去賭城**，他開玩笑說過。**妳這麼明顯會害我們在牌桌上輸個精光**。他露出招牌狡黠笑容摟著我，彷彿我的謊言只是他無法抗拒我的眾多原因之一，我卻只想到他說「我們」，好似我們是形影不離的搭檔。

去他媽的蘭登。

我得忍住衝動，才沒掏出手機發簡訊，**去你媽的**。

還有，我也很王八蛋，因為我對瑞奇撒謊，只為了立刻扼殺往後一連串的問題。現在我得記住一週前打過另一份臨時工，以防瑞奇日後提起。我必須想出無法核實的細節當佐證。

謊言越滾越大。

「到了，這是二十一號工作站。」瑞奇隆重地比了比黑色絨球纖維旋轉椅和可能購自布希執政時期的電腦，而且是老布希。「妳的新家。」他微笑，我不禁注意到他的嘴唇上有糖粉。我轉頭不看，為他覺得丟臉。

「這個專案大概從兩週前開始，所以其他人都已經上手。我會給妳相關檔案夾，裡面有我們經手案子的背景資料。長話短說，有人檢舉我們的客戶獵鷹保健公司詐欺醫療保險金，我們得檢查內部和外部資料庫，篩選哪些是相關檔案或電子郵件。據稱詐騙行為可以追溯到五年前，『獵鷹保健』是李維暨史特隆事務所的大客戶，所以資料無敵多。關鍵字搜索幫忙縮小範圍，但是還有幾十萬個檔案和往來通訊，所以我們有很多資料需要篩選。妳知道，關鍵字搜尋會留下一堆垃圾。」他翻白眼，彷彿關鍵字搜索是淘氣又可愛的幼兒。

我點頭，盡力表現得興致盎然，其實目光已經飄向兩排之外的男人，他戴著墨鏡和帽T的帽兜，很像「大學炸彈客」。他不是睡著就是昏厥，也可能過世了。幸好他的胸口有起伏，所以我排除第三個選項。

「我們負責做第一輪審查，剔除所有顯然沒用的垃圾。現在不必擔心是否有權限的問題，我們縮小資料量之後，上級會處理。好……」瑞奇繼續說，滑鼠掃過螢幕保護程式。「妳的密碼和用戶名一樣。」他邊解釋邊敲鍵盤。

「我需要改密碼嗎？」我問，發現大學炸彈客抖了一下已經醒來，又開始點擊滑鼠。

瑞奇看我一眼，好似我可能放火燒了電腦。

「為什麼要改？」他不可置信地問。

我覺得雙頰脹紅。「我以為……呃……以防洩密。」我的聲調上揚，聽起來像是提問而不是答覆。

瑞奇搖搖頭。「用現在那個就可以，所有臨時雇員都一樣。如果哪天妳沒來上班，事務所才不會手忙腳亂，畢竟這種事時有所聞。妳的密碼就是使用者名稱，這裡沒有秘密。」他沒必要地多打量了我一會兒，才把目光轉回螢幕。

「好，這是主螢幕。基本上，妳要打開『未讀』資料夾。」他邊說邊移動滑鼠並點擊。「中央資料庫根據日期範圍，將待審檔案分配到每個臨時雇員的未讀資料夾，所以檔案來自公司和客戶的伺服器，但會照日期排序。」他瞇眼看我的螢幕。「看來妳要從資料庫的二〇一九年開始看，妳從資料夾打開一份資料就得看是否相關。依據妳的決定，勾選『相關』或『不相關』的框框，然後重複這個程序。」他站直，雙臂環抱瘦小的胸膛。

「聽起來很簡單。」我強顏歡笑，彷彿當律師這五年來，我還沒學會文件審閱的來龍去脈進行電子取證。當我是「高層」時，我們都管這叫做——**猴子差事**。只是我們審閱檔案找電子證據時，是在舒服的玻璃牆辦公室裡，坐高背皮椅，領優渥薪水。我們當律師的第一年，必須熬過做猴子差事的階段，我們知道這是職涯升遷的必要之惡，無人倖免，我當然也不例外，而且一做就是漫長的五年。但就像殘酷的「蛇梯棋[5]」，我不知為何行差踏錯，又滑回起點。

「這個嘛，」瑞奇口氣有點衝，似乎有點不高興。「其實沒有聽起來那麼簡單。妳需要集中精神，要有精準的法律敏銳度，不能有一絲一毫的差錯。」

「當然當然。」我的口氣有點僵硬。天哪，我的頭爆痛，不知道何時才能找藉口溜去洗手間，打開皮包裡的唐胡立歐龍舌蘭迷你瓶。今天「安舒疼」顯然無法擔負重任。

「以前這是第一年的新進律師負責，後來客戶不想付每小時四百美元的費率。那時候事務所才意識到，應該請一整組臨時雇員專門審查文件才划算。所以才會僱用你們——對客戶來說，更便宜、更有效率。」他說得活像是他單槍匹馬解決律師事務所成本效率不彰的問題。**只要找二十個背負沉重學貸又急著找工作的律師，提供二十五美元的時薪，還不必提供員工福利，問題迎刃而解！**

5 Chutes and Ladders，桌遊，棋盤上有蛇、滑道和梯子，遇梯子就往前，走到滑道就退後。

「我簡單講講這裡的規則。一，」他豎起食指。「上廁所時，妳得在門邊的筆記夾板上簽名。」他指指牆上鉤子掛著的破舊寫字板。我瞇眼看到上廁所時間被劃掉，取而代之的是屎尿時間，旁邊還有個火柴人蹲馬桶的塗鴉，散發「兄弟會兼書呆子監獄」的氛圍。

我的胃糾成一團。我不應該在這裡。

瑞奇提醒：「每次上班時間去廁所的次數盡量控制在兩次以下。」

我點頭，想像著我進賓州州立大學法學院第一天，和三百個同學一起擠在講堂，聽院長發表迎新致詞。他說：「你們——法律界的生力軍——將擁有適應新經濟體系的技能。」他大聲說，我們仔細傾聽每個字，彷彿當他是華爾街預言家。如今校友為了適應經濟環境，得到碉堡工作，還有人監控「屎尿時間」，院長不知作何感想。

「第二，」瑞奇比出粗短的手指。「吃飯。午餐和晚餐休息時間各一次，我們有二十美元的晚餐津貼，但必須在三十五樓的員工餐廳使用。每次用餐時間是三十分鐘，不能在座位上吃東西，因為上個月出現嚴重的蟑螂問題，那些蟲子到處爬。第三，隨時帶著識別證。」他舉起脖子上破舊的護貝證件。「Capische（義大利文：你了解）？」

我張嘴，「Capisce。」

瑞奇上下打量我，似乎正在評估我的價值，衡量我是否適合當步兵，然後唐突地點點頭。

「還有，有些妳看到的資料……」他猶豫了一下。「很敏感。」

「敏感，」我點頭複述。「好。需要我把機密或特許保密檔案放進特定資料夾嗎？」

他搖頭，脖子一陣泛紅。「不不不，我不是指機密或特許保密，是……」他壓低聲音。「呃，關鍵字搜索應該會刪除個人郵件，但這種做法不見得奏效，不知妳是否明白我的意思。」他挑眉，暗示我們共享一個秘密。

我的眼角餘光瞥到隔壁電腦前的紅臉男子詭笑。

瑞奇瞪他一眼，清清嗓子，恢復先前公事公辦的模樣。「如果看到那些郵件就別讀，標記不相關之後繼續看下一個檔案。」

我點頭，記得過去做文件審查時，律師助理先做過第一遍粗略的審查，剔除搜索中誤抓的個人電子郵件，只留下與工作有關的信供律師審查。我審查時看過的最敏感郵件是同事互相抱怨工時的內容。當然，沒有什麼刺激八卦足以引起瑞奇現在雙頰泛紅。

也許工作內容比我想像的更有趣。

瑞奇回到他的位子，我點開第一份待審檔案，耳邊還迴盪著瑞奇臨走前丟下的一句話。

妳會很驚訝，大家竟然願意在電郵中透露這麼多資訊。

2

除了我之外，二四一室還擠了十六個有氣息的人。即使我已經上班好幾天，也只知道這麼多：他們是會呼吸的活人。至少這是我的猜測，我並未真正聽過他們開口，唯一證據是他們的食指會輕輕敲擊滑鼠，偶爾去上廁所。說不定同事可能只靠點滑鼠溝通。所以我上班第五天在員工餐廳吃晚餐休息時，紅臉同事一屁股坐在桌子對面，我才大吃一驚。

「不可能每晚吃這個就夠。」他指著我的蒜蓉炒青蔬。這是員工餐廳菜單上最便宜又能填飽我肚子的餐點，我的膳食津貼還能剩十三美元買優酪乳和燕麥棒，存起來當早餐和午餐。

「還可以啊。」我被他的大膽行徑嚇一跳，順便把托盤拉過來，騰位子給他。自從第一天上班以來，這是我聽到他說過最長的一句話，那天他敷衍了事地自我介紹（咕噥著：「我叫達頓，歡迎來到叢林。」），就把目光轉回電腦。他一頭深色短髮，剪得很短，掩飾頭髮日漸稀疏、斑駁。因為我們坐得很近，除了他的名字之外，我對他的唯一了解是他聞起來像楓糖漿混合刮鬍膏。幸好這個味道組合不難聞。

「妳違反臨時雇員第一守則。」達頓一邊把托盤上的食物排得整整齊齊。「第一守則，」他把手肘放到桌上，豎起食指。「我們的日子瑣碎又重複，但是餐點可不行。」

我低頭看盤子裡炒過頭的青椒，不禁露出微笑，那看起來就像從米飯上溜走的蟲子。「有道理，這個守則比瑞奇每項規定都討喜。」我大膽地說。

達頓笑著搖頭。「那傢伙竟然滿嘴屁話，有些規則簡直當我們是幼稚園，小朋友還能想上廁所就去。」他先拿法式烤牛肉三明治沾小盒子裡的肉汁，才開始吃。「這個差事絕對是我最近最糟糕的臨時工。」他邊吃邊說。

我點頭，用叉子舀一口米飯，努力思考接著該說什麼。躲在公寓半年會讓社交本能變遲鈍，況且我本來就不特別能言善道。

「所以……呃……你做了好一陣子了嗎？」我勉強擠出這句話。

達頓抹了抹嘴。「這裡？還是當臨時雇員？」他沒等我回答就說了。「我進這家公司已經三星期，至於當臨時雇員則是從四年前法學院畢業後就做到現在。」

我努力壓抑自己不要嚇到目瞪口呆。當了**四年**臨時雇員。我想起幾小時前審查的公司內部郵件：**我一整天都忙著做獵鷹保健的食品藥物管理局案子，快餓死了。我們趕快去員工餐廳，免得那一大群臨時工先到！那些人就像畜牲！**在我點擊「不相關」之前，先看過電郵日期——二〇一九年三月三日——不知道那群臨時雇員當時審查哪些案子，現在又下落何方。有任何人還留在這裡嗎？一想到四年後還要當臨時雇員，我的胃就不斷翻攪。

「妳呢？」達頓心照不宣地靠過來。「我聽到妳說上一份也是臨時雇員，但我直覺妳騙小瑞奇。」

後悔的感覺刺穿我的身體，我感到滿臉通紅。後悔似乎是我目前的預設狀態，差別只在程度多寡。

「放心，每個人都對瑞奇撒謊。」達頓的微笑解除了我的緊張。「我前幾天說我要過猶太節日，不得不提早下班。第一，我不是猶太人。第二，那天根本不是假日。他還信以為真。」他往後靠，雙手交叉抱胸，顯然很得意。「妳呢？妳剛從法學院畢業嗎？」

我擺弄餐巾紙。「不是，我以前在事務所上班，」我含糊帶過，把一綹頭髮塞到耳後。「做了一陣子。」

「是嗎？」達頓向前靠，明顯被挑起好奇心。

「是啊，可是不太順利。」我聳肩，裝得很沒意思，沒興趣再多說。刻意忽略是我的專長。

達頓點點頭，打量我，彷彿斟酌研究桌子對面的我手中有哪些牌。不知道他是否會繼續追問，但一分鐘後，他吸了吸牙說：「真糟糕。」

比你想的糟多了。我拿起飲料，吸了一大口，填補突如其來的尷尬沉默。

「我就知道這是妳第一次，因為妳看起來就不像臨時雇員。」他好一會兒之後開口。

我發出高亢的笑聲。「我大概該說謝謝吧。」

「我的意思是妳不像我們一樣眼神死。」他突然轉頭看旁邊坐了四個同事的那桌，他們全部茫然地盯著手機螢幕，一邊把食物塞進嘴裡。四人邋遢的髮型、駝著的背和畏縮的眼神，與四名打扮得無可挑剔的二十多歲男子形成鮮明對比，後者理著昂貴的髮型，身穿剪裁精緻的西裝，大步走過我們的桌子，就像一群黑猩猩領袖，笑容燦爛，活像剛剛成功抓到老是咧嘴笑的妙妙貓[6]。你幾乎可以聽到珍・古德說：**雄性領袖透過展示威嚇和支配力，拿下霸主地位。**他們坐進餐廳中央餐桌的椅子前，先拍拍另一隻領頭黑猩猩。臨時員工律師每晚都聚在同一區，不在低樓層上班的大律師坐另一邊，就像《西城故事》的事務所版本。現在我知道自己屬於哪一邊了。

我咬唇。各種焦慮互相糾纏，壓著我的五臟六腑，喚起熟悉的冤抑之情。如果諾蘭暨萊特事務所的老朋友現在看到我，不知道作何感想。當然，把他們當作「朋友」有點牽強，稱為「前同事」比較精準。我想像自己告訴他們，沒有公司願意給

6 the Cheshire cat，《愛麗絲夢遊仙境》中的虛構角色，總是咧著嘴笑，能憑空出現或消失，即使消失，笑容還會掛在半空中。

我面試機會，除了這個派遣工作，而且工資比多數合夥人付給保姆的薪水還少，他們一定瞠目結舌，那種尷尬的沉默彷彿我轉行在街上賣春。

我也很難消化這種心情，我必須走出過去，接受現在的事實。

達頓順著我的目光望去，「是不是一群為所欲為的混帳東西？」

我點頭，慶幸他們的臉孔沒有一張面熟。他們不可能認識我，但是有可能**聽過**我，這要歸功於法律八卦部落格，他們以興高采烈的暗黑心情詳細描述我如何迅速離開前公司，但他們不會聯想到，可能性極低。他們不會朝我的方向看，臉上閃過恍然大悟的欣喜表情。**嘿，妳不是那個女孩嗎？就是那間事務所的那個？妳曾經……**

「看到那個打著囂張紅領帶的人嗎？」達頓用他的下巴示意。

我瞄向那群人。「對另一個比中指的那個？」

達頓哼了一聲。「我不用回頭看就知道是他。」他翻了翻白眼才繼續說。「我碰巧知道，下一次考核就會解雇他。」

我豎起耳朵。「真的嗎？你怎麼知道？」

他聳肩，嘴角露出詭秘笑容。「我自有方法。」

我好奇地瞪大眼睛。

「好吧，」他降低音量，我得向前靠才聽得到。「我昨晚審查時看到合夥人的某封電子郵件，這個人叫弗雷斯。我記得是因為我忍不住想，他這輩子不知道聽過多少次『跑啊，阿甘，快跑！』[7]。」他因為這個笑話，停下來笑了一下。「總之，這個弗雷斯給另一個合夥人發電郵，說威爾・錢伯斯進事務所已經四年，但是表現還不夠優秀，下一次考核就該終結聘僱關係。」他搖搖頭。「這些傢伙就是忍不住要用『終結』這類混帳字眼。」達頓把五官皺成一團，努力學阿諾・史瓦辛格的聲音講「終止」，才使出渾身解數學阿諾。「後會有期！再見，寶貝！」[8]

我又看了一眼「囂張紅領帶」，他正拚命比手畫腳，其他人則點頭附議。現在我明目張膽地盯著他看，確信他這種人對兩呎之外的事情都渾然不覺。

「你怎麼知道那個人就是威爾・錢伯斯？」我歪頭問。「你認識他嗎？」

「當然不認識。我像是認識那種人的人嗎？」

我聳肩，但了然於心。達頓身材消瘦，戴著厚眼鏡——整天瞇著眼睛看電腦螢幕而毀了視力的人會戴的眼鏡。他這種人會被「囂張紅領帶」那種人壓到置物櫃上。

「我在公司網站找這個名字，」達頓臉上泛起一抹奸笑。「我看過那封電郵後，非得找出哪個王八蛋要走路了。」

「哎呀，可憐蟲。」

7 湯姆・漢克主演的《阿甘正傳》中的著名台詞，Run, Forrest, Run。男主角的名字就是 Forrest Gump。
8 史瓦辛格主演的《魔鬼終結者》中的著名台詞。

「可憐個鬼啦，」達頓嗤之以鼻。「妳知道那些人的薪水有多高嗎？」

達頓繼續滔滔不絕，我不自覺望向威爾．錢伯斯。我竟然很享受這種知道內幕資訊的心情，不禁覺得高高在上，因為我清楚他的未來，他卻愚蠢地毫無自覺。我想高歌，**我知道你不知道的事情**。我的眼睛掃過那張桌子其他三張洋洋得意的臉孔，突然希望我也能掌握他們的情報。

我把注意力放回達頓身上，他已經結束抱怨工作環境，正在專心咀嚼。「你資料夾裡的郵件一定比我的更新，」我說。「我的都是半年多前。」

他用力吞嚥，回答之前先用舌頭舔過牙齒。「是啊，這個項目的日期範圍很扯，可以追溯到差不多五年前。瑞奇說，這項工作可能會持續**好幾個月**，因為還有很多檔案需要審查。」他說得好像是好事，所以我不動聲色。

好幾個月。我放下叉子，覺得喉嚨有股噁心的感覺。**我還要做好幾個月**，還要茫然地點擊他媽的滑鼠。

威爾．錢伯斯那桌哄堂大笑。達頓雙手抱胸，往他們的方向怒目相視。「天啊，真希望我再看到另一封終止合約的電郵。我想看到這些傢伙全像白蟻般被消滅。」

他絕對把我不滿的表情誤判成不以為然，才會說：「嘿，妳不是遵守規則的乖寶寶吧？妳也聽瑞奇的話，審查時看到八卦個人郵件就不看？」

我搖頭，希望發燙的臉頰沒透露我多常藐視瑞奇的指示。其實我之所以能度過這段時間，唯一的原因是還能看到透露人性的郵件，內容甚至不需要開黃腔。至今最精采的內容是：

我整天都在處理獵鷹保健公司的案子，沒時間問妳的約會狀況，怎麼樣？

＊＊爛透了！那傢伙只關心兩件事——信用評分和腳

我這個月已經加班兩百一十個小時。「獵鷹」的案子再不解決，我永遠沒機會打炮了。

＊＊往好處想，工時長表示妳不必花錢買避孕藥!!

難怪瑞奇會臉紅。這些人沒遵守規則，「別在電郵中寫下任何不希望在《紐約時報》頭版看到的內容」。他們的個人郵件之所以進入我們審查的郵件資料庫，就是因為不明智地在信裡提到客戶的名字。「獵鷹」——**砰！**一旦啟動關鍵字搜索，這些電郵就被列為相關資訊，他們的個人信件便成為臨時雇員茶餘飯後的八卦素材。

我喜歡讀這些信。我很珍惜自己有機會知道別人的私下對話，那就像有人撬開我個人禁閉室的門，邀請我再次加入團體生活。我想像自己和那封信裡的兩個女人一起靠在紅木書櫃，雙手環抱著我們一起去星巴克買回來的熱咖啡，和她們打趣聊到某次糟糕的約會，或對冗長工時一起同仇敵愾。在那一刻——雖然短暫，但不可否認——我會忘記一切。

「很好，」達頓打斷了我的思緒。「這些人就像喝醉酒的實境節目選手，拚命分享秘密。妳絕對不相信我在這件案子上看到多離譜的狗屁倒灶事情。」他快速旋轉食指一邊笑。「這個餐廳裡每個人的隱私資訊，我都多少知道一些。」

我睜大眼睛，無法判斷自己是好奇還是嚇傻。可能兩者都有。

「知識就是力量，小凱。」他語氣之強烈，頗令人不安。

我點頭，納悶達頓坐下來之前對我有多少了解。如果他只是想知道誰即將捲鋪蓋走路，就願意大費周章上網搜尋公司同事的名字，肯定有辦法在谷歌上找出隔壁辦公桌女孩的身分。但他要是真的查過，可能不會坐在這裡和我說話。

「慢著，為什麼你的審查資料夾裡有創投部門的電郵？」我的心思還停在威爾．錢伯斯身上。「我以為我們要看的『獵鷹保健』的郵件只來自訴訟部門。」

達頓聳肩。「質疑關鍵字搜索不是我的職責。那些搜尋就像亞馬遜的演算法——鬼才知道運作方式。況且，他們又沒付錢請我們思考。」他的臉上又浮起得意的笑容。「妳遲早會學會，派遣人員○二一，如果這真是妳的名字。」他誇張地挑眉。

我嗤之以鼻。「他們在想什麼？就不能用我們的真名當使用者名稱嗎？」

他聳肩，彷彿答案顯而易見。「就像美國陸軍規定每個人都剃光頭，人人看起來一模一樣。他們想奪走我們的身分身分，壓迫我們，好讓我們盲目服從命令。」

後面那群臨時雇員彷彿聽到指示，全部起身，手裡拿著托盤，活像聽話的步兵。

「訊號出現了，剛剛好三十分鐘。」達頓端起托盤。「走吧，我們去看看還有誰要被終——嗡——嗡——止了。」

3

祖母說過，「命運」是為懶人打造的詞語。她說：「才沒有什麼天靈靈地靈靈的神秘力量引導人生。」這種荒謬的想法讓她翻白眼。「做錯選擇，一輩子甩不掉。」想到又要垂頭喪氣點滑鼠過一天，我完全同意她的論調。根本沒有什麼神秘力量引導我這艘毫無方向的船隻。奶奶的理論被推翻時，我當然也不會相信我竟然會坐在這裡——吸頂燈不斷閃爍，旋轉辦公椅起滿毛球，我則瞇眼盯著布滿灰塵的電腦螢幕。

要不是達頓昨天晚餐提到他，我想都不想就會把郵件標為「無關」。快速掃過就知道這顯然是個人信件，甚至沒有達頓說的八卦內容。但我看到他的名字，想到「囂張紅領帶」的合約即將終止，光這個理由就足以叫我停下來細讀。

我和弗雷斯．瓦茨的關係就從這刻開始。

收件者：安娜貝．瓦茨
寄件者：弗雷斯．瓦茨

收到妳的語音留言了，很高興上班時能聽到妳的聲音。恭喜妳銷售成功！我真

為妳感到驕傲，親愛的，我就知道妳一定辦得到。晚上來慶祝吧！我正在開會，開完會就提早下班回家。我會順道去斯卡里尼餐廳帶外賣，我們可以開一瓶開木斯[9]紅酒。我愛妳，真想早點見到妳。親親

我盯著螢幕重讀這些字句，最後視線模糊。雖然一小時前看到的電郵性愛細節連露絲博士[10]都會臉紅，但這封郵件更親密。好特別。他們甚至等不到**下班**，非聯繫不可，而且是**真正的**心意相通。她忍不住拿起手機，打給工作中的丈夫，分享喜訊；他也忍不住報以純粹又慷慨的驕傲。這一切如此濃情蜜意、不受侵擾，完全出乎意料。

親愛的，我就知道妳一定辦得到。

我的目光掃過他的字句，不自覺舔舔嘴唇，胸口竟然有種悸動的心情。這種感覺如此陌生，我頓了一秒才意識到：這是興奮。我，小凱・伍德森，獲邀進入這對夫妻的世界。因為雀屏中選的激動，我的指尖出現刺痛感。彷彿閃閃發亮的巨大雕

9 Caymus，加州知名酒莊。

10 Dr. Ruth，Karola Ruth Westheimer，德裔美籍性治療師、脫口秀主持人。

塑掉了一小塊金箔，剛好附著到我身上。

我愛妳，真想早點見到妳。

世上真有這種感情？我的世界裡當然沒有。家裡從來沒有媽媽這個角色，這就是爸爸對我們家庭狀況的解釋：「家裡沒有小凱媽媽這個角色。」當我大到質疑**為何**沒有她這個角色，爸爸的標準回答就是：「妳媽媽不想再住在蘭卡斯特。」然後聳聳肩，彷彿答案就這麼簡單。他說得那麼理所當然，好像任何母親決定搬家，永遠不顧女兒是世上最自然的事情。

我從此擺脫母親的責任。

直到我十三歲，奶奶終於解開謎團。我記得當時躺在蝴蝶被子上，哭訴朋友不邀我去她家過夜。不用說，沒有母親幫助我度過少女時期，我特別不擅長處理女性情誼。當時的狀況就像是育兒教戰指南《別哭了，不然給你好看》的內容，奶奶在我床邊坐下，沮喪地發出一聲長嘆：「凱珊卓。」（奶奶從不叫小名。）「別哭了，簡直跟妳媽媽一模一樣。」光聽到奶奶提到母親，我就震驚到哭不出來。

「我怎麼像我媽了？」我屏住呼吸，哪怕只能知道生下我又失蹤的神秘女子的一丁點資訊都不想錯過。

「她……」祖母緊緊抿唇收聲，似乎想把思緒拉回嘴裡，以免它跑掉。

「她怎樣？」我追問。

「呃……」她快速瞥了房門一眼，壓低聲音說：「妳的母親**這裡**不太好，」她用老人斑的手指敲敲太陽穴。「懷孕之後，問題更嚴重。她向來脾氣暴躁，妳出生之後，妳媽媽更是每分每秒都很憤怒，任何事情都能讓她發火。最好不要有人要求她照顧孩子，她甚至不想承認家裡**真的**有個寶寶。」她雙手在大腿上交握，那一瞬間，我以為她不會再多說。

我不**希望**她說。以前，我可以想像母親離開的各種理由——碰上千載難逢的工作機會，或者去非洲當背包客，到委內瑞拉照顧窮人。但是奶奶粉碎我所有想像，現在我清楚知道媽媽離開的理由——就是我。

真相就是這點不好，總是破壞我的幻想。

祖母無視於我胸口翻攪的噁心感，激動地吐出一口氣。「我過來這裡，看到妳在搖籃裡哭——是聲嘶力竭的可怕哭聲——妳母親戴著耳機躲在一堆被子底下，我告訴妳父親，我認為她需要休息一下。看在老天爺的份上，我們必須考慮妳的**安全**。他同意了，他要她回去探望她父母幾週，打起精神，準備好再回來。他怎麼知道她再也不回來？」奶奶望出窗外，絞著手。「她大概從來不想要……」她的聲音越來越小，但我聽到她吞下的那個字。

妳。她從來不想要妳，小凱。

奶奶轉頭看我，表情懇切。「妳不能像她一樣，小凱。妳父親只剩下妳。妳這裡要堅強一點。」她再次輕點太陽穴，然後握住我的手，用力捏。「答應我，妳不會像她一樣。」

「我答應妳。」這些話像磁鐵般在我的喉嚨裡結塊，以致我呼吸困難。

當然，現在回想起來，我意識到奶奶最擔心的事情實現了：結果我和母親一模一樣。我一逮到機會就離開蘭卡斯特。不過，在我看來，我至少試著不讓父親孤獨終老。

「妳怎麼會覺得我希望妳做這件事？」某天晚上，爸爸進我的房間，一臉不高興，因為他發現我在Match.com上幫他開帳戶。如今回想起來，爸爸那麼內向、冷漠，要幫他找對象根本難如登天。**這個喪失情感能力的單親爸爸喜歡晚上安靜地看歷史頻道，腿上放著一盤微波義大利麵，任憑女兒像野貓般長大。他不喜歡人際互動和劇雪。**

「我只是覺得找個伴對你有好處，爸爸。」我低聲說，避開他的目光。我沒告訴他，我的任務就是為我趕走的女人找個替代品，這就像養死別人託你照顧的金魚，只好另外買一條賠償。

「小凱。」爸爸的手僵硬地搭到我的肩上。「我不會再婚。絕對不會。」

我看著他泛紅的眼睛，怒火中燒。為什麼他從來不想想我？難道他不明白這件事情對單親家庭的獨生子女而言，負擔有多重？我推開他的手，「爸爸，你真的想過這種日子？獨自一人？因為我高中畢業之後就會離開。」我大發雷霆，他這麼無所謂激怒了我。我想踩遍他的地雷。一次也好，我想搖醒他，不要再像死人一樣平靜無波。「難道你不想像其他人一樣得到**幸福**嗎？」我誇張地比著窗外，彷彿全世界所有人都過著和諧快樂的婚姻生活。

「那些人並不幸福，小凱，」爸爸爭辯，一手耙過白髮。「我談過戀愛，我可以告訴妳，那是離幸福最遠的事情。那——」他比著窗外，提高音量。「那不是**真的**，一切都是演出來的，他媽的一場戲。」他更大聲地重複，氣呼呼走出我的房間，用力甩門，力氣大到床頭櫃的玻璃杯都晃了起來。

我從沒聽過父親罵髒話，甚至沒聽過他提高嗓門。這種反應遠比我過往所能攪動他的情緒更激動。整件事情如此莫名其妙，如此教人摸不著頭緒，所以我認定背後的原因只有一個：爸爸一定說得對。戀情**都是**他媽演出來的，是場鬧劇。

當然，我並沒有因此就不約會，但在我貧瘠的戀愛史中，沒有任何一丁點事實能戳破爸爸的理論，一個小洞都沒辦法。我當然交過男朋友，但他們最後總是讓我失望，只是再次證明爸爸的論調。世界上沒有幸福的愛侶。一切都是裝的，就像照著劇本演出的電視劇。

然而，弗雷斯．瓦茨寫給妻子的這則甜蜜訊息不是假的，也不是演給別人看。弗雷斯沒想到，除了安娜貝之外，還有人會看到這封信，但他還是傳了。這封電郵就是鐵證，證明戀情中的幸福**確實**存在。

陪審團的女士、先生，容我介紹這位弗雷斯．瓦茨。

我逼自己呼氣，再吸一口氣。我閉上眼睛，親臨現場，到了合夥律師弗雷斯的大辦公室，看到他聽見妻子歡天喜地的語音留言時，咧開嘴笑，他又重播兩次，才把手指放在鍵盤上，打出一封充滿愛意的訊息。我可以想像安娜貝，她讀到丈夫的字句時，唇膏勾勒出的完美無瑕的嘴唇泛起微笑，纖瘦手臂上浮起雞皮疙瘩，最後才把手機丟進上等材質的皮包裡，那是弗雷斯送給她的生日禮物。（隔天展示給朋友看時，她說，**真是奢侈，他真的不必花這筆錢。**）她對完美的丈夫和更加完美的人生感到心滿意足。

我可以感覺到嘴角微微上揚。**微笑！**弗雷斯的郵件並未凸顯這兩人如此幸運，我們其他人卻只能為五斗米折腰的不公平和荒謬，反而有其他功效。不知何故，這封信撥開愁雲慘霧，讓我看到這個世界的美，這個世界的可能性。我沒想到蘭登，沒想到我那份爛透的派遣工作，也沒想到我成了多糟糕的女兒。我腦中的討厭聲音難得緘默不語，我完全忘卻自己的狗屎生活。只有這個理由能解釋我接下來的所作所為。

我應該做的事情，也是我被**支薪**該完成的任務，就是標示這封信不相關，繼續往下審查，重複這個程序。但是我把游標滑到「不相關」按鈕時，就是沒辦法點滑鼠。弗雷斯的電郵是我走運發掘的鑽石，不該出現在我們的資料庫——信裡沒有任何關於案件的資訊，沒有關鍵字，甚至不是來自相關部門。這一定是系統出差錯。一個幸運的失誤。現在點擊滑鼠，這封郵件就會消失，取而代之的是其他需要審查的無聊文件。

我從滑鼠上挪開手，呼吸急促，目光掃過辦公室。鼴鼠都牢牢地待在地洞裡，除了發光的螢幕之外，對任何事物都視而不見。我把椅子往後推，伸長脖子，才能順著這排電腦往瑞奇的方向看，他的腦袋隨著降噪耳機播放的音樂擺動。我偷看達頓，他正皺眉看手機。

我緩緩深吸一口氣。**我不該這麼做**，我告訴自己。**這不是精神正常的人會做的事情**。我用力閉上眼睛，想起我在諾蘭暨萊特事務所上班的最後一天，那位人事部女士的焦慮表情。**小凱，這不是精神正常的人會做的事**。她提高尾音，好像是對我提問，彷彿我應該點頭附議，認同我的所作所為意味著我已經發神經，已經瘋癲。當時我竟然還可笑地希望保住飯碗，所以沒有說出我的真實想法：精神正常的人和我之間的唯一區別，就是他們瞄得更準。

我盯著弗雷斯的郵件。**我又沒傷害別人，甚至沒有人會知道。**

我的心臟怦怦跳，我拿起手機，刷到相機模式。電池只剩下一小段紅色，我必須盡快行動。我盡可能偷偷摸摸地調整角度，用顫抖的食指按下圓形的白色按鈕，拍下我的電腦螢幕。

喀嚓。

我把手機放回桌上，態度謹慎就像對待一顆手榴彈，然後深呼吸。胸口湧上一股快樂的心情，我任憑這個情緒在體內迴盪，就像高腳杯中的美酒。

我覺得自己就像成功捕獲鬼祟雪豹的獵人。現在，我只需要確定永遠不放掉牠。

4

我從廚房流理台拿起那瓶酒，檢視設計華麗的黃色標籤：**納帕山谷開木斯酒莊二〇一六年卡本內蘇維翁紅酒。**

這個年分正確嗎？我一邊想，一邊傾斜手腕，看著紅色的液體填滿破裂的陶瓷馬克杯。弗雷斯傳給安娜貝的電郵沒說明年分，葡萄酒店的店員也幫不上忙。我走到商店後方專門排放高級酒的位置，「要慶祝什麼大事？」他看到我走向昂貴酒區，向我大喊。我發現他認出我，而且不習慣看到我離開收銀台附近的廉價酒區。「我要找開木斯紅酒，」我小心翼翼地回答，目光掃過貼著八十九點九九美元的鮮橘色標價時，努力保持表情漠然。「有事情要慶祝，你會選哪一瓶？如果對象是……」我猶豫了一會兒，才補充：「配偶。」店員稍微瞪大眼睛。他沒想過我有伴侶，大概以為我是孤單的隱居人士，只買得起九點九九美元的劣質梅洛紅酒。「我丈夫要去我最喜歡的餐廳外帶義大利麵。」我加了一句，興味盎然地看著他的態度彷彿變了一個人。

現在我是號人物了。我值得他花時間在我身上。

我本來只是出於好奇，想打量一眼，接下來店員已經拿紫色棉紙包裝，還在瓶頸上繫上銀緞帶，並且用剪刀刀背細心捲過緞帶兩頭。我光顧那家商店多年，店員從未包裝我買的酒。

奶奶常唱的那句歌詞是什麼？「**有人愛你之前，你誰也不是。**[11]」

我哼了幾小節，拿起那杯九十元的酒，轉了轉。我湊著杯口深呼吸，放到嘴邊，喝了一大口。絲絨般的溫暖感覺傳遍胸膛。

天啊，這酒真的好。我在心裡恭賀自己這次的衝動性購買。見識世界另一半的人如何生活很重要。

我雙手交握馬克杯，把它當成溫暖的泰迪熊般抱到胸口，努力想像弗雷斯和安娜貝·瓦茨舉起他們的水晶酒杯，想像他們為完美人生乾杯時的清脆碰撞聲。**敬我們！**安娜貝會說。**敬妳**，弗雷斯會回答。

「乾杯！」我高舉馬克杯，在空蕩蕩的公寓裡大喊，聲音碰到牆壁出現回音。真希望能用合適的杯子喝這杯酒。我以前有不錯的杯子。媽的，我曾經有一套八入的里鐸水晶杯[12]，我在「威廉斯索諾瑪[13]」聖誕後折扣季買下，準備和蘭登一起辦各式各樣的溫馨派對。這套高級杯子的壽命不比我們可悲的關係更長壽。

說真的，有些東西好脆弱。

我把茶几上的髒衣服掃到地上，放好筆記型電腦和紅酒，坐到沙發上。我和蘭登剛分手時（如果那也能稱為分手），這張沙發就像我的棺材。我在這裡動也不動地躺了好幾天，沒起來洗澡，又嚴重失眠。就算**真的是**棺材也無所謂，我依然懶得離開。為什麼要離開？我又無處可去，也無人可見。沒有人想見我。

蘭登已經把我周遭的一切燒個精光。全都沒了。然而，我卻完全沒改變他的軌道，幾乎算不上雷達上的光點。

甚至連他媽的光點都算不上。

往昔生活唯一留下的是這間租金過高的公寓，多虧當初的租約，我接下來的四個月都動彈不得。我記得我搬進去的那晚，蘭登和我並肩坐在沙發上，喝酒慶祝我找到附洗衣／烘乾機又有陽台的公寓，我心裡則暗忖，以後同居是要留著這一間，或找個更大的地方。當時我花很多時間衡量各種選擇，那是上輩子的事了。想起自己曾大膽相信人生有選擇，彷彿我能決定人生走向，這種心情難以自處。

自以為可以左右未來，是多麼荒唐又玩命的冒險。

我把手插進頭髮裡，緊緊抓住髮根，好似只要用力拉，就能扯掉這些想法。我討厭蘭登不請自來地竄進我的腦中，他就像在潛伏在暗處伺機而動，準備在我放鬆警戒時撲上來。我煩躁地喝了口酒，再喝一口。喝光杯子裡的酒之後，腦袋往後靠

11 James Cavanaugh 參與創作的曲子，後來由 Dean Martin 翻唱。

12 Riedel，奧地利水晶杯。

13 Williams Sonoma，美國餐廚、家居雜貨連鎖商店。

上墊子，品味酒精滑過血管，減緩犀利的感覺。

我舔舔嘴唇，試著想像弗雷斯和安娜貝從斯卡里尼餐廳點了哪些菜。他們搭配這些菜餚，是否能喝出這支酒的不同風味？

一定可以。

就連他們的味蕾都比我的幸運。

我滑手機，點開相簿，重讀那封郵件，雖然我早就牢記在心。**我真為妳感到驕傲，親愛的，我就知道妳一定辦得到。晚上來慶祝吧！**我腹部那團糾結鬆開。在這個世上，這個男人真的存在。

他長什麼樣子呢？

我盤腿坐好，在馬克杯裡續杯，打開筆記型電腦，享受突然飆增的腎上腺素在皮膚下脈動的感覺。難得這種感覺不是來自焦慮、不安，或恐懼。而是出自期待。

天啊，我喜歡期待的心情。不期不待的心情大概有……我都記不得了。我想沉浸在天鵝絨般的溫暖中，就像在陽光下伸展的貓咪。我旋轉杯子，鼻子湊到杯緣深呼吸，腦中浮現爸爸的記憶。我閉上眼睛片刻，希望在心裡抓住它，就像網住蝴蝶。

那年我七歲，不耐煩地站在炙熱的夏日驕陽下，排隊等著玩購物商場第三停車場的新遊樂設施蹦極加跳跳床。我們小鎮沒有太多娛樂，這個設施引來一大群汗流浹背的孩子，大家團團站，而不是列隊排好。「好，下一個是誰？」不高興的工作人員大喊，當時我努力擠到前面。我飛快舉手，但爸爸飽經風霜的手放在我的手腕上，輕輕把它往下壓。「應該是他。」爸爸指了指我旁邊的男孩，然後低頭湊到我面前。「別急，小凱，」他在我耳邊低聲說。「世上**最美好**的感覺就是等待成為下一個。」

爸爸當然說得對。二十九年來，我所經歷的每個吊人胃口的甜頭——初吻、第一間公寓、第一張紅利支票——都不像期待那些事物的快感那麼其樂無窮，那麼令人心滿意足。

小凱，妳故意吊人胃口，我記得第三次約會後，猶豫是否邀蘭登進門，他在我耳邊低吼。**妳欲擒故縱折磨死我了，但是我喜歡**。

我把杯子用力放下，導致紅酒濺出來。**去他媽的蘭登**。我不高興的嘆氣，然後抓起酒瓶，重新裝滿馬克杯。

很好，好多了。

我開了谷歌網頁，在搜索欄內輸入「弗雷斯．瓦茨」。我的小指在「確認」鍵上猶豫不決。我心裡有一小部分不相信弗雷斯的電郵帶來的這一丁點快樂，擔心他的長相不如我所想像。

認識某些人之後，他們往往讓我失望。

我閉上眼睛，按下「確認」。睜開眼睛時，弗雷斯．瓦茨的小照片在我的螢幕上綻放，像馬賽克般填滿整個螢幕。我湊向螢幕，直到鼻子幾乎碰上去。

第一個念頭是我錯了。弗雷斯．瓦茨與我預料的不一樣，一點也不像。

他好看多了。

下巴線條剛毅，典型的英俊面貌，漆黑頭髮上有幾絲花白。他看起來像是《瞞天過海》的卡司，不是事務所的律師。他那麼完美，幸福的感覺竄遍全身。

「當然，」我低聲說，泛起大大的微笑。「你當然完美無缺。」

我點擊他放在公司網站的個人資料。**學歷：紐約大學法學院法學博士，達特茅斯學院學士（榮譽生）；與紐約兒童基金會合作獲得「卓越公益獎」**。

我讀完之後，按下「確認」，游標點回頁面上方的淺灰色數字。電腦跳出一萬一千個結果。一萬一千個！我興奮得膝蓋不自覺往上彈。我看得好開心，真想把每個結果當成可口的巧克力蛋糕，每個都點來看看。可惜耐心不是我的優點。

我的手指在鍵盤上飛舞，每發現一個新資訊，就調整搜索範圍。「弗雷斯．瓦茨　紐約大學」；「弗雷斯．瓦茨　公設律師」；「弗雷斯．瓦茨　律師」。結果越來越多。布朗克斯維爾有一棟房子。在弗里克美術館[14]擔任董事。紐約大學法學院年度校友餐會有一張弗雷斯的照片。我詳讀這些資訊，彷彿用功準備考試，但我越來越難完整記住所有資訊。

我從皮包拿出筆記本，撕下邊緣發縐的第一頁，寫下**弗雷斯．瓦茨**，並在下面劃了兩道。盯著這張橫線紙，我發現我在諾蘭暨萊特事務所上班的最後一天，就是把這本黃色便條紙夾在腋下，去和人事部進行那場決定性會議。我突然想到，這是那天最可笑的事情——我竟然蠢到以為有事項需要記錄。**徹底搞砸。該如何補救？**

我搖頭，甩掉這個念頭，匆匆寫下弗雷斯的母校、以前的住所、政治獻金。所有小像素彙集，形成一個人的完整形象。我寫下：**紐約市馬拉松，兩小時四十七分鐘。**

他的馬拉松完賽時間當然不同凡響。弗雷斯．瓦茨的種種事蹟都令人佩服。

跑吧，弗雷斯，跑吧，我低聲說。

我漸漸茅塞頓開，而且一點一滴地意識到。開心拜讀弗雷斯對安娜貝說的話時，我完全忽略一項重要事實：達頓也看過弗雷斯一封信——就是他說要解雇「紅領帶」的那封。如果達頓的資料夾有一封弗雷斯的郵件，我的也有一封，這就不是只出現一次的小失誤。我很有可能看到更多電郵，甚至更多寫給安娜貝的信。

我的心跳加快，再次改變搜尋範圍。「**弗雷斯與安娜貝．瓦茨的圖片**」；「**弗雷斯與安娜貝．瓦茨的婚禮**」。

《紐約時報》有則婚禮公告！我拿起筆，準備記錄所有資訊。「**……在韋爾結婚……天主教神父主持儀式……新娘畢業於衛斯理學院，在哥倫比亞大學取得藝術史博士學位，父親和母親是……**」報導幾乎涵蓋新人的完整族譜。登報公告婚禮竟

14 Frick Collection，位於曼哈頓上東區的頂級私人美術館。

然需要這麼多個人資訊。仔細想想，還真令人憂心。

我繼續深入這個未知的複雜世界。因為潦草記下所有新資訊，寫得手肘發疼。時光流逝。不知道過了多久，但是早過了喝醉的酒客吵吵鬧鬧離開酒吧的時間。

我很興奮，把弗雷斯和安娜貝每個新資訊當「煩寧」[15]吞下。幾年前，法律部落格「法理之上」[16]在「律師家宅」專題介紹弗雷斯和安娜貝位於布隆克維[17]的豪宅，在著名事務所合夥律師和藝術收藏家妻子的五百萬美元新居的標題之下描繪這個六千平方呎（一七〇坪）的住宅。我在搜索欄輸入地址，在谷歌地球上滑動游標，從各個可能的角度觀賞。

我這輩子沒見過這麼漂亮的房子。

我真想知道，**安娜貝踏上門口優雅的淺灰色石階時，都會如釋重負地嘆氣嗎？**

我又喝了一大口酒。我就會，一定會。

六千平方呎，我在筆記本上寫下。**五間臥室**。

我扭開茶几上的止痛藥「泰勒諾」，往嘴裡丟四顆，用更多酒灌下去。

我試著想像四扇凸窗中哪一扇是弗雷斯和安娜貝的臥室，他們晚上就睡在那裡，身體交纏，舒服地躺著，做著平靜的夢。**晚安**，他在吻她之前輕聲說。絕對親嘴唇，從來不是額頭。他不是她父親的替代品。他們地位平等。

我看膩他們的家、婚禮、住宅區、他的工作和他們慈善事業所有細節之後，又回頭欣賞弗雷斯和安娜貝的十一張合照。

其中一個圖說寫著，**弗雷斯．瓦茨和他的妻子安娜貝參加紐約兒童基金會秋季晚會。**

我壓抑那股隱隱約約的痛楚，仔細觀賞這些照片，每年五月走過賀軒商店那排母親節賀卡時也有這種感覺。

當然，安娜貝很美，但不是我想像中那種。我頗意外。我想像中的她是珊卓．布拉克那型，但她更像克莉絲汀．史都華，顴骨尖銳，簡直可以當武器。如果我有這樣的顴骨就好了。我摸摸螢幕上安娜貝的臉孔，幸運到可以嫁給弗雷斯的女人，我怎麼會覺得她有任何鄰家女孩的普通特質？

我點擊放大照片，以各種角度檢視她婀娜的身段。她膚色黝黑，很難說是最近去度假，或單純只是基因優勢，總之她容光煥發。她的儀態就像是所到之處都會成為鎂光燈焦點的女人，手撐在臀部，重心放在後腿，所有「如何擺出好萊塢巨星姿勢」的文章都會這麼建議。

但安娜貝不必讀這些雜誌。她天生就能掌握社交技巧，人生中每件事情都是手

15 Valium，焦慮藥。
16 Above the Law，美國律師之間的著名八卦部落格，但涵蓋的範圍也包括事務所薪資到某新進助理的背景等。
17 Bronxville，紐約市的富裕郊區。

到擒來。

她輕鬆自在。不像我，恨不得擺脫自己。

她從來不發脾氣。這不是她，她怎麼會生氣？她的人生向來一帆風順。

她絕對不會被解雇。絕對不會被拋棄。

我歪頭，噘起嘴唇，模仿照片裡的她。我一手落在沙發扶手，想像那是弗雷斯的前臂，還輕輕捏一下。

安娜貝參加這種活動時，會捏弗雷斯的胳膊三下。那是她暗中告訴他，她愛他。**我，愛。你**。他會捏第四下。**我，也。愛。妳**。絕對不是我**更**愛妳。他們的感情不是比劃高下。

我拿起酒瓶，在馬克杯裡倒進最後一丁點「他們的」酒。事實上，現在是「我們的」酒了。

喝光杯子裡的酒，電腦放到邊桌，我在公司網站他的照片上點擊兩下，往後倒向枕頭。我的眼睛盯著螢幕，手在肚子上慢慢地游移，漸漸伸到兩腿之間。**弗雷斯**。**弗雷斯**。**弗雷斯**。我隨著節奏移動手指。努力盯著他完美的臉龐，但眼睛不由自主閉上。隨著一陣陣快感襲遍全身，我大口喘氣，倒進沙發，長長地呼出滿足的氣息。

手臂落到一邊，我蜷縮在枕頭裡，閉上疲憊的眼睛，睡著前的最後一個念頭就是等不及去上班。幾個月以來，這是我第一次睡得那麼沉、那麼香。

收件者：凱珊卓・伍德森
寄件者：瑪麗・伍德森

凱珊卓，

我找妳好幾個禮拜，妳不接電話也不回信。最後我打到公司，他們說妳已經不是事務所員工了。我很擔心，發生什麼事？

愛妳的祖母

5

沒有人只吃一片洋芋片就得停下來。

想讀更多弗雷斯．瓦茨郵件的衝動蔓延到全身，就像渴求某種物品。我就像毒蟲，一覺醒來就想嗑藥，持續倒數還有幾分鐘才能滿足癮頭。隔天早上站在「星巴克」櫃檯等待特大杯鴛鴦奶茶（dirty chai），希望大量咖啡因能沖淡前一晚迅速喝光的昂貴葡萄酒，就是因為這個原因，心裡才有一顆小小的感恩種子。感激之情呢！沒錯，臨時雇員就像律師事務所的移民農工，但我卻因此認識弗雷斯和安娜貝，他們如同巡視暗處的明亮燈塔。

重新找到人生焦點真好。

我深吸一口氣，打量周圍不耐煩的面孔，幸好沒看到熟面孔。我討厭在意外的地方撞見人，尤其是現在。我以前常去的「星巴克」位於諾蘭暨萊特事務所高聳、陰暗大樓的樓下，每天早上推開玻璃門去買拿鐵，都會遇到許多熟人，猶如踏入小鎮的髮廊。現在光想到那一區，我就背脊發涼。

當然，如果今天看到前同事，不會再看到以前的友善微笑。他們早把我當空咖啡杯般扔進垃圾桶。

王八蛋。

我被請出諾蘭暨萊特事務所之後，以為同事會打電話或發電郵表示關切。**發生什麼事？我們很擔心妳！很想妳！**畢竟我沒對他們做什麼。但我在沙發上坐了幾個月，沒接到任何電話和簡訊。事務所同事唯一寄來的電郵是來自人事部主管，只為了推薦我去看諮商師，我猜這是解雇丟臉員工指南的最後步驟。以前每天在員工餐廳坐在我旁邊、或是公司活動結束後與我共乘計程車的同事，都消失得無影無蹤。彷彿我被診斷罹患傳染性極強的食肉病毒，與我有任何形式的接觸都會致命。

也許他們怕我。

「特大杯鴛鴦奶茶。」咖啡師一喊把我拉回現實。我鬆開拳頭，幫杯子套上杯套，一手輕微顫抖。自從中學喝了第一口咖啡，我每天早上都有同樣的症頭。可能有人會說，這就證明我容易上癮。我偏好認定這是專注的特質，我的身體知道自己想要什麼，而且在得到之前絕不罷休。

我貪婪地喝了一大口鴛鴦，大步走向出口，急著開始上班。

「小凱？」我伸手抓門把時，有個聲音叫我。

該死。

我快速考慮能不能假裝沒聽到。大略估計距離，就排除這個選擇的可行性。他離我一米出頭，最多兩米。如果不理他，他可能會跟我走出去，用越來越令人尷尬的音量喊我的名字，直到我搭理他，現在回應是最省事的方法。我擺出嚴肅的表情才轉身。

「嗨，瑞奇。」

「小凱！我就知道是妳。世界真小！」瑞奇對我露齒笑。「看來我們對飲料有相同品味。」他用下巴指指我的杯子，我看到他脖子上的剃鬚子傷口黏著一小塊衛生紙。

「好像是欸。」我盡量裝得快活。

瑞奇說話之前，有一拍尷尬的沉默。「總之我很高興碰到妳，因為妳報到的第一天，有件事忘了問妳，而且在漫長的待辦事項清單上越排越後面。」他吹了吹臉上一絲不聽話的頭髮，繼續說。「我需要妳的電話號碼。」我的眼神一定很疑惑，因為他迅速說明：「我拿到每個臨時雇員的號碼，再從我的手機上傳簡訊給他們，他們就有我的電話號碼了。以後如果有問題，比如妳生病這類，可以第一個打給我，瑞奇・桑多斯，第一個來幫忙。」他挺起胸膛，笑容更開懷了。

我整個早上置之不理的頭痛開始敲打太陽穴。我真的沒力氣應付這種事。

我深呼吸。「當然好。」我回答。

他從口袋掏出老舊的手機，手機殼厚到可以防彈。如果世界末日就降臨在這間「星巴克」，大概只有瑞奇的手機會留在人世上。點開發光螢幕時，他專注地皺眉。「有了！」他舉起手機，就像律師在法庭上呈交重要證據。「妳看——這是我發給其他臨時雇員的簡訊。」他的目光從我身上轉到手機，一邊向下滑。「妳可以看到，我彙整每個臨時雇員的電話號碼，純粹是為了管理。不是……不是……為了我自己。」他結巴，臉上泛起兩片紅暈。

「好啊，交換號碼絕對有用。」我伸手，勉強擠出笑容，努力掩飾我的不耐煩。「我可以直接把電話輸入你的手機，這樣更方便。」

「太好了！」他遞出手機，兩手在褲子兩側擦了擦。「請在『公司』欄位輸入李維暨史特隆事務所，但一定要註明『臨時雇員』，免得我把你們和其他事務所同事搞混。」

我在心裡大翻白眼，開始輸入名字，眼角餘光看到某個身穿鮮黃工地背心的大鬍子在窗邊凳子上冷笑。他可能以為，隨便張三李四，只要敢向我要電話，我都肯給。我挪動身子，免得看到他，我無法大清早就忍受陌生人的批判目光。

「妳已經掌握訣竅了嗎？我是說我們的……」瑞奇壓低音量，說出「審查」之前先靠過來，活像只有某些職階的人才能說這個詞彙。

我猶豫了一會兒。「的確得在短時間學會全新知識，但我應該摸到竅門了。」趁機巴結瑞奇脆弱的男性自尊。有人說，親近朋友，但更要親近敵人[18]，現在還無法判斷瑞奇屬於哪一類。

我輸入電話號碼最後一個數字，把手機還給他。「好了，那就——」

18 電影《教父》的經典台詞。

「我懂，」瑞奇笨拙地打斷了我的話，顯然還想繼續哈拉。「這次的任務有很多複雜的層面，變數很多，對不對？」

我點頭。點擊滑鼠似乎不太難，但我有什麼資格判斷瑞奇的多工能力呢？

「借過！」身穿紅色稱頭套裝的女人擠過我身邊，回頭惡狠狠瞪我時沒好氣地說，似乎覺得我們竟然敢在咖啡館聊天，光這件事情就毀了她一天的心情。

我也怒目相視。天啊，我越來越討厭這個城市，討厭這裡出沒的急性子刻薄鬼。究竟是紐約吸引這種人，還是紐約把人變成這樣？這是雞生蛋或蛋生雞的經典難題。剛從法學院畢業，意氣風發搬到這裡時，我就愛上紐約市。但當時我一心想逃脫賓州小鎮，只要永遠不必回鄉，就算搬到西伯利亞照樣很開心。也許當初我應該更審慎思考目的地，不要只掛念著我想擺脫的事物。如果我選擇另一個城市，結果就不同。也許我人生的劇本就不會被改寫，不會活成一個警世寓言。

「如果妳也像我一樣，在法學院上過民事訴訟進階課程，就沒問題了，」瑞奇繼續閒扯。「妳就能通盤了解。別忘了，如果對審查內容有任何疑問，妳知道該找誰。」他用兩個大拇指指向胸口，就像人們說「就是我！」當笑點。

他的笑容消失，皺起眉頭。「所以有嗎？」

我眨眼，腦中一片空白，不知道他要問什麼。

「我的意思是妳有問題嗎？審查時遇到任何需要問我的事嗎？任何事情都可

以……」他的聲音漸漸變小。

那一刻，我懷疑瑞奇是否知道弗雷斯的事了。也許他看到我拍電腦螢幕，想哄我認罪，這個念頭當然太荒謬。瑞奇不知情，怎麼可能知道？

瑞奇把腦袋靠過來。「如果妳擔心洩密，可以回辦公室再問我。」他悄悄說，肯定誤解了我的猶豫。

「沒有，你教得很清楚，所以我沒碰到任何問題。」我審慎斟酌措辭。「如果我需要幫忙，一定會去找你。謝謝你，瑞奇。」我揹上皮包，準備離開，希望他看懂我的暗示。

「有疑問就搞清楚，這是我的座右銘。也許應該把這句話打出來，貼在牆壁上提醒大家。」瑞奇望向遠方，似乎認真考慮，然後才把注意力拉回我身上。「好吧，妳說妳在哪裡上法學院，小凱？」

我僵住。「呃……」他緊緊盯著我。「我不認為我說過……」我的手指敲打紙板杯套，腦中閃過各種可能的回答。我可以說實話，也可以……

「杜蘭，」我喝了一大口鴛鴦，掩飾的聲音。「我上杜蘭大學法學院。」

「哇，紐奧良欸。狂歡會[19]的故鄉，」瑞奇回答，渾然不知道被我誤導。「一定

19 Mardi Gras，盛大的嘉年華會，紐奧良最著名的節慶活動。狂歡會期間的遊行花車會丟出許多串珠和絨毛娃娃。

很有意思，有許多珠子等等。」他又再度臉紅。「我是說，我沒參加過狂歡會，聽說他們，呃……會丟串珠。」他的目光瞟向我的胸口，彷彿是第一次注意到。

「對，在那裡上學很棒，」我高八度地回答。我已經看到自己挖的洞有多深，但也只能繼續瞎扯。「紐奧良非常有趣，每個人一生至少應該參加一次狂歡節，對嗎？」

他用力點頭。

其實我從未去過維吉尼亞州以南，對紐奧良、狂歡會或杜蘭大學法學院一無所知，但我不需要告訴瑞奇。

「好了，公司見？」我比比門口，不等他回答就迅速揮手。

自從做臨時雇員以來，這是我第一次迫不及待想上班。弗雷斯．瓦茨正等著我，而且我需要滿足身體的癮頭。

6

午飯之後，他終於出現。我整個上午焦急地點擊一份又一份乏味的檔案，不斷激勵自己，因為希望就像汗水般不斷流失。我開始認為昨晚太樂觀，我的幸福新大陸只是一次性的系統故障。他的名字再次出現在螢幕上，就像久旱之後的甘霖。

收件者：瑪麗安．哈克特
寄件者：弗雷斯．瓦茨

瑪麗安，

請取消我明天與布萊克伍德私募公司的午餐，重新安排到下週三或週四的一點。地點選在四季飯店。謝了。

一股陶陶然的興奮之情傳遍全身。就像第一次那般低調謙遜，弗雷斯．瓦茨回來了，又在我耳邊低語。

我小心翼翼地回頭看，才把手伸進皮包，拿出橫條筆記本，放在桌上。我不能再冒險拍照，但也不打算錯過這封電郵。我小心翼翼翻到乾淨的頁面，逐字抄寫，就連發送日期和時間都詳細記下。

優秀的律師都知道，絕對不能錯過細微末節。

確定記下所有內容之後，我輕敲滑鼠，看著它消失。這次我開心地看到，螢幕又出現另一封弗雷斯的電郵。

收件者：布雷特．克魯斯
寄件者：弗雷斯．瓦茨

布雷特，

安娜貝和我很高興你和伊莉莎白週末來家裡做客。我們的地址如下：
紐約市布朗克斯維爾區林地路十九號

他們邀請客人到布朗克斯維爾區的五房住宅！我幾乎無法抑制興奮之情。我呼吸急促地潦草寫下**布雷特和伊莉莎白．克魯斯**，以及電郵的發送時間，然後握緊滑鼠，再次點擊。

收件者：弗雷斯・瓦茨
寄件者：安娜貝・瓦茨

你最好了。斯卡里尼餐廳很棒，你回家時，我會先開一瓶開木斯醒酒。等你喔……親親

我的心跳暫停。我看到了——安娜貝回覆弗雷斯甜蜜的電郵。電光石火之間，我既興奮又窩心，就像網路上瘋傳影片中第一次聽到母親聲音的嬰兒，我不得不移開視線不看螢幕，才能鎮定下來。

你最好了。等你喔……

那是什麼感覺？我真想知道。如此篤定自己在別人心中的地位——如此有自信。

我端詳電郵上的時間，比對我剛剛讀過的那兩封。它們只相隔幾秒，與其他審查檔案之間的唯一關聯就是日期範圍相同。電郵裡沒有客戶的名字，與獵鷹保健或聯邦醫療保險詐欺毫無關聯。我不知道原因，總之弗雷斯的信件匣被捲進關鍵字搜索。

我瞄向瑞奇的位子。他眉頭深鎖，專心盯著螢幕，猶如正在進行手術的醫生，而且這次手術攸關生死。**如果審查資料夾有任何不對勁，應該立刻告訴我**，他第一天就說過。我的檔案裡有弗雷斯的收件匣，肯定符合他說的問題。

我咬著嘴唇上的死皮，重讀安娜貝的話。**等你喔……親親**。這封郵件沒理由出現在我的資料夾，我應該把這件不合理的事情告訴瑞奇，可是我沒有。相反地，我深吸一口氣，游標指向「不相關」，然後點擊，急著閱讀下一則。

接下來幾個小時，我寫滿三頁的筆記。我就像業餘考古學家，有系統地蒐集每個小細節。**兒童閱讀素養晚會**（安娜貝要求弗雷斯在六點前趕回家參加），**安地卡的冬宮灣**（弗雷斯和安娜貝想在十二月去度假），**泰宅**（弗雷斯發誓，這家餐廳一定能說服安娜貝再次搬回城裡）。我抄下朋友的名字、地址，甚至是安娜貝交代弗雷斯回家途中去中央車站的查羅烘焙坊買的餅乾種類。迷你黑白餅。當然了。安娜貝天生纖瘦，不必計算卡路里，但也不需要正常尺寸的餅乾才能滿足甜食胃。

手腕抄到痛時，我就停一會兒，打量自己的傑作。撫過墨漬暈開的頁面，驚嘆肺部的輕盈，彷彿有人挪開壓在肺上的三噸重物。弗雷斯和安娜貝漸漸幫助我恢復正常呼吸。

「越獄時間到了。」低沉的聲音劃破我的沉思。

我嚇了一大跳，就像上班時被逮到瀏覽色情網站的人，我立刻將螢幕縮到最小，匆忙之中，手肘撞到水壺。「可惡！」我小聲卻生氣地說，趕快擦掉筆記本上那灘水，然後迅速翻過來，彷彿當它是謀殺案證據。

達頓站在旁邊，好奇地看了一眼筆記本。「小凱，妳在進行超級機密的派遣任務嗎？」他嘻皮笑臉。

我把突然開始顫抖的手塞進口袋。「喔，這只是……嗯……我正在列待辦事項清單。我有很多事要做，不馬上寫下來，我一定會忘記。」

「這樣……啊。」達頓拖長語氣，懷疑地點點頭。「妳這麼忙，有時間吃晚餐嗎？」

「晚餐？」

「對……啊，晚餐。」他盯著我看，彷彿我的臉上長出另一個鼻子。「就是晚餐啊——一天中的最後一餐，就是他們讓我們離開這裡半小時的那餐？就是在員工餐廳吃的那頓？」

「喔，對。」我發出緊張的笑聲，看了一眼時鐘，竟然沒注意到已經過了五個小時？「我只是……恍神了。」我不以為然地揮揮手。

他挑眉。「好吧，不管妳讀到什麼，一定超八卦，才會讓妳這麼，」——他舉起手，比出上下引號——「恍神。」

走向電梯時，我默默恭賀自己化解緊張局面。但是我必須提高警覺，達頓尋找八卦的天線非常敏銳，我絕對不希望他干涉弗雷斯和安娜貝的事情。

嗯，現在是**我們的**事了。

收件者：弗雷斯・瓦茨
寄件者：安娜貝・瓦茨

嘿，寶貝，我收到唐關於壽險的回覆。他同意我們選擇太陽人壽。他這週會把文件寄來給我們簽名。親親

收件者：弗雷斯・瓦茨
寄件者：安娜貝・瓦茨

我訂到阿特拉餐廳的四人桌，時間是星期六晚上八點。我邀了瑟琳娜和菲爾・戴維斯共餐——上次從太浩湖回來之後就沒見過他們，剛好趁機敘舊。今晚見——我正在做海鮮飯。親親

收件者：安娜貝・瓦茨
寄件者：弗雷斯・瓦茨

想妳——希望妳喉嚨痛好多了。我回家路上會買感冒藥。妳先休息吧。親親

7

我的心理學教授說過，人們就像拼圖。當年他站在講堂前面，高舉一片拼圖強調他的觀點，聲音響亮地說：**哪怕只是少了一片，就永遠無法拼好**。同學對他老套的誇張風格大翻白眼，但我抄下他說的每一個字，還在下面劃了兩道線。對我而言，這是好消息，我向來擅長拼圖，別人可不見得。

我和一群通勤族匆忙走到龜裂的地鐵樓梯頂端，我拿手機看時間：上午八點，半小時之後才要上班，時間算得剛剛好。我雙手捧著熱拿鐵取暖，這次去家裡附近買，免得又在「星巴克」撞見瑞奇。我加快步伐，風越來越大，站在大樓底下肯定更不舒服，但我不打算在冷風中等太久。今天早上，我要找的是另一片拼圖。

照片不見得能通盤看出一個人的全貌，對吧？上過約會網站的人都能證實這個事實。要知道某人的真正長相，非得看到本人不可，不能透過濾鏡、裁剪或顏色校正。我能夠在網上仔細研究弗雷斯．瓦茨幾十張光鮮亮麗的照片，但只靠這些照片判斷，就像拼出拼圖的邊緣，卻懶得填滿中間。我可沒那麼傻。

「《紐約早報》、《紐約早報》，免費喔，不必花錢，免費報紙。」穿著公司發放的紅背心胖女人一邊把折好的報紙遞給偶爾伸出的手，一邊機械式地叫喊。我沒理她，穿過馬路往西走。周遭所有人都進行著平淡的早晨例行事項。穿低跟鞋的女子按手機，檢查一天的行程，身穿螢光工地背心的男人在第五十九街和萊辛頓大道路口的推車買貝果和黑咖啡，所有人都做著進行過數百次的事情。我猜，對某些人而言，人生就像上了發條，每件事情都精確到一分不差。不曉得弗雷斯有多嚴格執行早晨的慣例。

希望是一絲不苟。

從我看到的大量電郵回覆時間看來，我很清楚他幾點抵達公司，就是早上八點二十分。扣掉搭電梯的幾分鐘、對秘書打招呼，他約莫八點十五分左右穿過旋轉門進入大廳。李維暨史特隆事務所這棟無敵寬敞的辦公大樓幾乎橫跨整個街廓，所以五十八、五十九街兩側都有許多入口。如果弗雷斯照例從中央車站步行過來，應該會從五十八街那側進大樓。如果轉乘地鐵，出口就在五十九街，那就會從大樓另一邊進入。我很難猜到他會選哪種方法，我覺得他可能寧願步行，也不想在交通巔峰時間關在密閉地鐵車廂。不過，他也可能喜歡出口只有幾步之遙的通勤效率。

說真的，兩者機率各半。

我豎起羊毛大衣的領子遮住耳朵，站在兩個路口中間，才能清楚看到入口外的兩個街角。儘管這天的陽光不強，我還是戴著墨鏡，仔細打量黑色或駝色大衣外的臉孔，這些人因為有份有給職工作，都充滿自信地在人行道上邁開大步行走。有個女人一頭蜂蜜色俐落短髮，襯托出肌膚雪白；有個男人滿臉皺紋，彷彿經年累月沉著臉。端詳每個人時，這一刻的熟悉感突然教我不寒而慄，瞬間回到剛來紐約市的第一週。

都過了六年多，我依舊能看到爸爸臉上的小紅斑，他低聲說，**忠於自己就對了，小凱**。我們在火車站售票口附近道別時，他尷尬地拍拍我的肩膀，彷彿不甘不願地引用教養手冊《在女兒開始第一份工作前的建議》。**你也是**，我結結巴巴地回答，**我是說……我會的，爸爸**。即使是當時，我也很清楚父親的建議是遲鈍的爛忠告。我為什麼要當個不討人喜歡的人？搬到紐約的意義就是成為截然不同的人。克服我拙劣的本能需要經過深思熟慮的精心努力。我到諾蘭暨萊特公司上班前，在市中心人行道花了整整兩天，研究即將成為同事的窄裙女郎，找尋線索了解如何融入她們的小團體。我仔細觀察她們的時尚選擇，偷聽她們的聊天內容，希望掌握用語和句法。我覺得自己又回到八歲的操場，獨自在角落徘徊，看著其他孩子玩耍。我相信只要仔細觀察這些女人，遵守她們的遊戲規則，我也可以偽裝自己，裝成另一個人，另一個更好的人，一個值得被愛的人。我可以擺脫過去。

手機的鬧鐘響，把我帶回此時此刻。早上八點十分，我的心跳加快一拍，目光在兩邊街角來回掃視。大衣人潮來得又快又猛，要不惹人注意又仔細掃視每個人變得愈發困難。我沮喪地嘆了一口氣，這個計畫不夠深思熟慮。今天早上要有機會成功，我就該選一條路。我咬起結痂的指甲，反覆思索。如果我天性好賭，我會說弗雷斯兩分鐘內會抵達第五十八街的街角。我把冰冷的雙手塞進口袋，往那個入口走。

但我不是賭徒，向來喜歡仔細策劃。我討厭冒險，如果你的運氣和我一樣背，也會有同樣感想。

8

我沒贏得想像中的賭注。我在大樓外閒晃三天，一次都沒見到弗雷斯的身影。我不是暗中跟蹤他。真的，我沒有。公司花錢雇我看他的電郵，我只是克盡職守。不過，我晚上花在谷歌的時間明顯增加。

如果你知道點幾下滑鼠就能查到這麼多個人資訊，可能很驚訝，我就很意外。我透過策略性的網路偵查，查到他和安娜貝的生日、親戚的名字、宗教信仰、政黨，以及一大籮筐的清晰照片。從安娜貝的社群媒體照片可以看到她和弗雷斯喜歡滑雪。傑克遜霍爾、惠斯勒、比弗溪、＃第一場雪。他們每年都去慕尼黑過啤酒節，＃每年的傳統。他們沒有孩子，鑒於他們頻繁的東奔西跑，這點並不令人驚訝。所以不會有胖嘟嘟的嬰兒蠶食她的 Instagram。謝天謝地。我也檢查安娜貝在每張照片中的小腹，沒發現任何凸起的證據，所以短期之內應該不會出現寶寶。但安娜貝確實是兩個兒童慈善機構的董事——「遠離街頭」和紐約兒童基金會，所以她不是缺乏母愛本能。不像我的母親。

有一點很可惜，安娜貝最近暫停在網上發布照片。她一定很忙，我得搞清楚她忙什麼。

仔細想想，我三天內對弗雷斯的了解，可能多過自己的父親。老實說，這件事情很容易辦到。然而，他依舊是我的家人。

當然，只要有點好奇心，有無線網路密碼，任何人都能查到弗雷斯和安娜貝的這些情報。我和他們的關係要來得更親密，更獨家。我從弗雷斯的收件匣，開始了解他真實的自我，不僅是他刻意呈現給世人的那一面。他喜歡網購，所以我知道他讀什麼書，吃什麼食物，甚至穿什麼內褲（是四角褲，不是三角褲——加拿大的薩克斯牌）。我知道他的家庭醫生、妹妹的名字，知道他父母住哪裡。我清楚他日常的所有點滴、生活作息。每點一次滑鼠，他們人生資訊所堆疊的小山就越來越高。

弗雷斯，我換了一家清潔公司，所以改了警報密碼——九，之後是我的出生年分。親親，安娜貝

不必動用福爾摩斯也能查到，她真的應該更小心。

但是無論我看多少封電郵，在網路上多深入挖掘，都無法發掘他們某些資訊。但我有信心，以我現在對他們的了解，足以填補任何空白。例如性生活的頻率——這在網上就查不到。儘管弗雷斯和安娜貝已經結婚七年，但是渴求對方的程度可能相當於饑渴的青少年。幸運七。弗雷斯傳電郵給珠寶商，委託訂做項鍊給安娜貝時就這麼說。**我希望送個特別的禮物給安娜貝，因為結婚紀念日快到了——是幸運七。**

我想知道他們如何慶祝結婚七週年。他們喝了「我們的」酒嗎？我可以想像他們的手隔著桌子緊緊交握，弗雷斯從西裝口袋拿出打了紅絲帶的絲絨禮盒。**我等不及吃完晚餐才送給妳，安娜貝……**

這個禮物昂貴，但不浮誇。他很了解他的妻子。

「小凱。」達頓的聲音打斷我的幻想，把我拉回討厭的現實世界。「地球呼叫小凱。」

「抱歉。」我搖搖頭。達頓和我走了四條街，嘗試最新流行的碎沙拉，但我們看了一眼排隊的狀況，不想因此浪費極少的三十分鐘午休時間，所以現在坐在連鎖的奇波雷墨西哥燒烤餐廳，吃著不夠熱的墨西哥捲餅。「我昨晚睡得不多。」我抹掉嘴角的辣醬。這就是事實，我沒必要說明自己整晚都在搜索安娜貝照片不多的 Instagram 帳戶，想看到她和弗雷斯家的內部擺設。有個參考標準很重要。弗雷斯通知妻子回家時間時，有著蜜糖色雙眸的安娜貝坐在什麼樣的沙發上讀那封電郵？

幸好我在法學院磨練的查資料技能終於派上用場。多虧安娜貝在兩年前感恩節發布的照片（＃餐點上桌＃無限感恩），我才能夠偷看到他們的軟墊餐椅，我點了幾下滑鼠，就在「米契高登[20]」找到這些椅子，每張要價一九九九美元。安娜貝的品味所費不貲。我敢說，比起他們家的裝潢，《建築文摘》就像超商廣告傳單。

「火辣約會害妳沒得睡？」達頓剝開捲餅上的鋁箔紙，挑眉問。

「不算吧。」我翻白眼，順著他的語氣說。儘管我們比鄰共事的時間不長，達頓和我走得越來越近。我們一起吃飯，一起取笑同事，但我小心翼翼地在友誼和男女之情之間遊走，不想越界太多，否則絕對走不下去。如果說我對男人有任何了解，就是這一點：他們認為沒機會得到妳，一分鐘也不會浪費在妳身上。相反地，如果他們百分之百**確定**能得到妳，也不會浪費時間和妳說話。如我所說，這個界限很微妙。我非謹守分際不可，達頓可說是公司的朋友，也可以說是我唯一的朋友。

「不管有沒有火辣約會，我早上讀到公司合夥人超搞笑的電郵。」

我豎起耳朵。自從我們第一次交談之後，達頓沒再提過弗雷斯，我以為他讀到的那封信只是一時僥倖。事實上，我希望自己沒猜錯。只有我受邀進入瓦茨夫婦的私人世界，我才覺得自己有特權，很特別。我不希望達頓也在裡面探頭探腦。

我向來不喜歡分享。

但是達頓的審查資料夾的日期最新，如果達頓**確實**有機會看到弗雷斯其他電郵——如果**真的有**——那麼，我當然需要知道。

20 Mitchell Gold +Bob Williams，美國知名家具品牌。

「是喔，寫了什麼？」我問，盡量裝得滿不在乎。不想洩露我因為滿懷期待而胃部緊縮。

他在桌子對面往前傾身，眼睛閃閃發光。「有個訴訟合夥律師雪莉．墨菲，」達頓開始說。「是獵鷹保健公司的主要連絡人，所以我讀過很多她的無聊電郵。」他翻白眼。「總之，我今天看到一封，她告訴朋友，說她姊姊幫忙安排相親。」達頓語氣激動，我猜這是相親凸槌的故事，也擺出假裝有興趣的表情。我本來應該如釋重負，甚至覺得開心，因為這個故事與弗雷斯無關，但我的肩膀依舊緊繃。

我越想越覺得達頓**一定**看到更多弗雷斯的郵件。他的記憶體中不可能只有**一封**，我的確有上百封，一定還有其他達頓沒提到的郵件。難道他耍我？

我咬唇，目光飄向窗外。人行道上熙熙攘攘，一如往常，市中心擠滿飢腸轆轆的午餐人群。穿著繫腰帶合身洋裝、帶昂貴皮包、腳踩高度適中鞋子的仕女成群結隊呼嘯而過。不久前，我也曾是其中一員。她們迅速把我從人群中剔除，顯然覺得我不對勁。就像貓咪會吃掉最弱小的子女，為了群體利益，只好犧牲我。

我瞪著她們自滿、得意的表情，覺得我的手又開始握拳。她們在我面前炫耀她們的成功，快樂得明目張膽、咄咄逼人。

那應該是妳，小凱，我腦子裡的聲音憤怒地嘶吼。**妳應該在外面和她們同行，而不是在這裡。但妳搞砸所有事情。**

我手裡的玉米捲已經變涼，達頓還滔滔不絕。我強迫自己在他說到高潮時集中注意力。「她去酒吧見他，結果他們根本就認識，先前卻沒聯想到。」他停了一下，製造戲劇效果。「他是獵鷹公司的副總裁，她超討厭那傢伙，因為他顯然是『仇女混帳』。」他在空中劃引號，咧開嘴笑。

我瞪大眼睛，裝出最震驚和被逗樂的表情。

「竟然有人在電郵裡寫這種事情？」他不可置信地搖頭。「這些人透露的鬼資訊簡直嚇死人。早上，我看到一封電郵，裡面竟然有某人的社會安全號碼。整個該死的九位數就大剌剌地秀給全世界看。」達頓為了表示強調，還彈了彈手指。

我的脈搏加快。會不會是弗雷斯？他對郵件內容向來漫不經心。他相信別人，這對他自己沒好處。

當然，我不會透露他的資訊，但達頓也會守密嗎？

「瘋了。」我開始摳水瓶標籤。「哪個律師幹的好事？」我努力保持聲音平和。

他用拇指指腹劃過上唇。「大概是第一年的新進律師，要在人事部門開補助帳戶。」

我緩緩吐氣，如釋重負。

現在要抓住這個大好機會。「我在審查過程中都沒看過八卦。好東西都到你那裡去了。記得你上次看到員工餐廳那個人快被解雇的信嗎？出手的是那個創投部門的合夥律師？」我沒敢提起弗雷斯的名字，擔心緋紅的雙頰會暴露心情。「你有沒有——」

「對，我拿過好料，」達頓打斷我，沒上當。「這是宇宙施捨我一點小恩惠的方式。我看到的資料有九成都很乏味，無聊到我想抓出眼珠子。所以每隔一陣子，我就會得到獎賞。」他把玉米捲的包裝紙揉成一團，扔到托盤上。「好啦，妳這個週末有什麼打算？」

我在椅子上調整重心，不滿他迅速改變話題。他光提到週末，我的心情就大壞。以前我很期待週六、週日。我會擬定計畫，想好要辦哪些事情，寫出整張待辦事項，但那是以前。現在，週末只是漫長空虛、需要找事做的四十八小時。我的確可以想辦法打發時間。我可以去大都會博物館，參加導覽。我可以去健身房。我可以去住處三條街外的電影院看日場。這些活動的問題就是都有不幸的副作用，只是提醒我找不到伴。

「我和朋友有約。」我撒謊，可以感覺到臉脹紅，所以大口喝瓶裝水，希望遮住臉。

達頓點頭。那一刻，空氣彌漫著緊張的氣氛。他是否會要求共度週末。**我會接受達頓的邀請嗎？**看著他喝氣泡水，喉結上下移動，我也納悶。至少我身邊有個人，至少與世界有連結，像個普通人。但是我不需要考慮這個可能性，因為達頓又改變話題，說他可以用派遣律師的主題編影集。

「結合《辦公室風雲》[21]和《勁爆女子監獄》[22]。」我出神前聽到他說這句話，思緒就飄回自己的快樂天堂，回到弗雷斯和安娜貝的身邊。

不知道他們週末有何計畫。這對夫妻顯然很活躍，星期六可能打網球或騎單車，甚至上熱瑜伽，週日則用來放鬆休息。根據發弗雷斯收件匣的發票，他們訂了週日的《紐約時報》送到家門口。我可以想像他們在羽絨被和埃及棉中醒來，弗雷斯踱到門口，從踏墊上撿起報紙，安娜貝泡了咖啡，加熱兩個奶油可頌。然後她會坐在日光室，弗雷斯會走到她後方，手搭在她的肩膀，幫她按摩十秒，然後坐到她旁邊，讓她把腳放在他的腿上。

我抬起一手放到肩上，輕輕捏一下，想像弗雷斯雙手的重量，試著回憶上次與另一人進行有意義的身體接觸是何時，另一個人的肌膚碰觸我是何時。我讀過一篇報導，寫到醫院新生兒因為肌膚碰觸長得更好，那又稱為「袋鼠式護理」，沒有接受這種護理方式的嬰兒存活率差遠了。**這也適用於成人嗎？**我用一指的指尖順著手

21 The Office，美國影集，講述紙業公司的辦公室日常。

22 Orange Is the New Black，美國影集，根據真實監獄經歷改編的回憶錄。

臂往下劃。現在的生活方式——少了人類撫摸——是不是真的減損壽命？我真有那種感覺。

空虛感沖襲我的胃，在我的體內蔓延，匱乏正在吞噬我。我努力回神聽達頓說話，卻無法不盯著他的手，那雙手動個不停，為他說的句子加標點符號。我想抓住那雙高舉的手，放到我的肩膀上，感受它們的重量。我的皮膚開始刺癢，極度想找到什麼——酒、藥，什麼都好，只要能壓住我腦中的可怕想法。我在心裡默默地訓斥自己，應該在皮包再藏一瓶百加得酒，就能應付這個狀況了。

達頓還在說話，渾然不知我心中呼嘯的小劇場。

我用力把指甲壓進大腿，力道大到留下壓痕。再用力一點。疼痛蔓延到腿上，我覺得好過多了。

好了，那種感覺消失了，小凱。妳恢復正常了，恢復正常了。

達頓歪著頭，「妳還好嗎，小凱？」

不好。

「我很好，」我說，重新排列五官，擠出淺淺的微笑，起身拿起裝了吃剩捲餅的金屬托盤。「只是想到我在公司前要去拿點東西。」

收件者：瑪麗．伍德森
寄件者：凱珊卓．伍德森

嗨，奶奶：

對不起，失聯那麼久，最近很忙。我換工作了，另一家事務所一直希望我跳槽，所以我換東家。他們還在設定我的分機，一切安排妥當之後，我會給妳電話號碼。

下次聊。

小凱

9

「下一站是福坦莫，福坦莫就是下一站，」喇叭播放的刺耳聲音宣布。

我在藍色尼龍座椅上調整重心，兩腿因為緊張抖個不停。走道對面有兩個二十多歲男子，各自在單邊肩膀上揹上背包，走向出口。一個白髮男人手放在樂器盒上，以防盒子在火車戛然煞車時滑動。房舍取代窗外原本的都市景觀，我離得更近了。我的皮膚強烈地感受到盼望，就要發生了，我不畏艱險，當機立斷。跳出框架之外，主動出擊。這一次，我沒有辜負諾蘭暨萊特事務所每年給我的正面又老套的員工評鑑。

凱珊卓．伍德森是可靠的團隊成員，願意主動承擔責任。

我應該繡在枕頭套上，證明我曾經受人尊敬。爸爸會說，強人也會倒下。但是沒有團隊，就無法發揮協作能力，對吧？我只有自己一人。

錯，妳現在有弗雷斯和安娜貝，我提醒自己。**瓦茨團隊**。我終於要親眼看到實力堅強的隊員了。每天早上站在大樓底下都徒勞無功，而且很快就厭倦。

我打量車廂，想知道弗雷斯是否坐過這個位子。也許他曾經不經意地摳著我正在摳的剝落塑膠皮。我想像他在走道上找空位，然後在這裡坐下，用大拇指鬆開領帶，準備搭上三十五分鐘的火車，我不禁微笑。這是他每天上班往返的路線，現在我跟隨他的腳步，彷彿來朝聖。想到弗雷斯是救世主，我笑了。現在我有願意信仰的宗教了。

當然，今天弗雷斯不在車上。現在是週日早上，他應該和安娜貝一起在家享受溫暖地反常的秋日。希望是在前院木棧板上，我才能看到他們。

但願如此。

我把頭靠在骯髒的火車窗上，暫時閉上眼睛。我的胃開始發酸，一小時前在中央車站吃下的「查羅」黑白餅像磚頭般卡住。放在展示櫃裡看起來很好吃，對我而言卻太甜又太黏牙。

火車的顛簸、碰撞對反胃無濟於事，對滲透到骨子裡的疲憊也沒有任何好處。我在太陽穴上轉圈按揉，想緩解壓在頭骨上的痛楚。對面座位繫著花圍巾的女人從小說中抬起頭皺眉，我的頭痛顯然對她造成困擾。我手放膝蓋，坐直身體，避開她的目光。我從眼角餘光發現她微微搖頭，不以為然，又把注意力放回書上。

妳和妳那條他媽的醜絲巾都去死吧，我真想大叫。

天哪，我的頭好痛，我真的需要多睡。失眠已經嚴重耗損我的中樞神經系統。昨晚，我努力看電視，希望入睡，結果無濟於事。凌晨兩點四十五分，我搖搖晃晃地穿過廚房，想找比灰皮諾更烈的東西，我原先樂觀地以為灰皮諾就行得通。翻箱倒櫃找了一番，我咒罵自己沒有事先計畫，竟然蠢到以為幾瓶酒就能度過整個週末。快放棄時，我發現水槽下面的角落有瓶布滿灰塵的半瓶傑克丹尼爾波本威士忌。我感恩地把瓶子湊到嘴邊，仰頭，讓熟悉的辛辣溫暖滑入喉嚨。

不可思議，真的，那種橡木味依舊與某些記憶相連，就像不討喜的紋身圖樣，永遠烙印在我的大腦皮層。光喝一口深琥珀色的液體，我就回到那裡，回到下班後和蘭登共享的晚餐桌邊。我們分坐在市中心時髦新餐廳的再生木桌兩端，他研究菜單，我打量他臉龐的完美角度。每次用餐結束，蘭登一定點兩杯加冰塊的蘇格蘭威士忌。當然，絕不是調和式，永遠點單一麥芽。不像我昨晚大口灌下、彷彿不喝會死的便宜版本。我甚至不**喜歡**威士忌的味道，但我依舊啜飲蘭登為我點的酒，臉上掛著傻不楞登的笑容，像個白癡般驚嘆這個黃金單身漢竟然挑中我——挑中我這個毫無特色又無聊的小凱．伍德森。如果我牢記課堂上學過的希臘神話，就會發現自己更像伊卡洛斯而不是阿芙蘿黛蒂[23]。

他媽的混帳。天啊，蘭登是個該死的渾球。

大家說得不對，時間無法治癒傷痛。

火車煞車的刺耳聲嚇得我猛然張開眼睛，就像從惡夢中醒來。我眨眼，想搞清楚方向。腦海深處有個疑慮，有個聽不清楚的微弱聲音。我的頸背冒著冷汗。**想啊，小凱，努力想。**

昨天晚上。

喝了威士忌之後。

體內湧上一種不快的感覺，我做了一件事。這一秒，我感到頭暈腦脹，因而抓住座位的邊緣，努力深呼吸，免得摔倒。我做了什麼？我發狂地努力回想昨晚每個動作。我記得坐在沙發上看電視，音量很小，我不記得節目內容。後來手裡握著電話，我急著想告訴某人某件事情。誰？我撥了電話嗎？還是打了一封電郵？

火車上的空氣變得稀薄。

喔，天啊，喔，天啊，喔，天啊。

我顫抖地從口袋掏出手機，滑到寄件匣，暗自祈求沒有信件。我的肩膀如釋重負地垮下。我寄出的最後一封信是昨天下午寫給奶奶。但是，喉嚨還卡著一種不安的感覺。

顫抖的手指滑向綠白相間的電話圖示。我昨晚和誰通電話嗎？我咬唇點開通話紀錄。

糟糕，糟糕，糟糕。

我瘋狂搖頭，想把看到的事實甩出腦海。紀錄顯示我昨晚撥了三通電話，分別是凌晨三點零五分、三點零八分、三點十七分，都打給蘭登。我的胃絞痛。從通話長度看來，前兩通被掛斷。第三通，我留了三十六秒的語音留言。

23 Icarus 和 Aphrodite 是希臘神話人物，前者靠著父親做的翅膀逃離克里特，卻因為太自大，飛得離太陽太近而摔死；後者代表愛與美的女神。

我的指甲戳進手心。這個行為絕對違反那個蠢禁制令。

打著花絲巾的女人發出厭惡的哼聲，收拾書本、皮包，移到後面兩排。

「**該死！**」我憤怒低吼。

走得好，女士。用那條醜絲巾吊死自己吧。

我哀號了一聲，把手機塞進皮包側袋，想把蘭登的事情也塞進去。我無法回到腦中的安全地帶，太遲了。心臟狂跳，喉嚨縮緊。我知道接下來會發生什麼事情。

我可以感覺那種熟悉得痛苦的情緒漸漸高漲。每次有這種感覺，在諾蘭暨萊特事務所最後一天的記憶就無情地襲上心頭，就像突襲進攻大腦的敵軍。

先出現的是聲音。約翰．杜懷特驚恐的尖叫聲震動我的耳膜。

小凱！不會吧！妳這是做什麼？

接著是影像。熨燙得整整齊齊的白襯衫沾滿鮮血，我手中的刀刃。

我的狀況越來越糟。

我用手心大力按壓眼窩，好讓視覺充滿彩色小點。

火車發出聲響，搖搖晃晃地停住。我從月台的白色指標看到，這是伍德隆站。

只剩兩站了。

我伸進口袋，掏出泡罩包裝的強效諾比舒感冒藥，從錫箔紙中推出五片，放到汗濕的手心上。通常只要三、四顆就能讓我心神鎮定，管他的。就吃五顆吧。我低頭盯著這些膠囊，噁心感更加劇烈。爸爸吞藥時都說什麼？**打開門閂，要來了！**真希望我的藥像他以前吃的藥一樣強效。但我得去看醫生，才能拿到那麼強的藥。我辦不到。我不是需要修理的故障變速箱。拜託，我還是畢業生致詞代表呢。不幸的是，要拿到這種藥，我只能偷了。什麼人會從父親的藥櫃偷藥？

妳。

「一次就好。」我大聲說。

我把膠囊丟進嘴裡，直接吞下。我先閉上眼睛，等待甜蜜的麻木感像厚毯子般鋪天蓋地蔓延，最近似乎得等上更久。一會兒之後，腦中喋喋不休的聲音安靜多了，我強迫自己鬆開拳頭，在褲子上摩擦發痛的手。該專心做更重要的事了。

我伸進包包，握住光滑的三環黑色文件夾，深吸一口氣。

弗雷斯。

現在弗雷斯所有資訊都在我的手上。週五晚上，我把收集到的弗雷斯的資料打成漂亮的 Word 檔案（謹慎地命名為「雜項」，雖然不可能，還是謹防他人使用我的筆記型電腦），打滿標題和項目符號。這是我心甘情願做的事情，花了八個多小時才完成。總共三萬兩千六百五十字。三十一張照片。九十二個粗體、加底線的標題。**朋友的名字，家庭細節，安娜貝的喜好……**

我印出這份一絲不苟的檔案，打了三個孔，小心翼翼地放進我凌晨四點去對面

CVS[24]買回的文件夾。美極了。在追尋有用資訊的過程中，這本子就像可以掛在牆上的鹿頭標本。

我翻開它，弗雷斯的臉從沾了碳粉污漬的圖像中回望著我。我任憑他溫暖的棕色眼眸充斥腦中曾經存放蘭登的所有角落、縫隙，任憑那雙眼睛像指示燈般在我體內發光。

在公司網站照片中，弗雷斯身穿深藍色襯衫、打著條紋領帶，笑容燦爛，好似知道我正在欣賞他英俊的面孔。他和安娜貝站在一起，她穿著紅色絲綢華服，他的手殷勤地放在她的腰背，兩人在大都會博物館慈善活動背板前擺姿勢拍照。我閉上眼睛，想像弗雷斯在房間另一端欣賞穿著那件衣服的妻子。

這張。我最喜歡這張——那是弗雷斯和安娜貝參加二〇一六年高架公園之友慈善活動，他們都笑著看著鏡頭之外，兩人歪頭的傾斜角度一模一樣，彷彿所有舉動都完美同步。我咬著指甲邊的倒刺，好奇是什麼事情或誰讓他們笑得魚尾紋都出現。我全心全意希望自己就是那個人。

小凱，妳來了！我們一直在等妳！快點來拍照！我可以想像安娜貝招手時的燦爛笑容。

我不再是邊緣人。我受人需要、呵護。有了我，他們才完整。

「下一站是布隆克維。下一站是布隆克維。」列車長的聲音響起。我跳下座位，收好文件夾，把背包掛到肩上，搖搖晃晃地走向出口。

終於到了。

10

「去哪裡，親愛的？」白髮的計程車司機問。

「林地路十九號。」我氣喘吁吁地回答，用手背抹去額頭上的汗珠，拉上車門。我剛剛兩步併做一步地跑上樓，急著搶在其他乘客前趕到計程車站。我考慮過先在這一帶逛逛，然後去安娜貝傳給弗雷斯的信中提到的咖啡廳「推磨的奴隸」（**我和小莉在「推磨的奴隸」喝肉桂拿鐵，結束之後回電話給你！**），但現在我來了，他們家就在幾分鐘車程之外，這個吸引力太強，我無法抗拒。

如果我真有意願，可能有辦法進他們家。我研究過平面圖，也和安娜貝的Instagram照片交叉比對。我最喜歡的房間就是有鍍金吊燈和雙面壁爐的優雅飯廳，這點毫無懸念。這是現代和傳統的完美結合，就像他們。相較之下，和我用來充當餐桌的Ikea三夾板茶几簡直有天壤之別。

當然，我不打算進他們家，不是今天。我只想觀察他們在家裡放鬆的模樣。他

24 美國連鎖藥妝店。

們總得走出家門，我已經準備好慢慢等。我準備了舒適的鞋子和零食，回家途中再去「推磨的奴隸」，到時來杯拿鐵就是完美的句點。

司機倒車。我注意到戴著眼鏡的他透過後照鏡看我，於是我坐直身子，想辦法散發自信；我掏出手機，彷彿隨時都會收到重要郵件，而不是只收到 Seamless[25]外送服務的廣告信，說我下次點餐有九折優惠。

拜託不要和我說話，我暗自懇求。**拜託不要碰到需要哈拉的計程車司機**。我只想望著窗外，觀賞周遭的每個細節，牢記在心。郵局已經進入我的視野，我記得上次在谷歌地球搜索火車站周圍時看過。安娜貝可能在那裡寄她的聖誕卡，一定是有品味又特別訂製的凸版印刷。我一手壓在車窗玻璃，忍住叫司機停車的衝動，就因為我想下車摸摸郵局的門把。我想看他們見過的事物，觸摸他們碰過的東西。

我的拇指滑到手機螢幕下方，好奇能不能調整角度，偷偷拍下整程的風景。我想捕捉他們世界的每個畫面，存下來看。這樣就不會錯過任何一樣東西。

車子在紅燈前停下，我從餘光看到司機從後照鏡打量我。因為種種未知數，理智開始打退堂鼓。他能看出我不屬於這裡嗎？我撫平頭頂飛揚的髮絲，意識到自己跑上樓梯之後可能滿臉通紅，汗流浹背，活像剛逃離火場。難怪他要傻傻盯著我。

「我沒載過妳。」他的聲音劃破寂靜，嚇我一跳。我抬頭，迎上他的目光，不安在我的體內竄動。我沒搭腔，目光望向窗外。如果什麼都不說，他可能會明白我的暗示。

「在這站下車的乘客通常是同一批人，」綠燈亮起時，他用濃重的紐約腔繼續說。「都是常客。但我沒見過妳。」他的語氣是提問，只是我無意回答。

「是啊，我大概沒搭過你的車。」我心不在焉地回答，眼睛始終盯著窗外。火車站附近街道的咖啡館和小店已經成了綠樹成蔭的人行道和磚砌的殖民風格房屋，而且院子經過精心打理。我長大的社區和這裡截然不同，房子占地極小，從窗戶伸出去就能摸到隔壁。這裡的氣氛似乎更輕盈，更活潑，就連空氣的氧氣濃度都比較高。我想搖下車窗，灌滿我的肺。

在我的想像中，弗雷斯和安娜貝的住宅區就是這個模樣。

我閉上眼睛，壓下渴望的情緒。

司機清清嗓子，再度引起我的注意。他的微笑令我不安，「我說啊……」他頓了一下，車裡的氣氛變化，我手上寒毛直豎。「妳怎麼認識弗雷斯？」

這句話像手榴彈般落地。窗外的景物天旋地轉，東倒西歪。車子還在行駛，收音機仍在播放，但我只聽到自己加快的呼吸聲。

當然，我在心裡尖叫。他當然認識弗雷斯。弗雷斯每天下了火車之後，肯定搭

25 美國餐點外送平台。

同一個車隊的計程車，趕回安娜貝身邊。而且他一定很友善，會和計程車司機閒聊。**孩子好嗎？你媽媽的背怎麼樣了？我記得你上次說她住院……**

那就是弗雷斯的作風。

我盯著後照鏡裡的司機，他張大眼睛等我回答，隨著音樂節拍，用粗大拇指敲打方向盤。**說點什麼吧，小凱**，我懇求著。**什麼都可以**。但字句卡在我的喉嚨。大概是一小時或幾秒鐘之後，我吸了吸雙頰，好讓嘴巴濕潤到方便說話。「什麼？」我結巴，假裝剛剛沒聽到。

「妳要去弗雷斯．瓦茨家，對嗎？」他打方向燈，我從路牌上看到他轉到林地路，也就是弗雷斯和安娜貝家。「我常載弗雷斯，真是個好人。他的妻子叫……」他彈手指，可能是回想她的名字。

是**安娜貝**，我瘋狂的腦子默默填空。

「安娜貝！」他笑得更燦爛了。

我大聲說出她的名字嗎？我心跳得厲害，後腦杓都能感到心臟的跳動。

妹妹。

「妳是她妹妹嗎？好像有點像。」

那麼一瞬間，這個陌生人以為我和安娜貝．瓦茨有相同基因庫，這種興奮感擠掉腦中其他想法，但我很快就想到現實處境。這個人認識弗雷斯。我們開到弗雷斯家時，我要對他說什麼？這條街上的房子不是普通住家，是偌大的莊園。如果我要司機別把車開進長長的蜿蜒車道，反而要求他在路邊停車，就顯得格外奇怪。事實上，可能奇怪到他下次見到弗雷斯就會提。**我在火車站接了一個女人，她說要去你家，又說在對街下車就好**。天哪，也許弗雷斯和安娜貝會嚇到去報警。

我可以感覺到膽汁湧到喉嚨。

坐上這輛計程車是我這生最蠢的事情。

差得遠呢，我腦中那個得理不饒人的聲音低聲說。

壓力的痛楚匯集在我的額頭中間，導致我難以思考。車輛經過的住宅郵箱號碼牌越來越小。我們很快就會抵達林地路十九號。我好像快要衝下懸崖。

天啊，趕快想，小凱。快想！

「我的東西忘在火車站了！」我脫口而出，瘋狂拍著後座增加戲劇效果。假裝驚慌失措並不困難。

他踩煞車，目光又從路面轉到後照上。「很重要嗎？」

「對，沒錯，是我的，呃……拖輪箱。」我的聲音高亢得不自然，我想降低音頻。「我真是太脫線了。可以在這裡掉頭嗎？」我用顫抖的手指敲車窗，指指右邊的大車道。「我得馬上回去。」

「妳不要先進姊姊家？先告訴他們？」

我的胃像煎餅般翻騰。**姊姊**。他不知道我會在腦中重播這段多少次，幻想這件事。他不知道我多希望我們是姊妹。「不，不。」我搖頭。「我想趕快回車站，免得被人拿走。」

他點頭。「這樣可能比較好。」他轉方向盤，迅速大迴轉。

我轉頭望出後窗。我的目光就像熱導向飛彈，落在紅色的大郵箱上，箱子邊貼著銀色的數字。我的胃揪了一下。十九號。

出來。走到郵箱前。讓我看看你。

「我會把妳送回車站，親愛的。不能把行李箱放在月台上。九一一事件之後，員警會以為裡面有炸彈，馬上拖走。」他用手做爆炸的動作。「下次他們就會這麼對付我們，知道嗎？恐怖分子不必動用飛機，只要把炸彈放在手提箱，到處放就行了。」

我點頭，覺得臉頰顫抖著。我不敢回應，擔心我的聲音很奇怪，但我很慶幸他聊起弗雷斯以外的事情。誰會想到話題轉到恐怖分子，竟然讓我更安全？我交握冒汗的雙手，直到指關節都變白。**拜託不要向弗雷斯提起這件事。拜託不要向弗雷斯提起**。我默默祈求我不相信的神。

幾分鐘後，當我在火車站外拉開後門把手，跳下計程車，雙手仍顫抖著。

「告訴妳姊姊安娜貝，葛倫問候她！」司機在我背後喊，我飛快走開，盡量忍著不拔腿狂奔。司機終於看不到我的時候，我彎腰對著垃圾桶狂吐。

收件者：弗雷斯・瓦茨
寄件者：凱珊卓・伍德森

＊本郵件已寫好但未發送，存在草稿匣，等待下一步行動＊

弗雷斯：

我們沒見過，我是你姊姊寇特妮的好朋友，我們是波士頓大學的同學。我明天要到紐約，她說我應該見見你們夫妻。寇特妮常提起你們，能親自見到你們就太好了。你介意我中午過去嗎？我很希望能見到你和安娜貝本人。

致上溫暖問候。

小凱

收件者：凱珊卓・伍德森
寄件者：蘭登・麥金利

第一，妳上週到我家外面？保全說他看到妳在外面站了一個多小時。

第二，我昨晚收到醉醺醺的語音留言，我很確定是妳。不過妳喝到口齒不清、滿口髒話，我很難聽清楚。小凱，妳不能再這樣了。我說真的。我不想報警，不想再報警。

11

我刷了員工證，穿過旋轉門，老舊的高跟鞋「叩叩」響。**振作點**，我暗自告訴自己，一手掠過飛揚的髮絲，偷偷擦掉胸前的汗珠。我不記得昨晚有睡著，但一定有。前一分鐘還在看電視，覺得眼睛刺痛，下一分鐘樓下馬路上的喇叭聲大作，就像冷水潑到我臉上，突然叫醒我。儘管眼球後方抽痛，能這麼迅速趕到公司，應該得到獎章。急忙走向電梯時，我兩手摀嘴，快速檢查口氣。我皺皺鼻子，琴酒的味道久久不散。昨天去布朗克斯維爾的災難之旅之後，我回程去了一趟菸酒專賣店，又買了一瓶酒，而且是大瓶裝。還有什麼能平息先前的創傷？

腦子裡那個討厭的聲音說：**創傷？拜託，妳也太誇張了**。

的確**是**創傷。我和弗雷斯與安娜貝的關係差點有危險。如果計程車司機把車停在車道上，要我在門口下車，害我沒時間準備合理的說詞呢？那可是大難臨頭。下次再去，我會聰明一點。我會從車站走過去，而不是搭計程車。頂多不超過二十分鐘，最多半小時。現在只需要等上一兩個星期，等那個愛管閒事的計程車司機忘記我的長相，以防他常在火車站出沒。

我很容易被遺忘，問我媽就知道。

我從皮包翻出肉桂口味的口含錠，塞四顆到嘴裡，等它們在舌頭上融化時，我忍不住皺起臉，這種強烈味道總是害我流淚。按下電梯按鈕，迅速瞥一下時鐘——八點四十五分。希望瑞奇埋首工作，不會注意到我遲到十五分鐘。

「太好了，我不是今天早上唯一遲到的人。」達頓喘氣，在電梯門關上前，跟著我跳進電梯。他拿著兩杯特大杯的「星巴克」，我感覺到神經末梢在皮膚下跳動，渴望喝上一口。

達頓快速打量我。「拿去，妳好像需要一杯。」他伸出手。

「真的？」我看著杯子，就像即將拿到毒品的毒蟲。

「真的，如果妳不快接過去，我就收回了。」他不耐煩地晃晃杯子。

「謝謝。」我接過咖啡。手指裹著溫暖的杯子時，突如其來的淚水刺痛眼球後方。我不記得上次別人給我東西是何時。「今天沒時間買早餐，這是及時雨。」我微笑，一邊快速眨眼，一邊舉杯敬他。

「隨時樂意幫忙。」達頓拿起杯子喝了一口，我也跟著喝。

「慢著。」我清清嗓子，指著杯子上的貼紙，上面寫著手機下單：布洛克。

達頓嘲諷地笑了一下。「嘿，如果那個有權有勢的混帳布洛克懶得像我們一樣排隊點咖啡，我也不想忍住不拿他的飲料。」

達頓舉手，做了一個「嘿，你能怎麼樣」的表情，我笑了。不知道是難得從我嘴裡發出的真正笑聲，或是香甜飲料的味道，總之週末積累的緊張情緒正從我的身體慢慢釋放。我們進入通風不良的工作空間（達頓稱為惡魔島）時，我的心情可說是接近平靜。所以看到瘦小的瑞奇像樂隊指揮大步走來時，我完全措手不及。

「你們遲到十五分鐘，」他大聲說，指著手上不存在的手錶。「今天你們兩人都要各自少上一次廁所。」

「放心，瑞奇，如果有必要，我會尿在這裡。」達頓舉起咖啡杯。

瑞奇瞇眼，兇狠地指著達頓。「小心了，幽默男。別以為我不會打給派遣公司，要他們明天就換掉你。」瑞奇怒目相視，彷彿在酒吧等著達頓打出第一拳的酒客，接著才把注意力轉向我。

「小凱，我們需要談談。」那顆上了太多髮膠的腦袋向側門撇撇頭，門後是一間小休息室。

「沒問題，」我回答，試圖維持表情鎮定。一定和遲到十五分鐘無關，否則達頓也會一起被叫去訓斥。我瞥了一眼達頓，他挑眉，示意，**怎麼回事？**我聳肩，跟上瑞奇，深呼吸，再有意識地慢慢吐氣。

因為想逃走，頸背不斷冒汗。

我一度考慮告訴瑞奇，我需要上洗手間，馬上就得去。「女人家的問題，」我會這麼解釋，他就不好意思多問。然後我直接走向電梯，穿過旋轉門，在紐約市永遠消失。

人間蒸發。

但是這麼做會切斷我與弗雷斯和安娜貝的連結。當然，還有谷歌可用，不過隨便哪個白癡都能查到那些資訊。我們的關係不同，是私人關係，有切身關聯。一想到可能危害到這件事情，我就害怕，似乎人身安全都遭到威脅，彷彿門後埋伏了一個武裝殺手。

我裝出無辜表情。

自然一點，這裡沒什麼好看的。

「小凱，」瑞奇關門後開口。小房間裡有張搖搖欲墜的桌子和兩把折疊椅，天花板的日光燈閃啊閃，看起來更像偵訊室，而不是休息室。身穿廉價西裝、梳著油頭的瑞奇甚至有種小鎮偵探的架勢。要不是我嚇得半死，可能會覺得這個畫面可笑至極。

「知道我為什麼叫妳進來嗎？」

「呃……因為我遲到？」我努力保持聲音平穩，打顫只會讓我聽起來有所隱瞞。

「不是，不過也不能再遲到。」他盯著我看了很久，確定我明白利害關係才繼續說。「我叫妳來是因為我正在審查每個人上週的數字……」聲音越來越小，然後是一陣沉重又帶著責備意味的沉默。

一串汗珠順著我的背往下滴。可惡，所以公司**有**監視員工的設備。即使我今天早上吃了強效泰諾，也無法平息高漲的驚慌。

瑞奇雙手抱胸。「妳的成績最差，小凱。妳每天只審查兩百份檔案。」

糟了。

我雙手交握，掩飾微小的顫抖，清了清嗓子。「這個嘛……呃……上週的檔案有很多個都多達好幾頁——有些高達五、六十頁，內容也很繁雜。」我皺眉，用誇張的表情說明任務的複雜性。「我需要花更多時間，才能把檔案標為不相關。你說過有疑問去找你，但你那麼忙，我不想浪費你的時間，所以我認真審查。也許沒必要那麼勤奮，因為我花的時間絕對太長了。」我保持聲音穩定，就像一切都在掌控之中。**這裡沒什麼好看的**。「你說得太對了，瑞奇，這個任務有很多複雜之處。」

瑞奇強硬的表情軟化，顯然很高興我態度畢恭畢敬，還引用他先前的指示。「我知道妳是新人，還在學習中，但高層幫我們訂定工作節奏，而且隨時盯著。」他壓低聲音，指著天花板，彷彿他們從三十層樓外也能看到、聽到我們，就像無所不在、無所不知的神。「他們**隨時**盯著。」他重複。

我忍住不提醒他，根據這次任務的性質，其實是**我們**監視**他們**。

「如果要滿足他們的要求，小凱，每天至少要看五百份以上的檔案。」

「五百份，」我附和，站得更直，想用姿勢表達我願意接受挑戰。「我今天會加快進度，我已經過了學習階段。」

「學習階段。」瑞奇懷疑地重複，打量我的模樣就像偵訊官，想讓嫌犯崩潰、招供。日光燈閃爍著，照亮沉重的靜默。儘管腋下越來越濕，我依舊努力保持平和的表情。

瑞奇不甘願地打破沉默。「好吧，今天最好加快速度。我們整組的實力取決於最薄弱的環節。」

我順從地點點頭，內心鬆了一口氣。

「我會好好盯著妳，小凱。」瑞奇打開偵訊室的門，表示談話到此為止。

我呼出一大口氣，才發現剛剛呼吸有多急促。回位子途中，我注意到達頓努力想吸引我注意，但我始終低著頭。

瑞奇懷疑的目光熱辣辣地烙印在我的背上。

收件者：凱珊卓・伍德森
寄件者：潘蜜拉・魏斯特

親愛的伍德森女士：

謝謝妳對紐約大學法律系校友會的興趣。為了讓妳報名參加我們在奇普里亞尼餐廳（Cipriani）舉行的法律扶助協會年度餐會，首先需要詢問妳的相關資訊。我似乎在校友資料庫找不到妳的大名——妳當年是否用娘家的姓氏登記？此外，我還需要妳的畢業年分。只要傳這些資訊給我，我就能幫忙註冊了。

謹致問候

潘蜜拉・魏斯特

12

「拜託再說一次他說妳是最薄弱環節的那段，」達頓笑著用餐巾擦拭嘴邊的番茄醬。我們坐在員工餐廳的老位子，每晚一起用餐已經成為慣例，而且我意外發現自己頗期待。

「噓……」我告誡他。「他會聽到！」我朝瑞奇的方向看，他正全神貫注地看手機，牢牢地戴著耳機，大口吃著淋滿醬汁的雞肉。他把我拉進偵訊室已經是一週前的事，達頓並沒有因此不想再聽一遍。

現在想起來還挺可笑，當時腎上腺素高漲，我不知道該逃跑或正面迎擊，現在不會了。瑞奇以為監控我審閱的檔案數量可以提高我的工作效率。但瑞奇的統計數字有個問題，這個數字無法告訴他，在點擊「不相關」之前，我是否真的讀過螢幕上的內容。既然我已經知道他會檢查我們審查的檔案總數，我更容易操弄遊戲規則。每天只要隨便點幾次滑鼠，就能讓「待審」資料夾的文件消失十份、二十份、一百份。我增加審查數量，以免遭到懷疑。

「瑞奇聽到又能怎麼樣？開除我嗎？」達頓誇張地翻白眼。「小凱，他絕對不會開除我。相信我，他就像那些南方的家庭主婦，女傭沒按照她們的方式折衣服就會大吼大叫。那些女人才不會解雇女傭，因為她們知道如果叫人滾蛋，以後就得自己親手洗內衣。」他拿波紋薯條沾番茄醬，塞進嘴裡，好似他已經證明他的論點，不容置疑。

我皺起鼻子。「我們是這個比喻中洗內衣的人？」

達頓大笑，拍膝蓋。我的餘光看到有一桌衣著光鮮的律師中斷談話，望向我們。

我不自覺地在椅子上調整坐姿。

「對，我們就是洗內衣的人。」達頓若有所思地抓抓臉頰，對其他人的側目視而不見。「我從來沒這麼想過，不過妳說得也沒錯。聽著——」他舔舔食指才拿餐巾擦。「瑞奇不會開除我，即使他會，我也為遲早要碰上的失業做好充分準備。」

我壓低聲音，希望他也能照做。「為什麼，這個任務要結束了嗎？你知道我不曉得的事情？」

「不是，但妳知道，客戶遲早會發現我們做的猴子差事可以用電腦取代，對吧？我們在這裡又不是負責分裂原子。」達頓用叉子指著我。「妳必須做好準備，小凱，就像循規蹈矩的臨時雇員，妳得有心理準備，我們的工作終究會被淘汰。我不是只說這份工作，是所有的臨時差事。」他投來一個不祥的眼神。「就拿我來說吧，我準備就緒。我只花五成薪水，另外五成都存進銀行。」

我想了一下。「你怎麼能存到一半工資，還能住在城裡？你的公寓管制租金漲價？」

「我和我媽媽住，免租金。」他聳肩，彷彿不當一回事，但我察覺他臉頰微微泛紅。「這就是母親的好處，對吧？」

劇痛穿刺我的胸膛。一句漫不經心的發言，就足以提醒我，達頓和我不熟。他以為天下的母親都像他的媽媽，願意繼續收留成年子女，才能繼續幫他洗衣服，用母愛呵護他。

母愛。哈。這個荒謬的概念真想讓我出聲大笑。

達頓瞪大眼睛。「妳還好嗎？」

「很好。」我用指尖劃過眼睛下方。「今晚的炒飯特別辣。」我喝了一大口飲料，用杯子擋住。我再抬頭時，達頓正歪著頭打量我。

「幹嘛？」我拿起餐巾。「我的臉上有東西嗎？」

「妳今天看起來不太一樣，好像容光煥發。」他低聲說，一反常態地安靜。

「一定是化妝的緣故。」我聳肩，來回推拉塑膠蓋裡的吸管，忍住小小的笑容。

才不是化妝，是弗雷斯。我費盡千辛萬苦，終於受到眷顧，見到他本人。一切要歸功於我看到的某封無害的電郵，**由弗雷斯發給朋友蕭恩。告訴你，老兄，我每天早上都從「冷壓果汁」[26]買一杯「生薑火球」，已經好幾年沒生過病。**

砰。

這封電郵簡直是邀請函。我無法坐視不理，何況我只要用谷歌搜索城裡的「冷壓果汁」地點，抄下十二個分店地址，每天早上選一家盯梢就行了。

我只花了三天就等到。今天早上八點零二分，在五十九街分店外面，我的耐心終於得到回報。弗雷斯．瓦茨雙手插在口袋裡，走過人行道，去買每天那杯冷壓果汁，他和我只有幾吋之遙。我花了很大力氣，才沒跑過去搓揉他的臉，確定他是真人。相反地，我站在街角，光從遠處看他就覺得心滿意足。看著他高大的身軀，看著他在羊絨大衣底下寬闊的背部和肩膀，看他如何抬起右手順了順頭髮。我看著他等紅綠燈時瞄了一下手機，真希望我能爬進他的腦袋，瞧瞧他看些什麼。他在讀她的信？聊到晚餐時喝「我們的」酒？他的表情沒透露任何資訊。我的目光跟隨他穿過五十九街，走到「冷壓果汁」門口，體內每根神經都立正站好。他手拿裝著鮮豔果汁的塑膠瓶走出來，我緊緊跟著。弗雷斯步伐堅定，我欣賞他這一點。這表示他知道自己想要什麼，這是我們的共通點。一條街，兩條街。我放膽加速，只離他三步了。我一時興起，舉起手機，從後面拍他。**笑一個！**真希望我可以喊出聲。**喀嚓**。越來越多的收藏系列又多了一個紀念品。我們繼續走，進入大廳，在電梯口分道揚

26 The Juice Press，專賣健康食品的連鎖店，早期從販售新鮮水果、冷壓式蔬菜汁起家。

鏢。**高階主管，這邊請。臨時雇員，走那邊。**「我很快就會見到你！」因為第一次面對面感到飄飄然，我想大叫。這絕對不會是最後一次。

我強烈希望再次進入他的世界，以致激發我即將做的這件事。

我拿起叉子，在盤子裡推著一坨米飯。炒飯冒著熱氣，在那一兩秒內，我終於鼓起勇氣開口。「嘿……呃……我看到幾封信，就是你上次說的那個『跑啊，弗雷斯，快跑』那個？」這是我第一次大聲說出他的名字，至少是對另一個人說起，在我嘴裡感覺可口至極，香甜滑順。

達頓盯著我，表情難以捉摸。

「那個開除下屬的人？」我解釋，提高句尾聲調，彷彿是提出問句，希望達頓聽懂我的暗示，接著說下去。

「是嗎？」他又往嘴裡塞了一根薯條。

我不悅地在腿上擦擦冒汗的手心。「對，沒什麼八卦，就是很怪。我搞不清楚他的信會需要我們審查。」我逼自己盯著達頓的臉，才能評估他的反應。「你有沒有……後來你的資料裡還有他的信嗎？」他一言不發，在那痛苦的一刻，我納悶自己的問話是否太大膽，但後來他吞了一口，我才意識到他只是嘴裡有食物。

「我看過幾封，」他用舌頭清理牙齒，又吞了一口。「其實挺多的。」

我胸口有一小部分坍塌。**不，不，不，弗雷斯是我的。只屬於我。**我努力保持面無表情時，臉部肌肉收縮。我想收回問題，只待在弗雷斯和我一起創造的粉紅泡泡裡，不讓達頓從縫隙中滲透。

結果現在他戳破整個他媽的泡泡。

雙頰熱燙到令我不安。**呼吸啊，小凱，呼吸，他不如妳了解弗雷斯和安娜貝。**

也許他握有我所沒有的資訊。

我的脈搏更快了。我必須仔細斟酌下一句，現在說錯話可能會被徹底誤解。

「呃，你在他的信裡看到任何八卦嗎？」我清嗓子，掩蓋聲音中的輕微顫抖。「比如他又打算開除誰？」達頓歪頭，困惑地多看了我一毫秒吧。汗水順著我的脊柱蜿蜒。

「也許有，」他說。「我覺得他對同事做的事情不僅是終止合約，妳懂吧。」他暗示性地挑眉。

我被健怡可樂嗆到。

「妳還好嗎？」達頓問，仔細打量我。

我點頭，輕捶胸口，按壓流淚的眼睛。「嗆到。」我沙啞地說，憤怒的子彈堵在喉嚨。達頓暗示的是我想的那件事嗎？如果是，如果他真的那麼想，就他媽的太扯了。

達頓好奇地看著我。

我快裝不下去了，只能再把面具戴牢。

「怎麼說？」我把一口油滋滋的雞肉叉進嘴裡，假裝自己只是隨口聊公司的小道消息，其實我根本想摔托盤。「你看到什麼嗎？」

他笑笑，舔掉手指上的油漬。他的眼神閃爍，讓我看得不舒服。「這個嘛……」他頓了一下，製造效果。「妳看過他傳給秘書的信嗎？」

「沒有。」我撒謊。

「他換了新秘書，大約一個月前吧。」

弗雷斯換秘書？這是新資訊。我不知道這件事，膝蓋開始打顫。

「她的名字是……等一下……」他停頓，咧嘴笑。「溫絲黛（Wednesday）．華特斯。」

「溫絲黛？」我複述，語氣狂熱，聲音比我預想的更響亮。

達頓做手勢，要我降低音量，然後靠過來，壓低聲音。「誰會雇用一個以週三命名的秘書，除非希望跟她勾搭上。這就像去雇用邦妮[27]一樣。」他得意洋洋地挑眉，似乎光用這個比喻就能證明他的觀點。

我像死人般緊抓著餐巾。這個人顯然有妄想症，我以前怎麼沒發現？

「不知道她取名溫斯黛，是不是因為她爸媽在那天懷上她？」達頓望著遠方笑，似乎正在仔細思量這個想法。

「所以你在溫絲黛．華特斯的信裡看到證據，支持你的荒謬理論？」我努力壓抑，免得聲音透露出怒氣。

「這倒沒有。」他聳肩，臉上閃過受傷的表情。

「那你就是胡說八道囉？」我突然發火，聲音大到連我自己都意外。

「哇。」達頓舉起雙手。「我不知道我踩到妳的地雷，小凱。這件事和妳有什麼關係？」

我的臉開始發燙，但我收拾心情，確保表情不溫不火，還漫不經心地聳聳肩。

「我只是覺得，造謠抹黑你一無所知的人不太好。」我又塞進一口雞肉，幾乎嘗不出味道。

達頓看了我一會兒。「哦，我什麼都不知道？」他把手肘撐在桌上，開始扳指頭數。「我知道這傢伙每週一都要開午餐會，我知道他每週二都要吃墨西哥玉米捲……」

我張嘴想說話，想告訴他，背出某個行程、知道某人偏好的食物，不表示他能玷污對方的名聲，但達頓繼續說。

「喔，而且他每週五晚上都去市中心同一間酒吧喝酒。所以，我想說，其實我很了解這個人。」他得意地咬一口漢堡，一坨番茄醬黏在他的嘴角。

27 Bunny 有兔女郎的意思。

我使勁擰餐巾紙，都快擰成繩子了。憤怒令人盲目，我無法集中注意力。後來，我慢慢理解達頓嘴裡吐出的話語，一個音節接一個音節地聽進去。

脖子後面上的寒毛直豎。

弗雷斯每週五晚上都去同一間酒吧？這才像話嘛。

我把吸管舉到嘴邊，構思該如何提問。「哪家酒吧？」我問道，吸了一口，只不過杯子裡只剩下融化的冰塊。

達頓滿嘴食物，他示意先等他嚼完。他每嚼一下，我的胃扭得更緊。向達頓提起弗雷斯是冒著極大風險，幸好現在有回報，還是重要情報。過了一會兒，達頓用力嚥下食物，抹抹嘴角：「我不記得了。跟著錢太多的無聊公子哥兒就對了。」

我想盡辦法才忍住，否則我早就伸手到桌子對面，掐住他的喉嚨，活生生掐死他。

「我要續杯。」我用打顫的雙腳突然站起來，拿了杯子。我的心臟跳得又快又響，我需要一秒鐘來整理心情。思緒開始變得模糊，逐漸失去最後一絲自制力。我從眼角看到臨時雇員不約而同拿起托盤，頭一次覺得用餐時間結束令我如釋重負，我不能再坐在這裡聽達頓的妄想，一分鐘都沒辦法。

他根本不了解弗雷斯。否則他就會知道弗雷斯不可能背叛安娜貝，這一點我非常篤定。

對吧？

13

「生薑火球」。

這就是弗雷斯每天早上買的蔬果汁名稱。第二天早上，我不經意地站在第五十九街的「冷壓果汁」，盯著冰箱看了十八分鐘，這時我的胃也像是有團火球燃燒著。不光是因為期待弗雷斯一定會穿過門口，買早上那杯飲料。今天，我要更上一層樓。今天，我想聽到他的聲音，也要他聽到我的聲音。現在只要想個辦法實現目標就行了。

也許我可以在他拿起果汁時，隨意從後面探頭看，然後評論「生薑火球」的好處。**這麼多抗氧化成分！**「我每天早上都喝！」他回答，用那雙長睫毛的眼睛緊盯著我。想到弗雷斯會注意到我，我的嘴角不自覺上揚。**天啊，那就太不可思議了**。我又偷偷焦急地看錶，弗雷斯再不快出現，我上班就要遲到了。或者可能會因為在這個小果汁吧閒逛遭捕，畢竟早上的人潮已經散去，我的存在更醒目。

「需要幫忙嗎？」櫃台後有個梳著鬆散丸子頭的收銀員叫喊。「『綠草醫生』有利宿醉之後的排毒。」他露出會心微笑。

「謝謝。」我回答，對這種以退為進的暗示感到惱火，他暗示我昨晚可能喝到爛醉，其實我只是和谷歌老友一起窩在沙發上。不過我不得不幫丸子頭說話，我昨晚的確有喝琴酒，而且睡眠時間東加西湊也不到四小時。我的眼睛充滿血絲，看起來可能**真的**像身體正在試圖代謝酒精的毒素。其實我只喝三杯，頂多四杯，而且我堅持喝透明蒸餾酒，才不會宿醉。不，這雙布滿血絲的眼睛和琴酒無關，是因為整晚盯著電腦螢幕，上天下海搜索網路每個角落。

的確，達頓的指控讓我很不高興，卻也帶來另一個不幸的副作用，有個討厭的想法悄悄進入腦海。為什麼最近網路上沒有弗雷斯和安娜貝的合照？我能找到的最後一張照片是六個月前，符合我正在審查的電郵時間範圍。昨晚翻開筆記電腦，我急著想找到最新資訊，弗雷斯和安娜貝的幸福婚姻就像遭到擄拐、必須支付贖金的被害者，我堅持要求綁匪提供人質還活著的證據。

我花了好幾個小時，點擊所有與安娜貝和弗雷斯相關的資訊，儘管我跳進茫茫網路世界海撈，就是找不到照片證明安娜貝和弗雷斯在過去半年同處一室。一股恐懼的龍捲風在我的內心翻騰，我什麼可能性都想過，包括安娜貝這半年可能死於《**愛的故事**》[28]般的悲慘情節，弗雷斯因此成為悲慟鰥夫。但我看到上週「騎飛輪為心臟病募款」的參加者名單有安娜貝，所以這個理論很快就被推翻，她還活著，而且持續致力公益。我只好不情願地考慮情比金堅的婚姻可能面臨的情況——出軌、爭吵、無聊——但都被我全盤否定，弗雷斯和安娜貝的愛情太強大了。

但我詳細瀏覽溫斯黛．華特斯的 Instagram 帳戶。如果她是弗雷斯的新秘書，我當然得知道她的底細。她在某張照片中手拿雞尾酒，和另外兩個幾乎一模一樣的朋友坐在吊床上，她的年齡比我想像的大，約莫三十多歲接近四十歲。那張照片的圖說是 # 星期五就要這樣過。我一一檢查九十七個讚，多數來自男性。她的推特簡介提到她對花生嚴重過敏，我記下這一點。有必要出擊時，知道自己不是赤手空拳是好事。她在其中兩張照片都用了大腸髮圈——大腸髮圈欸！她不可能對安娜貝構成威脅，絕對不可能。

今天早上一睜開眼睛，羞愧像廉價紅酒般潑在我身上。光想到達頓胡說八道的推論都是一種背叛，我必須為自己的錯誤贖罪，重新相信弗雷斯和安娜貝，就像誤入歧途的天主教徒重拾告解的習慣。來「冷壓果汁」似乎是明智的第一步。

「如果妳想增強免疫力，『火山』是我們最新的產品。」丸子頭指向冰箱最左側。「有『火球』所有消炎成分，可是少了柳橙汁，熱量更低。」

「太好了。」我壓下怒氣，「丸子頭」竟然暗示我增強免疫力之際也要注意卡路里。我開冰箱拿了一杯「生薑火球」，希望他閉嘴。我仔細看標籤，爭取時間，

28 Love Story，美國電影，富家子弟的律師愛上烘焙師，最後女方卻染上絕症。

同時也想到弗雷斯今天可能不買果汁。也許他有早會，也許請病假。隨著腎上腺素消退，我決定明天再來。為了不讓人覺得我有病，為了再來這裡露臉，我得先浪費八美元買一瓶喝起來像龍尿的六盎司果汁。

「只買『火球』？」我把果汁放在櫃檯上時，「丸子頭」問。

我點頭，幾乎無法控制那股煩躁。

「選得好。有位先生每天早上來買一瓶，說他從來不生病。」

好巧不巧，這時店裡傳來開門的鈴鐺響聲。我就像有辦法察覺地球磁場變化的小動物，知道他來了。

「說曹操曹操到！」「丸子頭」大叫。「我才剛和這位顧客說到你習慣買『火球』。」

我的手臂起滿雞皮疙瘩，轉身，心臟在胸口怦怦跳，眼前那人就是他。我花了那麼多時間看他的照片，記住他的頭髮落在額頭的方式和他眼周的線條，現在這對眼睛就盯著我。我就像塑膠，在那雙眸子散發的熱力之下融化。

「就習慣而言，這個還不壞吧？」他挑眉。

他的聲音比我想像低沉，就像舒緩解壓的男低音。我原以為是男中音，但我喜歡。

「絕對算不上壞習慣，」我的雙手緊握昂貴果汁。他的臉猶如太陽般刺眼，我不得不暫時移開目光，免得流淚。

「比抽菸好多了。」他微笑。就是照片上那個孩子氣的迷人笑容，但相機沒捕捉到他臉上的結構。沒拍下他的顴骨如何襯托著有稜有角的嘴、他的眉骨如何在說話時微微上揚。我想記住這一切，我必須和他繼續對話，想辦法抓住他給我的機會。

「也比囤積癖好多了，」我謹慎回答。「不過……呃……你可能囤積很多果汁瓶。」我的聲音漸漸變小。

他頓了一下才仰頭大笑，是酣暢淋漓的爆笑，沒想到他會發出這種笑聲。從照片看來，他比較像是輕聲發笑的類型。這個聲音就像從他嘴裡爆發的雷鳴，難以相信這麼爽朗的聲音是回應我的話，而且那句話並不特別有趣。

弗雷斯歪著頭端詳我，我發誓，他的臉上出現一絲熟識的表情。有那麼一瞬間，我以為他要問我們是否見過，我因此既高興又驚恐。

「妳喝過嗎？」他指著我手中的瓶子問。

我猶豫地搖頭，不敢挪開目光。這就像罕見的蝴蝶停在我胳膊上，只要我的氣息太大，牠就會飛走。

「這樣啊，好吧，妳一定會愛上。頭幾口很嗆，因為那種嗆辣感就像塔巴斯科辣醬，以後妳就上癮了。」

我微笑。他說話時眼裡有種閃光，讓我想起冰面折射的陽光。我想伸手撫摸他，將手指耙進他的髮絲。只要能碰到他的身體，什麼都好。我才能向自己證明，他真的站在我眼前。

「那種嗆辣感很棒，對嗎，阿提克？」

「沒錯！」「丸子頭」（我現在知道他有個真實名字）喊。

我還沒準備好為這次邂逅畫下句點。我想說點什麼，什麼都好，但是字句就是不肯離開我的嘴。

弗雷斯從冰箱裡拿了一瓶果汁，在櫃檯上丟了一張十美元的紙鈔。「不用找了。」他用手輕輕敲敲鈔票。然後轉身，與我四目相對，再次展露那個兆瓦級電力的微笑。我的胃彷彿被放進溫暖的泡泡浴。

「享受嗆辣吧！」他向我眨眼。**眨眼欸**。好似我倆現在共享一個秘密。

我終於擠出「謝謝」。

他舉起手揮了揮，我也回敬他，只是這次四肢已經麻木。我頭昏眼花之際，差點沒看到。就在弗雷斯將手放回口袋時，我的眼睛定格盯著他左手第四根手指。

我心裡的板塊有所移動。

弗雷斯．瓦茨沒戴婚戒。

14

不。

不，不，不。

這不是真的，不可能是真的。

弗雷斯和安娜貝是天造地設。他們是搭檔，是完美的合作夥伴。我非常有把握，就像我確定地球是圓的。

結果……

一小時以來，我坐在位子上，無視電腦螢幕，反而仔細檢查手機裡的每張照片，目標是看到弗雷斯的左手。弗雷斯可能從不戴戒指，也許他對珠寶有意見，也許他過敏。但每張照片都證實我已經知道的事實，弗雷斯．瓦茨的左手確實戴著刮痕累累的白金戒指。應該說他六個月前還戴著，也就是拍攝這些照片時。今天，弗雷斯的無名指沒有戒指，加上他已經半年沒和安娜貝合照，只說明一件事：從那時到今天之間的某個時間點，弗雷斯和安娜貝已經分手。這個痛苦的體悟彷彿抓緊我的肺，不斷扭轉，讓我難以呼吸。

我滑到我最愛的安娜貝和弗雷斯的合照。這也是我筆記型電腦的螢幕保護程式，因為我喜歡他們的身體完美貼合，就像放進最後一片拼圖。**有你才完整。**

眼睛後方的壓力不斷增加。現在的心情比死了更難過，問我就知道了。

我快速眨眼，努力壓下即將傾瀉而出的淚水。那股撕心裂肺的熟稔痛苦逐漸高漲。我化成灰都認得這種感受，那就是背叛。

弗雷斯和安娜貝背叛我。

怎麼會發生這種事情？**他媽的**怎麼可能發生？

我用拇指和食指放大手機上的照片，審視安娜貝的面孔，彷彿她的眼睛能傳遞隱藏的線索。我扯扯耳垂，第一次仔細斟酌她的髮型和黑緞禮服是否太普通。那個笑容確實顯得有點勉強，現在仔細看，眼裡甚至沒有笑意。向來如此嗎？我還錯過安娜貝哪些線索。我滑到下一張照片，仔細端詳時，激動的情緒在我胸中逐漸加速。弗雷斯陶醉地望著安娜貝，她的注意力卻集中在鏡頭上。為什麼她看都不看他？我忽略的這個細節現在看來如此明顯。滑過其他照片時，恐慌的情緒在皮膚下竄流，我想找一張她注視弗雷斯的照片。

他媽的看看妳的丈夫，安娜貝！我的心在尖叫。**他愛死妳了。我愛死妳了。**

我把手機放在腿上，指尖壓著眼皮。

一張照片勝過千言萬語。

那就像有人在紙條上打出真相，然後塞進我的手心。我都知道了。是安娜貝。

都怪**她**。她一定是那種永遠不滿足的女人，心裡其實無敵自戀；某天醒來，她決定找個更富有、更高大、或更有名望的人。我想像她與其他男人暗通款曲，確保她若決定放棄婚姻，也有安全的落腳處。一旦她確定另一個男人願意滿足她每個奇思妙想，便打開那扇櫻桃紅的大門，永遠離開弗雷斯。

我以前在**想什麼**，怎麼沒發現這一點？

妳沒動腦，我告訴自己。**妳被安娜貝迷住了，就像弗雷斯一樣。不能怪妳，當然也不怪弗雷斯。**

我的內心發生變化。就像某個開關突然打開。我不再崇拜安娜貝。我恨她。那種沒有特定目標的混沌原始怒意全面襲來。**妳怎麼能這樣？妳怎麼可以？**我盯著現在終於看懂的那雙空洞、冷漠眼睛，在心裡尖叫。**妳這個忘恩負義的婊子。妳這個忘恩負義的婊子根本配不上弗雷斯！**厭惡的情緒熔岩般地在腹部汩汩湧現，這座火山就快爆發。假如我現在看到她，如果我看到她，我甚至不願意多想我會對她做什麼。因為她不僅毀了自己的人生，也毀了我的人生，真是自私，自私的人不值得平安無恙的活在這個世界上。然而，他們無所不在，不以為意地踐踏著他們碰到的每一顆心。他媽的天理不彰。

安娜貝自以為可以肆無忌憚地傷害別人。她必須受到教訓。

腿上的手機開始震動，我像受驚的兔子似地跳起來。

達頓的目光從他的螢幕轉向我腿上的手機。他掏出一邊耳塞時，露出微笑。「妳不會在位子上使用違禁品吧？」他調侃。

根據瑞奇用黑色馬克筆張貼在牆上的告示，現在明文規定「禁止在工作時間將手機放在視線範圍內」。但是所有臨時雇員都緊緊抓著手機，彷彿是第三隻手。

我努力控制呼吸。「哈哈。」擠出顫抖的微笑，鬆開我無意識握緊的拳頭。有個指甲已經穿進皮膚，導致手心開始滲血。我把手湊到嘴邊，小心翼翼地舔掉金屬味。達頓似乎沒發現，因為他的注意力全在我的手機上，我一秒後才發現，手機停在安娜貝放大過的臉孔。

我亂按一通，幸好點到螢幕上的簡訊通知，照片就此消失。

小凱：

我剛看完上週的數字，發現妳審閱的資料最多（當然排在我後面，但領先其他臨時雇員）。請繼續保持！

瑞奇謹啟

我瞥了一眼瑞奇的位子，他正笑著看我，隱隱約約的不安情緒戳刺著我。他發這個簡訊是測試我是否守規矩嗎？還是他知道我根本沒看那些檔案？就在我想著這種可能時，瑞奇向我熱情地比出兩個大拇指。雖然瑞奇嚴守規則，但他不打算斥責我在工作時間看手機，討好瑞奇還是有些好處吧。

我抱以拘謹的微笑，尷尬揮手致意，瑞奇就像是酒吧裡請我喝酒的人。

達頓清清嗓子，眼中閃爍調皮的光芒。「嘿，瑞奇，」他大叫，足以讓整間辦公室的人聽到。「你不是傳簡訊給別人吧，因為牆上告示明確規定禁用手機。你不希望我把你當現行犯逮捕吧。」他搖搖手指，指責瑞奇。

房間裡傳來幾聲零星的噗哧聲。瑞奇憤怒地瞪著達頓，只惱怒地哼了一聲，但我注意到他雙頰泛紅。

「你很惡劣，」我低聲說，臉頰仍因腎上腺素而顫抖。「不要多管閒事，看你自己的文件。」我不想讓他繼續注意我的手機，剛剛達頓偷看也讓我越來越緊張。絕對不能讓那雙好奇的眼睛看到不該看的東西。

我把手機朝下放在桌上。用顫抖的手指，點擊審查資料夾中下一個檔案，逼自己完成這些動作。我想集中注意力，但周遭似乎不安地震動著。我感覺到瑞奇的目光從電腦移回我身上。是他監視我，還是我多心？因為他的緣故，我刻意慢慢逐行閱讀那封無趣的電郵。

查理，先看這個，盡快答覆我，郵件寫道。這和我以前在諾蘭暨萊特事務所上班時收到的郵件一模一樣，當時我是高層主管。我把游標滑到「不相關」鍵，偷看瑞奇一眼，確定他看到了，對，我正在工作中。但他已經把注意力放回螢幕。我點擊滑鼠，看著郵件消失。我不禁納悶自己在前事務所的收件匣，那個信件匣在網路的某處。我想像某個臨時雇員瀏覽我的個人郵件，裡面有我不希望別人讀到的信嗎？

滑鼠被我握得更緊了。

當然有，蠢貨，腦中那個討厭的聲音小聲卻憤怒地說。

蘭登最後一封信的字句開始襲擊我的思緒。

小凱……我不是有意的。

我用力閉上眼睛，力氣大到黑暗中出現彩色斑點。重新睜開眼睛，一秒鐘之後才明白螢幕上的畫面。

收件者：弗雷斯．瓦茨

寄件者：傑西．梅納

我需要喝杯啤酒。今晚在艾伍德酒吧見？

我忍住不要倒抽一口氣。

就是這裡？那間酒吧？

我慌忙拿起手機，點開行事曆。手指顫抖著滑過螢幕，滑到九個月前寫這封信的那一天。

二〇一九年二月八日，那天是星期五。「艾伍德」就是弗雷斯每週五去的酒吧。

我不自覺地露出微笑，新的使命感襲來，彷彿有道水閘被打開。

今天這封信出現在我的資料夾只有一個解釋，這是好兆頭。我的看法大錯特錯。對安娜貝生氣無法取回她從我這裡，從**我們**這裡，奪走的東西。這不是對症下藥，我必須從大處著眼。安娜貝的離去在弗雷斯所創造的完美世界造成極大缺口。如果我只因為生氣而忽略這個事實，那就太瘋狂了，簡直就是莫名其妙的受虐狂。

遲早有人會補上弗雷斯身邊的空缺。難道要找個見縫插針，還用大腸髮圈綁頭髮的秘書來填補？

不行。

應該由我來。

15

我拉開沉重的桃花心木門，熟悉的熱氣、光線和交談聲迎面而來。「艾伍德」是典型的曼哈頓中城時髦酒吧，顧客多半是目中無人的銀行家、穿著正裝襯衫、笑聲爽朗的律師，以及穿著緞面洋裝、眼裡閃爍著希望的女孩——當初我還是其中一員時，下班也會跟同事光顧這類酒吧。即使當時，我也不想來這種地方，但我會啜飲貴死人的雞尾酒，假裝很開心。我從小到大都用虛假笑容掩飾心情感受，已經是箇中高手。我們這群人中總會有人說酒吧裡有一堆老二，其他人也會對這個老哏呵呵笑，一邊喝酒，一邊回到大家樂此不疲的熱門話題，也就是同事的八卦。我敢打包票，我的消息傳開之後，那些混蛋一定樂壞了。好幾週的優惠時段都會拿這件事情當聊天素材吧。**媽啊，聽說小凱的事了嗎？我早該料到……我總覺得她有點瘋瘋癲癲……不太正常，知道嗎？**蘭登肯定點頭附議，然後開玩笑說瘋婆娘都愛他。以他的作風，他絕對會想辦法用貶抑的方法指出女人就是喜歡他。

我用手耙過剛吹整的頭髮，似乎這麼做就能具體地把過去推出體外。那是以前的我。我要把她當成死皮般脫掉。

我把這一晚當成軍事行動般準備。衣著有戰略方針，目標也很精確。我上妝時彷彿準備上戰場，除非全面獲勝，否則絕不讓步。我從爸爸以前看的戰爭紀錄片學會這一點。

我把酒吧掃過一輪，在牆上的鏡子看到自己的倒影。原本的褐色頭髮經過三百美元的挑染改造，濃密眉毛用專業的手法修整。我甚至設法在心形臉打出顴骨陰影，這要歸功於高明的修容法。

我微笑，把裙子下襬往下拉。我不習慣穿這麼短的裙子，但我清楚弗雷斯的喜好。

穿短一點吧，妳嫁給喜歡美腿的老公：）他的話在我文件夾中的特殊頁面上得到永生，標題是「弗雷斯的喜好」。這是他回覆安娜貝的信，我還記得往下滑看到有附件時，腹部有種飄飄然的感覺——照片是放在床上的兩件時髦洋裝，只寫著：**紅色還是黑色？**當然，我還記下照片透露的點點滴滴，就連被套的顏色和花紋（水藍波浪紋，比較像是Frette，而不是百貨公司的平價貨色）也不放過。多虧照片的高解析度（顯然是用最新款的iPhone拍攝——我猜想，安娜貝絕對擁有最新款的科技用品），我可以放大標籤，知道兩件都是出自Reiss[29]。我只需要按幾下滑鼠，就知

29 英國時尚高級品牌。

道兩件都能在布魯明戴爾百貨公司買到，就在李維暨史特隆事務所的四條街外。我本來只想看一眼，頂多摸摸布料，結果一進去，就知道不試穿也太不明智了。

搽了口紅的女店員把兩件洋裝掛在更衣室鉤子上，稱讚我的品味。不過我心中還是有一小部分納悶，她關上門之後，是否覺得我很可疑。這個想法實在太傻氣，試穿又不犯法，不是嗎？

當我脫下寬鬆的上衣，穿上紅色露肩洋裝，感受柔軟的布料貼著身體，我可以察覺以前那個無趣的自己彷彿遭到驅魔般瞬間逃逸。我照鏡子，看到那昂貴的布料緊貼著我最引以為傲的部位，看到洋裝顏色改變了我的膚色，就知道我非擁有這件衣服不可。店員刷過信用卡，遞上六百一十美元的收據，我盡量不多想我當臨時雇員要做幾小時才能付清。

不過就是錢而已。

妝要化得恰到好處就比較困難。安娜貝會根據不同場合改變色調。我只好帶四張照片去「絲芙蘭」[30]，確定店員準確了解我想要的妝容。「妳認識照片上的女人嗎？」愛管閒事的店員小姐問，帶我走到高價商品區。「妳直接問她用哪個品牌就輕鬆多了，至少知道從哪裡找起。」

「那就沒有驚喜了，」我隨機應變，店員聽得一頭霧水。「照片上的女人是我的好朋友，我要送她生日禮物。」我解釋。她聳肩，指了指她認為安娜貝在其中兩張照片使用的口紅顏色（「迪奧」的經典紅），我暗自竊笑，慶幸我化解僵局。那個女人可以從我身上賺取佣金，應該學會不要問這種蠢問題。

我刷爆信用卡，提前兩小時下班準備，但看看我。看看我就知道，我就是安娜貝，是人們馬首是瞻的對象。

我看看手機上的時間——八點半。他就快來了。

有個男人擦身經過，他端著四個高腳杯，走向角落那張桌子，那桌顧客開心雀躍，活像拍啤酒廣告。我開始覺得不自在，因為我獨自站在擁擠酒吧，沒有人可以交談。我需要社交道具。焦慮漸漸積聚在我的胸腔。突然間，屋裡唯一的聲音就是耳裡的嗡嗡響。我的眼睛瞟向門口。

酒。

我需要喝一杯。

心情就平靜多了。

我抿了抿完美的霧光紅唇，撫平洋裝，挺起胸膛。安娜貝不是會退縮的人。此時此刻，我也不會。

30 Sephora，路易威登集團底下的連鎖化妝品商店。

我剛點第二杯酒，他就進來，我靠在吧台邊的凳子（這件洋裝只能讓我靠著，無法坐滿），聽著這個解開太多扣子的傢伙滔滔不絕講述金融業的工作。我沒興趣和無聊金融男聊天，但他是絕佳掩護，所以我假裝興致盎然，其實不耐煩地小口喝酒，像警用直升機的探照燈般仔細掃視整間酒吧。

我在門邊發現弗雷斯的身影時，就像看到一票難求的熱門戲劇擔綱主角終於上台。歡欣鼓舞的火花在胸口迸裂，傳遍全身。我想跳起來歡呼，卻只能克制自己的興奮心情，用餘光觀察他。他就像紅外線影像，身體周遭有一圈光暈，竟然有辦法比上次更教人嘆為觀止。他在門口遲疑了一下，環視人群，敷衍地揮了幾次手。我咬住嘴唇，真想知道誰是他關注的幸運兒。這裡離李維暨史特隆事務所很近，酒吧裡肯定有許多他的同事。想起我每天都看到這些人的生活細節，我就冷笑。他們不知道，身旁有個卑微的臨時雇員可以隨時抖出他們令人尷尬的秘密。**你不就是那個約會經驗爛透，仍舊認為她應該幫你口交的人嗎？**

「我負責創投，所以必須一眼看出潛力，這可無法在哈佛商學院學到。這種事情必須靠天分。」我聽著無聊金融男喋喋不休，心不在焉地點頭，看著弗雷斯向吧台邁出一步。他的動作猶如音樂，好似一首交響曲。

我的視野縮小，最後只能看到他。

「失陪了。」我斷然地對無聊金融男拋下這句話，一口喝完酒，筆直走向吧台另一邊。腎上腺素在我的血管裡奔騰，心情卻相當平靜。我有腳本，我有策略，我已經準備充分。這就像我花了幾個月準備參加賽跑，現在站在起跑線上，終於要上場了。

弗雷斯穿過擁擠的人群，散發著不張揚的自信，周圍的女子都從飲料中抬起頭來看他。我加快腳步，就在弗雷斯向酒保招手時，我在他旁邊傾身靠向吧台。

「請給我一杯完美馬丁尼[31]。」我向酒保喊，音量比想像中略大，假裝不知道弗雷斯也要點酒。我試著不看他——至少現在先不看——但是就像有向光性的花朵，我稍微轉頭，正好看到弗雷斯好奇地盯著我看。

「來兩杯。」他說，舉起兩根手指，又回頭對我咧嘴笑。他目光的強力光束刺痛我的指尖。「我們對飲料有同樣品味。」

「英雄所見略同。」我報以微笑。過去幾天花時間複習筆記都值得了。我比弗雷斯更了解他自己。

我看著酒保把清澈的琴酒倒進兩個杯子裡，再倒入苦艾酒，然後用牙籤插進橄欖。我從餘光知道弗雷斯盯著我，目光在我的身上游走。我靜止不動，讓他把我的每一寸都收進眼裡。

31 50/50 martini，使用不甜苦艾酒和義式苦艾酒調製而成的馬丁尼。

我根據他的喜好，一磚一瓦地打造自己，他應該對眼前的景色感到滿意。

「我是弗雷斯。」他伸手，露出那無比燦爛的笑容。

「我是小凱。」我讓他握住我的手，多留了一秒。一大群蝴蝶從我的腹部集體展翅，在體內到處飛。

「幸會，小凱。」底下的燈光照亮吧台後面的酒瓶，瓶子在他臉龐投下溫暖的陰影，我只想赤身裸體潛入他微笑時的可愛酒窩裡。從酒吧其他女子撥頭髮的動作，以及越過繽紛馬丁尼酒那春心蕩漾的眼神看來，其他人也注意到，滿屋子的蘇聯鑽中，只有弗雷斯是真鑽。我旁邊就坐著兩個金髮大眼女，身上的黑褲子緊到令人懷疑是不是用機器真空吸上去，她們現在正堂而皇之對他微笑，試圖吸引他的注意力。**小妞們，滾吧**，我想咆哮。**他是我的**。我跳上高腳椅，交叉雙腿，展露最美線條，並且改變姿勢，擋住大眼妹。我注意到弗雷斯以為我沒看到時，偷偷讚賞我的腿，我暗自慶幸自己反應靈敏。

酒保將我們的酒推過光滑的吧台，弗雷斯舉杯。「敬我們，店裡唯一懂得點好酒的人。」

「敬我們。」我碰了一下他的杯子，發現自己默默計算我們之間的距離。十、最多十二吋。他離我如此之近，我幾乎品嘗得到我的未來。

「乾杯。」他淘氣地對我眨眼，這個動作通常讓我很尷尬，弗雷斯卻做得很酷。

我喝了一大口完美馬丁尼便皺眉，**天哪，這酒真難喝**。我強迫自己擠出開心的表情，又啜飲一口；這口入喉就順多了。我可以聞到弗雷斯的辛辣鬍後水混合去靜電紙的味道，搔得我喉嚨後方發癢。我深呼吸，希望整個肺填滿他的氣味，一度考慮問他用哪個牌子的鬍後水，我想在床單上狂噴。當然，如果一切按計畫進行，我們的洗漱用品很快就會並排放在共用浴室的梳妝台上。

一絲興奮之情蜿蜒流過我的胸膛。

「小凱，妳在附近上班嗎？」他問，用一根手指鬆開領帶。我的名字從他嘴裡發出就像奶油般滑順——不，比奶油更好，就像絲綢——我不得不花一秒鐘整理心情。一定要堅持原來的劇本，因為我策劃周全。

「那是『妳常來這裡』的另一種問法嗎？」我故作神秘，充滿自信、魅力十足地背出滾瓜爛熟的台詞，就像我先前對著浴室鏡子練習的那五十遍。熟能生巧啊。幸虧我想起《柯夢波丹》那篇〈男人無法抗拒的調情技巧〉中的建議，**用調情的問題回答他提出的第一個問題**，果然不出我所料。這就像我以前看到期末考卷的心情，篤定自己已經溫習夠多遍，知道所有答案。

弗雷斯一定注意到，也發現我的自信很迷人，因為他仰頭大笑。那種發自內心的低沉笑聲像音樂般悅耳。

「既然妳都說了，我就是這個意思。」他開心地笑彎了眼，與我四目相對。要不是我能感覺到大腿底下的高腳椅漆材質地，我會發誓我飄在半空中。他歪頭看著我，就像我在網上照片看到他望著安娜貝的神態。我永遠不希望這刻停止。

我看著他的拇指不自覺地擦過杯腳，默默向宇宙懇求。只要能擁有這個男人，我就幸福了。

「所以是不是呢？」弗雷斯靠過來，近到我能感覺到他的氣息拂過。「常來嗎？」他調皮地挑眉，散發出熱蜜般的自信。

我只想說**我愛你**，所以喝了一口飲料。「第一次來。」我回敬他的調情口吻。「你呢？」

他搖頭。「我在附近上班，總有同事帶頭來這裡。」

我強迫自己裝出頭一次聽說的表情，假裝不知道他上班大樓的確切地址和樓層。假裝我沒在同一棟大樓底下，與一群臨時雇員並肩工作。

「再來一輪，」喝開的顧客對酒保喊，撞到弗雷斯，導致他的手臂碰到我的胳膊。儘管只有一秒，這個接觸在我體內掀起各種感覺。幾個月來，這是我第一次被另一個人觸摸，除非上班第一天握住瑞奇汗淋淋的手也算。感覺很棒，棒得可悲。

幸好弗雷斯不知道我體內迸發的煙火，他繼續說下去。

「我是律師，酒吧裡可能有一半的人都是。」他用手指比比人群，態度既自恃又自嘲。我順著他的目光看，發現大眼金髮妹已經悄然離開，大概自知挫敗，現在是兩個男人取而代之，還刷新「大爺式開腿」的標準。其中一個看起來很面熟，因為我幸福地飄飄然，一秒後才想起來。

是嗎？是他嗎？

我的心臟都快跳出來。

靠。靠。媽的。

狄恩．萊利就站在幾吋外，他是諾蘭暨萊特事務所的律師。我的工作和狄恩沒有往來，但他惡名昭彰，會在公司活動喝到掛，亂摸秘書。他這種人絕對會大聲恥笑部落格描述的女子，還會像霓虹燈般高調宣傳。**嘿，妳是我們事務所那個瘋婆子？媽呀，我聽過妳的事情！**

我的脖子開始發燙。這傢伙可以瞬間毀掉整個行動。我立刻移開目光，祈禱他沒認出我。光是他出現，我就像看到《小氣財神》裡的聖誕幽靈，原本就稀薄的自信更是煙消雲散。

「律師啊，有意思了！」我接話，語調不正常地高八度，順便在高腳椅上調整姿勢，背對狄恩。我覺得自己很赤裸，就像夢到上台演說，突然發現自己沒穿衣服。

「現在是併購的好時機，」我緊張地嚷嚷，努力掩飾迅速高漲的恐慌。「畢竟現在投資項目那麼多，尤其是科技業。」弗雷斯歪頭，疑惑地看著我。他此刻的眼神更是按下我胸中的恐慌按鈕。

「妳怎麼知道我負責併購，還專攻科技業？」他問。

完了。

狄恩害我失常。我滿臉通紅，酒精也開始起作用，還不如直接向弗雷斯坦承，我不僅知道他專攻哪一類法律，還知道他領多少薪水。

靠！

我喝一口酒，爭取時間整理心情。「喔……呃……我瞎猜囉。現在似乎每個律師都做併購，」我暗自屏住呼吸。「尤其是科技業。」

弗雷斯慢慢皺眉點頭。

我的心臟差點跳出喉嚨。

就在我考慮放下酒杯，立刻閃人時，弗雷斯嚴肅的表情轉為咧嘴大笑。「我不知道自己變得這麼容易看透。如果不能投出曲線球，怎麼能打動妳這種大美人？」

我差點因為如釋重負癱倒在地。他不僅沒注意到我失言，還說他想**打動我。我欸！**我笑逐顏開，在腦裡重播這句話，牢牢記下所有字。

妳這種大美人。

「嘿！」有個醉醺醺的聲音從後方傳來，打斷我的狂喜。「嘿！」他又喊了一次，拍拍我。我全身緊繃，想充耳不聞。要說我對狄恩·萊利這類男人小有認識，就是他們絕對無法忍受自己被冷處理，絕對不可能。我不情願地轉身，他盯著我看，不懷好意。

「我認識妳嗎?」他口齒不清。我雙頰發燙,他看起來邋遢又有攻擊性。我對他的恨意從內心深處汨汨湧出,即將挾帶恐怖威力爆發。我想像抓住他那時髦的可笑的手工啤酒瓶,往吧台砸,再用鋸齒狀的酒瓶邊緣劃過他的脖子。

至少可以讓他閉上他媽的嘴。

不行,我要考慮到弗雷斯。而且動手濺血對我沒有好處,我至少清楚這一點。

吸氣。一、二、三……我用力吞咽,拚命壓下怒火,就像關上塞了太多東西的行李箱。我的應對一定要得宜。我整理表情,長嘆一聲,彷彿常在酒吧遇上喝醉的混帳搭訕,一臉煩不勝煩。「應該不認識,」希望他茫到想不起穿著合身套裝、紮得一絲不苟的馬尾和素顏的我。

「不對喔,」他朝我咄咄逼人地搖手指,臉湊得很近,我可以聞到他口中的啤酒,但我只想再聞到弗雷斯的辛辣氣息。

無論我多努力想抹滅過去,為什麼過去總是直勾勾地盯著我,對我吐出腐敗的氣息?

醉醺醺的狄恩皺著五官,彷彿想從舊海綿中擠出答案,最後用力拍吧台。「我知道了!」他往後退,瞇起眼睛看我。

我僵住了,就像察覺附近有危險的小兔子,下一秒即將被當成獵物吞下。

醉醺醺的狄恩洋洋得意,好似即將透露世界和平的秘密。「我們上同一個法學院。」他口齒不清地說，嘴唇上揚，露出譏諷的笑容。

錯了。

「應該不是。」我努力穩住聲音，直覺意識到弗雷斯正在觀察我們的對話。他發現我呼吸困難嗎？

「我確定我們是校友，」醉醺醺的狄恩瞪大眼睛。「妳上哪家法學院？」

我感覺到怒意在喉嚨裡凝結。「我沒上過法學院。」我斷然回答，卻馬上反悔。我本來計劃盡可能模糊帶過我的職業，不清不楚的灰色地帶才安全。現在為了阻止狄恩回想，為了讓這個混蛋徹底閉嘴，我卻直覺做出相反的反應。以後和弗雷斯交往，我該怎麼補救？他終究會發現我是律師。驚慌失措的我已經開始思考各種可能性。也許我可以假裝這就是女人說謊應付酒吧醉漢，因為我們不想再和他們打交道，所以隨便給個假電話。也許我和弗雷斯以後想起這一刻，會哈哈大笑。

「慢著……」醉酒狄恩的聲音劃破我的思緒。他很得意，那笑容尖銳又諷刺，我則是恐懼地楞在椅子上，心臟就像鐘錘般來回敲擊。

「妳……就是妳……妳以前上班的地方是——」

「聽著，老兄，」弗雷斯堅定地舉手打斷狄恩。「她已經回答你，她不認識你，你也不認識她。所以，我們要繼續聊**我們的**。」他比比我，再比比他。「你也繼續聊你的吧。」

狄恩撐大鼻孔盯著他，氣氛突然變得緊張，接著嘟囔了一句「隨便你，混蛋」，便穿過人群，踉蹌地走開。

我等他離開視線範圍才呼出一口氣。如釋重負的心情——那溫暖、至美的解脫之情——排山倒海而來，彷彿我在搖搖欲墜的吊橋落下前一秒成功過橋。

弗雷斯目送狄恩離開，才把注意力轉回我身上。「這個嘛，還真是魅力十足啊。」他露齒微笑，神情志得意滿，就像撿回棍子的狗狗。我發現，他剛剛名副其實地趕走我過去的惡靈。我盯著他的臉，那張堅毅、完美的臉孔，心中充滿我不知道自己竟然也有的純粹喜悅，就像突然找回一隻手或一隻腳。

「謝謝你。」我顫抖地說，但弗雷斯揮手，示意我打住。他再次開口前，氣氛有點尷尬。

「要怪那個混帳，我現在這麼說反而令人毛骨悚然。我一直覺得妳很面熟，我想起來了。」他喝光最後一滴酒，放下玻璃杯。

我努力維持笑容，眼睛甚至眨都不眨。這不在我的計畫之中，我們越來越偏離劇本了。

「『冷壓果汁』。」弗雷斯睜大眼睛，似乎問，**我說的對嗎？**

「『冷壓果汁』，」我複述的聲音比預期大，還微微抬頭，假裝絞盡腦汁。「我每天上班前都會過去，也許在那裡見過你？」我的聲音上揚，彷彿那也太巧，而不是我精心計畫好幾小時的後果。

他的笑容越來越大。

話語不斷從我嘴裡湧出。

「我的公司就在『冷壓果汁』那棟，如果迷戀冷壓果汁，在那裡上班還挺好的。我就是這種人，同事常拿這點取笑我。我負責招聘法務人員，所以很了解併購市場。」我竟然不經大腦就編造這麼多細節。「我……呃……我聘僱很多併購方面的律師，我多半負責這一塊。大致上來說，我挺喜歡這份工作。」我把酒杯舉到嘴邊，以防繼續滔滔不絕。

弗雷斯看著我，表情難以捉摸。

「那我應該向妳要張名片，」他等了一會兒才說。「誰也不知道我哪天需要換工作。」

「喔……呃……」我結巴，用指甲敲打杯柄。我莫名其妙給自己冠了個職業，讓弗雷斯向我討名片，有什麼事情比談論併購市場的現狀更煞風景？我避開他的目光，盯著馬丁尼杯，彷彿裡面藏了改變話題的訣竅。「我……呃……現在沒帶名片。我剛參加會議，都發完了。」

「啊，」弗雷斯點頭輕笑。「這招倒是有用，就不必把電話號碼給酒吧裡的陌生人。」他的目光閃閃發亮。

我一度想不智地透露所有真相。**你不是陌生人。我認識你有一段時間了，我對**

你的了解，多過我曾經約會的任何男人，而且你可能是我最愛的對象，一定是。我的心隱隱作痛，想停止裝模作樣，全盤托出。

不，要有手段。小心。別犯蠢，小凱。

我擺弄著吧台上的雞尾酒紙巾，清清嗓子。「我可以……可以給你電話號碼……假如你想要。」我抬頭與他對視，此時弗雷斯竟然低頭，頓了一會兒，彷彿徵求我的同意，然後吻了我，我又驚又喜。體內每根神經都被點燃。他的舌頭擦過我的嘴唇，我張開嘴唇，不由自主地低吟。我不在乎熱情回吻時幾乎打翻了飲料，也不在乎周圍有很多人，他顯然也不以為意，手扶著我的背，把我拉得更近。慾望像熱油般蔓延，我得忍住不咬，不把他整個吞下去，不吸吮他散發肉桂香的肌膚。我要他每寸肌膚都和我接觸，我要……

弗雷斯打斷這個吻，額頭靠在我的額頭上，胸膛明顯起伏。我體內的一切加速，體外的動靜——酒保高舉著馬丁尼雪克杯搖晃，苗條的棕髮女郎將覆著泡沫的粉色飲料倒入黏稠的嘴唇裡——則放慢速度。除了我們的聲音，我什麼也聽不到。吸氣。呼氣。

我努力保持紋絲不動，擔心自己可能從夢中醒來，發現一切都不是真的。

「妳想離開嗎？」他低聲說，手指與我的十指交纏，吐出的熱氣掠過我耳垂上的汗毛。

我直視他，覺得這生從未如此大膽無畏。我點頭。好。我正想走。

達頓．塞弗：嘿，小凱。妳下午真的和醫生有約，還是糊弄小瑞奇，以便提早下班？

達頓．塞弗：妳今晚有什麼事？有件事亟需找妳談。可以打給我嗎？

達頓．塞弗：有人在嗎？

16

我走進浴室，悶聲打了個哈欠，光腳踩著的油氈感覺格外冰冷。乾澀的眼睛提醒我，今晚大半時間都面對著筆記電腦藍光的事實。我滴了幾滴特強眼藥水，把手機放在水槽邊上，再次瞥過令人抓狂的空白螢幕。沉默的手機開始讓人覺得它在嘲笑我。**與妳五秒鐘前檢查時一樣，沒有任何變化，小凱！**我長嘆一聲，脫下睡衣，水龍頭往左轉到盡頭，走到花灑下。

自來水淋濕頭髮，我告訴自己，弗雷斯還沒聯繫我有許多合理解釋。我想像他打了簡訊，但忘了按「傳送」。又或者只是單純的電話問題。他可能把手機掉在地鐵軌道上，或者落在熟食店櫃檯，再回去已經找不到了。弄丟電話很常見。

我拿起肥皂，沿著已經發紅的手臂擦拭。我最近都用特燙的水淋浴，彷彿可以一層接著一層地燙掉失敗的污垢。我垂下頭，讓熱水流過肩膀和背部的緊繃部位。

那個晚上顯然並未按計畫進行，否則我就不會獨自站在淋浴間。弗雷斯會在我身邊，在我耳邊低語，**準備再來一次嗎？**結果我身邊只有自己。又一次。

本來一切都很順利——我做夢都不會想到這麼順利——弗雷斯領著我走向酒吧外的夜裡，手放在我的腰上。我們的情愫——天啊，那種情愫——是天雷勾動地火，還沒走出酒吧又開始接吻，弗雷斯雙手摟著我的腰，手在我的背上遊走。弗雷斯的唇在我的鎖骨上留下痕跡時，其他美麗女子的欣賞目光，或酒醉狄恩的嚴厲目光帶給我的顧慮，就像阿斯匹林般在我的舌頭上消失。

輕而易舉。就像鑰匙滑進鎖裡。但我早該料到，對我而言，沒有一件事是易如反掌。

我試著專注當下這一刻，享受在體內四竄的快感，但我焦慮的腦子一直回想我們在酒吧說過的每一句話，努力釐清哪些是我剛聽說的事，哪些是我從他的電郵和谷歌查到的資訊。我不能再搞砸。

我們自我介紹。他有沒有說他姓什麼？應該沒有。他告訴我，他是律師，但他有沒有提到事務所的名字？

「妳在發抖，」弗雷斯在我耳邊低吼，摩挲我的胳膊。「我叫輛 Uber 吧。」他掏出手機解鎖——八九九五，還是八九九二？他的手在我身上，我難以集中注意力。

「我們上哪兒？」他問。

「可以回我家，」我聽到自己說，然後暗自痛罵自己太冒失，安娜貝絕對不會這麼做。安娜貝含蓄，難以捉摸。不會讓人這麼容易得手。「喝一杯，」我蹩腳地補充。

要是我頭腦夠清楚就知道。一個習於專業清潔工和 Frette 床單的男人，看到我家堆著滿出來的彩色玻璃酒瓶回收箱，沙發上積了一坨坨髒被褥，可能覺得倒盡胃口。但我的費洛蒙發射速度快過機關槍，以致我幾乎無法做出清晰、理智的思考。

「好極了。」弗雷斯開始在手機上打字。我趁機仔細觀察他的輪廓，想記下他每分每寸。我從沒注意到他的睫毛有多長——網路相片拍不出金色的尖梢。他的左眉上還有一條細如絲線的白色疤痕，更能強調其他五官的完美。真不知道先前怎麼沒看到，但酒吧裡很暗，何況他的聲音又徹底催眠我。我暗自記下要問他如何受傷，覺得莫名失落，弗雷斯竟然有我不知道的事情。我深呼吸，提醒自己，我很快就會知道他所有事情。

Uber到達的速度快得可笑，似乎一直等在街角，急切地準備呼應弗雷斯的要求。又一件事銜接得如此天衣無縫。我想像，和弗雷斯相伴的人生就是這樣：平順，不費吹灰之力，就像我在經濟艙搶扶手多年，終於可以斜倚在頭等艙。弗雷斯打開黑色休旅車車門，殷勤有禮地示意我先請。我上去時踉蹌了一下，因為我穿著最高的高跟鞋（選這雙是為了達到安娜貝雕像般的高度），但弗雷斯伸出一手扶住我。「我扶穩了。」他低聲說，溫暖的氣息讓我從頭打顫到腳趾頭。那一刻，圍繞我的幸福光芒可以照亮整個紐約市。

我們只開了兩條街，他的電話就響了。第一次，他瞄過螢幕就把鈴聲關掉，目光再度回到我的身上。幾秒後，他的口袋震動，他掏出手機，皺眉看了看。螢幕的光線打亮他的臉，我注意到他的左耳附近有一小塊毛髮稍長。他刮鬍子時漏掉了。他沒發現，但我看到了。

「真討厭。」一會兒之後，弗雷斯嘆息，從螢幕上抬起頭，眼神充滿歉疚。

「你非走不可？」別人即將辜負我的表情，熟悉得令我心痛。

他重重呼出一口氣，拇指在我的手心摩挲。「真的很抱歉，但我必須回去工作，有個交易要吹了。」

「你們律師都一個德性，」我調侃，努力保持語氣輕鬆，其實失望的矛已經刺穿我。

男人不喜歡女人表現情緒。蘭登教會我這一點。

「噢！」弗雷斯緊緊抓住心口。「和其他律師歸為同類——真傷心。我保證，我不像他們一樣娶了這份工作。」他舉手，就像對著《聖經》發誓。我腦中只想到弗雷斯娶了我。

「拿去，」他在胸前的口袋裡掏了掏，拿出一張名片。「我的手機號碼就在上面。發簡訊給我，我就知道妳的號碼，我們再商量一下何時相約吃飯。」他又露出了那個酒窩。「我們可以一起用餐，我就能多了解妳，不會只知道妳喜歡冷壓果汁。」他的手指先拂過我的手臂，才放開我的手。

我提議先送他去公司（小心不提起我知道確切位置），但他堅持司機靠邊停，他就能下車步行。「我需要新鮮空氣醒醒腦，否則今晚絕對無法專心工作。」他跳下車，司機開車，只剩下我拿著他的名片，滿心焦慮不知道該發什麼簡訊給他。我熬夜到太陽東升，因為我苦苦思索該在那愚蠢的問候中寫些什麼。

嘿，是我！

嘿，我是小凱，很高興認識你。

真希望可以召開論壇或研討會討論，最後終於決定寫**希望你不必工作到太晚！親一下，小凱**，然後按「傳送」。

兩天。四十八個小時。整個該死的週末，我都不斷看電話，那則精心編撰的簡訊依然毫無回應。我就像搶到足球的查理．布朗，就在我以為弗雷斯屬於我的時候，卻在最後一刻被搶走。我不禁納悶，也許我搞錯方向。也許我應該在他還沒下車前就先訂好下次約會。也許我的簡訊應該更煽情。也許我太大膽、太無聊、太醜、太……像我。

我閉上眼睛，任憑熱水順著臉往下流。我提醒自己，弗雷斯喜歡安娜貝類型的女人。這種女人有自信，沒立即收到回覆也不擔心。想讓弗雷斯愛上我，我需要像變色龍一樣改變，變成安娜貝。能變的層面都要變。

人們喜歡的事物都很類似。既然能以優異成績拿到心理學學位，就不可能不知道這一點。

我要為下次見面擬定更好的計畫。關鍵就是準備周全。

我週末參觀了一家接著一家藝廊，研究安娜貝最愛的藝術家（根據她的 Instagram 貼文）。我的藝術知識大概僅限於現在貼在牆上的紐約天際線海報，但弗雷斯已經習慣身邊的人能區分沃荷和李奇登斯坦[32]，而我的最大特質就是勤奮用功。我相信，這類細節很重要。我已經可以想像，弗雷斯抓起我的手，帶我走上他和安娜貝曾經同居的房子的石階，穿過櫻桃紅大門，進入門廳。我隨口說我喜歡他掛在玄關桌上方的大衛·艾倫·彼得斯[33]的畫的紋理。**他雕刻畫布的方式似乎為抽象帶來秩序**，我會發自內心地感嘆，歪頭的角度抓得恰到好處。弗雷斯會挑眉，饒富興味地看著我，驚嘆我們對藝術竟然有相同的品味。他明白我能輕鬆融入他的完美生活，一把拉我走進那間輝煌的臥室。

到時我會準備就緒，無縫接軌地進入他的世界。

只要掌握所有細節。

五層樓下的救護車呼嘯聲把我拉回討厭的當下。淚水縮緊我的喉嚨，我受盡煎熬，彷彿一秒沒接到他的消息，生命就一點一滴地流失。我又回到等在電話旁的五歲生日，一心希望母親會打來。我在手裡擠了一坨洗髮精，用力揉搓頭皮，清除腦中的記憶。我想像大腦排斥這些記憶，就像對抗外來的抗原。

我走出浴室，用毛巾裹住發紅的皮膚再拉緊。我在起霧的鏡子擦出一個圓形，下巴向左又向右傾斜，審視鏡中的自己。根據安娜貝在亞馬遜網站的購買紀錄，這罐保濕霜對膚色發揮神奇功效，定期用餐也讓臉頰恢復血色。真是太神奇了，弗雷斯沒出現之前，我從未如此容光煥發。我就像童謠裡的矮胖子[34]，終於又被修好了。

我把頭髮塞到耳後，模仿安娜貝在照片中完美的蒙娜麗莎式微笑。我的左嘴角微微上揚，眼睛故意不看鏡頭，彷彿隱藏不可告人的秘密。眉毛要微微上揚。我學她把手放在臀部擺姿勢，彷彿鏡子裡有人正要幫我拍照。

還不賴。我值得被愛吧？

蘭登會說不值得。

我母親也會否認。

我用力拉開藥櫃，拿出特大瓶的止痛藥。在手心倒出四錠泰諾，低頭湊向水龍頭，喝水吞藥。我想了想，又多吃一顆。一會兒之後，腦中尖銳、鋸齒狀的邊緣開始變得光滑，就像砂紙磨過。

32 二十世紀的美國普普藝術家 Andy Warhol 和 Roy Lichtenstein。

33 David Allan Peters，美國抽象畫家。

34 Humpty Dumpty，鵝媽媽童謠裡的人物，歌詞是「矮胖子坐牆上，矮胖子摔地上，哪怕國王的千軍、國王的萬馬，也無法修好矮胖子。」

好了，好多了。

我機械式地吹乾頭髮，邊盯著手機邊穿上衣服。

還是沒有簡訊。

我用力倒在床上，翻開文件夾，掃描週末添加的內容。真是太神奇了，有了弗雷斯的手機號碼，竟然可以找到那麼多新資訊。我發現一個許久未更新的臉書檔案，名字是弗．沃，帳戶用的是他的電話號碼。我一直以為弗雷斯不用社群媒體，因為我搜遍臉書、推特和 Instagram 都空空如也，令人沮喪。原來他用化名開帳號，我很欣賞他不把私人社交與客戶、同事混為一談。

我按出筆芯，在我為他的臉書個人資訊特別留的頁面寫，**誰在他的朋友名單上？**即使用了化名，弗雷斯的朋友仍然超過七百人。我**認識**的人甚至不到七百人。可惜他的臉書設定不公開，所以我很難調查他的朋友。有兩張公開照片標記他，都由一個名叫理查．史東的人發布。兩張團體照是一群人坐在似乎是滑雪木屋的老舊大木桌旁，每個人雙頰紅通通，穿著刷毛外套。兩張照片都有安娜貝，但照片日期是二〇一五年。我以圖搜圖（上谷歌搜索「可以從照片得知什麼資訊」，我才知道有這種功能），發現同一位朋友也在 Instagram 上發布這些照片，標籤是 # 維爾粉雪[35] # 還能滑雪。有個 @ 史黛西蘇德蘭說，**真希望我也在那裡！**我也是，史黛西．蘇德蘭。

我移開目光，環視整個臥室找鑰匙。再不行動，上班就要遲到了。我檢查過浴室，以防我不知不覺帶進去，但是沒看到。我揉揉太陽穴，努力仔細回想，具體推開腦中的朦朧混沌。**昨天從畫廊回家時，鑰匙還在。我開冰箱拿飲料時，一定留在流理台了。**

我搖晃身體，穿上鞋子，去廚房時打開吸頂燈。結果愣住了。

鹵素燈泡無情的強光瞬間淹沒客廳，照亮面前恐怖景象的每個細節。我的目光慢慢地掃視這個狹小房間，彷彿第一次見到。地毯上散落著空啤酒瓶，牆上貼的黃色貼紙寫著「GPS？」、「社群媒體帳戶？」，茶几上堆滿筆跡潦草的紙頭，有個已經結塊的中式菜餚紙盤從沙發下冒出來。

昨晚我上床時，公寓不是這個模樣。難道是嗎？

時間越晚，細節越模糊。我甚至不確定是否用過電腦，結果很明顯，我用過。我彎腰，把我不記得點過的外賣空盒從鍵盤上拿開。

我搖頭。頭好痛，我立刻後悔自己幹嘛彎腰。

「靠！」我對著空蕩蕩的客廳大喊，聲音拳頭般地打在牆上。我厭惡這種日子，

35 VailPowder，美國科羅拉多州著名的維爾滑雪場，Powder 則指鬆軟的粉雪。

我想要弗雷斯吻我時許諾的生活。那種人生的我在週末可以喝「我們的」紅酒，而不是我昨晚喝下的劣質貨色。我經歷了那麼多苦難，有權利得到宇宙的獎賞。我不是白白忍受這一年噩夢般的驚險人生。

不是。

我要和弗雷斯一起住在那間典雅的紅門豪宅，知道自己永遠屬於某個人，因而覺得安全無虞，終於讓我等到了。這一切——糟糕的派遣工作、失業、和父親的關係——都將成為記憶博物館裡的塵封展品。而且我不打算再回頭參觀。

我從沙發墊子下抽出鑰匙，又檢查簡訊，才把手機扔進皮包。我下定決心起身，把袖子穿進外套。輪不到弗雷斯．瓦茨做這個決定，這是上天注定。

如果弗雷斯．瓦茨不明白我們是天造地設，我就親自處理。

收件者：凱珊卓·伍德森
寄件者：瑪麗·伍德森

我不明白妳上一封信，凱珊卓。妳說妳要搬到布隆克維是什麼意思？

收件者：凱珊卓·伍德森
寄件者：麥特_666999

妳就是幾個月前瘋傳影片中的凱珊卓·伍德森嗎？辦公大樓大廳那個？我願意付大錢請妳過來拍我們的影片。我喜歡女生他媽的像妳一樣瘋癲。

17

「週一快樂！」穿著緊身裙的中年婦女走過我身邊鋪地毯的走廊時，輕快地說。

我回敬了一個假笑，風琴夾緊貼在臀部旁，努力控制呼吸。混入人群是當務之急，她那句蠢到家的問候可能帶來不必要的注意。我回頭看，確定有沒有任何人起疑，但沒有人抬頭看我，沒有目光跟著我。印表機仍然嗡嗡響，電話鈴聲始終沒停，似乎沒人注意到有個陌生的臨時雇員混入高層專屬的樓層。謝天謝地。

有時候，最棒的點子就在眼前。就我的例子而言，是三十層樓之上。要追蹤弗雷斯的行蹤，從他一天花最多時間的地方開始最適合吧？

這個計畫出乎意料地簡單。瑞奇的 iPhone 鬧鈴大鳴，碉堡裡響起《星際大戰》的〈帝國進行曲〉，表示午休時間開始，但我幾分鐘前就在「屎尿時間」板子上簽名離開。走進通往大廳的樓梯間安全地帶，我馬上打到弗雷斯的辦公室。「瓦茨先生一點三十分才會回辦公室，」他的秘書表示，我暗自讚許自己有先見之明，留下弗雷斯頂級客戶名單。我就可以輕鬆冒充助理，幫上司打聽弗雷斯回來的確切時間。她的回答只是證實我的預料——弗雷斯．瓦茨的辦公室將空出整整一小時。

達頓可能搞錯很多事，這件事倒是說對了：弗雷斯的確每週一都有午餐會議，我竟然早上才想起可以利用這件小事。

不知道達頓等我從洗手間回來要等多久，才肯把握時間，獨自去吃豬肉絲墨西哥捲餅。但願不會久到讓瑞奇發現有個忠誠步兵失蹤。

我的高跟鞋在幾何圖案的地毯上咚咚響，經過一群圍著當肯甜甜圈的秘書，以及兩個在小會議室堅定握手的灰西裝男。我挺胸，忍住不斷高漲的驚恐心情。落地窗外的中央公園樹梢逐漸映入眼簾，所以我已經走到三十五樓的北側，即將看到弗雷斯的辦公室。我在角落的空辦公室外停下腳步，這裡是進行偵察的最佳地點。我一邊拍掉褲子上不存在的棉絮，一邊掃視隔板裡的臉孔，直到目光落在她的臉上。

我花了點時間從走廊遠方端詳她。她的皺紋比 Instagram 上的照片多，無疑要歸功於她使用的各種濾鏡軟體，但那對拔得太稀疏的眉毛絕對錯不了。

她就是溫絲黛．華特斯。

我看著她把一疊文件從這疊搬到另一疊，拿起一張看了看，嘆口氣之後扔進垃圾桶。我等待時機，想趁她的注意力轉移時溜過她身邊。她起身揹起皮包時，我簡直不敢相信自己的運氣。

「可以幫忙接電話嗎？」我聽到她朝隔板對面的女人喊，綁著絨布髮圈的馬尾就嗖地消失不見。

我的體內升起興奮的泡泡。在守衛睡著時發現希望之鑽[36]，一定就是這種心情。我深呼吸，準備沿著走廊，盡可能悄悄地走進辦公室。我早已練就不受人注目的本領。先在影印室短暫停留，拿到這個風琴夾、塞進檔案夾的裝訂文件，偽裝資料的重要性。白領上班族都知道，只要拿著檔案夾，行色匆匆，也許殺了人都能悄悄溜走。

走到印著**弗雷斯・J・瓦茨**的銅牌前時，我的心跳已經加倍，卻還是忍不住抬起手，先用指尖拂過冰冷金屬的每個字母，才放下來，壓下門把，推門進去。

辦公室有弗雷斯身上的辛辣氣味，我努力抵抗誘惑，才沒把鼻子湊到椅子布墊上，把他的氣味吸進肺裡。相反地，我快速默默盤點房裡的景象，希望有足夠的時間記下這一切：牆上掛了兩幅畫（一幅是抽象畫，另一幅是用色大膽的城市風情），櫃子上有紀念併購交易的透明壓克力獎牌、一個精緻的啤酒杯、一塊寫著**四十位四十歲以下精英**大字的獎牌。辦公室裡唯一裝幀的照片就放在弗雷斯的辦公桌後面——是他在紐約市馬拉松比賽衝過終點線的畫面。

沒有安娜貝的照片。雖然不出我所料，卻讓我更放心，知道她不像壞味道，如影隨形依附在他身上。

角落裡有一個布魯明戴爾百貨公司的購物袋，我迅速撥開棉紙，看看他買了什麼——兩件毛衣（大尺碼的 John Varvatos）和一條棕色皮帶。

我熱愛各種細節，但時間不多。

我走到他的桌前，拉下螢幕上那張用鉛筆寫了數字的黃色便利貼，從十位數字看來，這是他的律師帳號。我對半折好，塞進口袋。

永遠不知道哪些東西會派上用場。

「午安，李維暨史特隆事務所，比爾．葛羅斯曼辦公室。」我聽到走廊對面的秘書對著耳機低聲說。我停下腳步，如同雕像般靜止，屏住呼吸。我就像降落到敵方領土的傘兵，隨時可能被發現。理智要我撤退，但我不可能空手離開他的辦公室。我需要一些東西。一個線索。為什麼弗雷斯沒聯絡我？更重要的是，我下次能在何處、何時見到他？

我討厭未知數。

我拉開抽屜，推開原子筆和能量棒，拿出一個鮮黃色的管子。我瞇起眼睛查看標籤，**0.3毫克的艾筆腎上腺素注射筆**。弗雷斯有需要使用腎上腺素的過敏病症？我不知道這件事。不知道潘絲黛是不是拿共同的疾病接近他。我把管子塞進口袋，繼續開下一個抽屜。裡面有一碗零錢，兩瓶水，近乎全空的處方藥罐，我把罐子也放

36 傳說希望之鑽是印度神廟的聖物，十七世紀的法國探險家連夜偷出，後來被祭司下了詛咒。最後輾轉流到美國史密森尼博物館。

進口袋，用屁股把抽屜推回去。

我看了一下時間。午休只剩下十分鐘，我回碉堡不能遲到，否則瑞奇會派搜索大隊來找我。我迅速繞到超大辦公桌前，開始在黑色金屬信件盤中找標明 IN 的郵件，當作最後一搏。

「需要幫忙嗎？」冰冷的聲音從後方摔過來。

我的心跳突然停止。

轉身之前，我花了點時間整理表情，收起顯而易見的驚懼。她就站在那裡，露出 Instagram 照片中漂白過的牙齒。少了濾鏡，格外亮白。

「喔。」我隱藏聲音中的搖擺。「不用，沒問題，謝謝。我只是送這個到弗雷斯．瓦茨的收件箱。」順手牽羊的物品放在口袋裡活像磚塊。我調整重心，掩飾隆起的部位。

溫絲黛的目光從我的臉移到我當成救生圈般抓著不放的風琴夾，又回到我的臉。她皺眉怪罪我，「妳是新來的？」

我的腦子似乎充滿靜電，就像失去信號的電視，幾秒後才找到字句，硬從顫抖的嘴裡說出來。「對，呃……布萊德．貝克的助理休產假，我是代替她的臨時雇員。」

溫絲黛交臂抱著豐胸過的乳房。「妳說妳叫什麼名字來著？」語氣充滿指責。她和我都知道，我根本沒提過。

我強迫自己與她四目相交，祈求自己能控制心跳。反社會的人做得到。

「卡洛琳，」我保持微笑，故意不提供姓。溫絲黛對她在弗雷斯辦公室發現的臨時雇員知道的越少越好。但我願意用月薪打賭，即使用槍指著她的頭，她也無法從一排人中選出布萊德．貝克或他的秘書。根據我的自身經驗，大法律事務所的財經法部門不會與訴訟部門往來。他們當然隸屬於同一個雇主，但他們鮮少有業務往來，幾乎等同在不同的城市工作。

溫絲黛歪頭打量我。

一秒。

兩秒。

如果弗雷斯現在開完會回來，他對辦公室這一幕有何看法？這個想法堵在我的喉嚨，害我難以把空氣吸進肺裡。我開始感到頭暈目眩。

似乎過了一萬年，她開口了。「卡洛琳，在這家公司，要給合夥律師的所有物品都先轉交給他們的助理，絕對不會直接放在他們辦公桌上。」她強調「絕對不會」，彷彿是提供保命忠告。「我不知道妳在其他事務所擔任臨時雇員時的規矩，但這裡就是這樣。瓦茨先生的**所有**信件都由我經手。」

我的身體因憤怒而膨脹，我差點屈服於排山倒海而來的衝動，想兩手勒住她的喉嚨。她以為自己是弗雷斯的守門人，我才是弗雷斯未來的女朋友，媽的！弗雷斯和我之間不需要任何屏障。但現在這個時機不適合對她說明，我必須離開這個辦公室，回到碉堡。我緊閉雙唇，忍住怒火。

天真盲從的態度是現在唯一可行的方法，我擺出應有的表情。我低頭，希望表現出卑躬屈膝的模樣。「對不起，我剛剛經過妳的隔間，沒看到人，以為妳請病假。」我歉意地聳聳肩。

她盯著我看了一會兒，才伸出手。「好吧，希望妳學到教訓，給我吧。」

我猶豫了一下。儘管房裡很冷，我的額頭開始冒汗。先前我從回收紙箱搜刮紙張時，沒時間先讀過。如果溫絲黛現在看，我不知道她會看到什麼。這不在我的計畫中。

溫絲黛哼了一聲，不耐煩地擺動手指。我不甘願地交出風琴夾。我雙手緊緊交握，她才不會發現我走出弗雷斯辦公室時，手抖得多厲害。

匆匆走過溫絲黛的隔間時，我不禁納悶要在她咖啡中放多少我口袋裡的藥丸，她才會忘記這整件事。後來我想到，一兩顆花生就可以了。

有時，腦中閃過的想法連我都害怕。

18

「所以，我還是不明白，」達頓把托盤放在桌上。「妳昨天自己在員工餐廳吃午餐，現在又想在這裡吃？」他滑進我對面的椅子，指向落地窗。「我們就像放棄在院子放風十五分鐘的囚犯。」

我聳肩，用叉子轉起一根麵條。「我只是懶得浪費僅有的一點時間去找合適的餐廳，這裡就有各式各樣的食物。」我把麵條塞進嘴裡，強調這點。其實我一點也不想來員工餐廳，但我非來不可，免得達頓懷疑我昨天午休神秘失蹤。

兩個身穿條紋襯衫的寬肩男子經過我們桌子，手裡的托盤堆滿麵條。「補充碳水化合物囉」，高個子對角落卡座某個長得像詹姆斯．法蘭科[37]的人喊，然後一屁股坐在他旁邊。我注意到個子較矮的人和弗雷斯一樣，都有一頭漆黑頭髮。本能的恐慌突然在我的胃底點燃。這時在事務所的員工餐廳碰上他，這段戀情就玩完了。我該怎麼解釋我在這裡做什麼？但就邏輯而言，這種事情不可能發生。合夥律師有自

37 James Franco，美國演員、導演，作品包括《一吻定江山》、《大災難家》等。

己的餐廳，自重的人死都不肯來。在員工餐廳看到弗雷斯的髮色只代表一件事：好兆頭。

上次去他辦公室大受挫折之後，我需要正面鼓勵。

達頓不可置信地盯著我。「妳聽過斯德哥爾摩症候群嗎，小凱・伍德森？」

我的肩膀高聳。達頓只叫我的名字。我故意不在他面前提起我的姓，對任何人都一樣。第一天上班，瑞奇的介紹詞說我是「派遣公司新來的女孩」。聽到「伍德森」從他的舌頭上掠過，我納悶他是否為了上網谷歌我的資料，才追查我的姓。

「我們不是每天非一起吃飯不可，」我突然覺得惱火而動怒。他往後縮，我看了覺得很得意，滑開手機，對他受傷的模樣視若無睹。我們坐下來之後，這已經是我第三次滑開螢幕。我就像拉斯維加斯的賭客，眼睛緊盯著吃角子老虎，等待拉贏的那刻。

快傳啊，弗雷斯。我暗自懇求。**快點**。

「我沒意見，」達頓嘟囔著，怒目相視。他張嘴，憤怒地咬了一口漢堡。我不理他，逕自點開未接來電，以防手機出問題，沒提醒我五分鐘前付帳之後有來電。

沒有新來電。

沒有新簡訊。

我想把愚蠢的手機砸成碎片。坐在這裡吃油膩的員工餐廳午餐，只讓我心情更低落。我不想要食物，我想要弗雷斯。其餘只是浪費力氣。呼吸也是。

我敲著指甲，一度考慮是否硬著頭皮，傳一則簡短、無害的簡訊給弗雷斯。可以說，**嘿，我週五玩得很開心！**

不行，我要打長期戰。不能猴急，必須冷靜應對。就像安娜貝。安娜貝不會再發簡訊乞求關注，她光活著就能博得大家的青睞。

弗雷斯顯然想測試我的耐力。

「對於一個緊盯手機的人而言，妳回簡訊的速度不算快，對吧？」達頓的語氣就像耍脾氣的孩子。

我從手機上抬頭，困惑地透過睫毛看他。起初還以為他說我錯過弗雷斯的簡訊，但他不可能知道。看到達頓皺起的眉頭，我想起週末似乎曾經點開他的訊息，也許還不止一則。但我完全不記得內容，也不記得我是否回覆過。從他現在激動的表情看來，我沒回。

「對不起，」我搖頭嘆氣。「我完全忘記回覆，這個週末真的很忙。」他久久沒有回應，我幾乎能聽到他腦裡齒輪轉動的聲音。

他雙手抱胸，歪著頭。「是吼，妳和『朋友』過週末，對嗎？」他說到「朋友」時，還用手比引號，彷彿這件事很可笑。

他的話在空中迴盪。我因為憤怒和丟臉而滿臉通紅。他暗示我交不到朋友，以為自己是誰啊？一會兒之後，我才明白他的暗示。他不是認為我瞎掰有朋友，不是，他認為我正和某人交往。我開口想糾正他，但又打住。

沒錯。我正和某人交往。

微笑在我臉上漾開。

「逮到妳了吧！」達頓大叫。

我調皮聳肩回應。既然我的頸間還能感覺到弗雷斯的雙唇，實在沒必要掩飾。

達頓呼出一口氣，嘴角上揚。「我就知道妳有事瞞著我，妳不擅長說謊。」他的臉上似乎閃過一絲惱火，但只有一瞬間，很快就消失。他拿起飲料，喝了一大口。

「哪位啊？」

我交叉雙臂，但是握著手肘，而不是把拳頭塞到二頭肌下，就像照片裡的安娜貝，我已經非常熟悉她的習慣動作。「呃……你不知道這個人，我認識他好一陣子了。」我的聲音漸漸變小。對話內容轉入危險地雷區，我尚未準備就緒。「你傳什麼給我？」

他的臉上出現兩塊小小的紅暈。「喔……我有件事想問妳。只是……想聽聽妳的建議。」他轉過頭，表情有所戒備，就像窗子拉上窗簾。「放心，我有答案了。」他咬了一大口漢堡，從口袋拿出手機，用食指戳了戳。

我的肩膀放鬆，難得因為不是討論弗雷斯而如釋重負，達頓探聽我的私生活絕對沒有好事。我拿起手機，查看我在谷歌搜索的安莫西林的結果，這是我在弗雷斯抽屜發現的處方藥。它的用途廣泛，難以確定弗雷斯服用的原因，但這些藥是從街角的ＣＶＳ藥局買回來，這個情報可能有用。

「他媽的也太扯了吧？」達頓憤怒的聲音劃破我的思緒。

我心跳停止，焦慮地抬頭，看到達頓的注意力在其他地方。我回頭找到他突然發怒的原因，鬆了一口氣，原來不是我。

「妳看看那個混蛋找洛可麻煩，」他比向烤肉台，我看到一個身穿昂貴訂製襯衫、一臉臭屁的傢伙瞇眼看老好餐廳員工洛可，似乎正在數落他。「我常看到那些自以為是的混帳做這種事，」達頓嗤之以鼻。「菜單上有一百萬種選擇，他們拿不到想要的食物就大發雷霆。」達頓滿臉通紅，就像隨時準備噴發的汽笛。

我可以想像洛可不以為意地聳肩，但達頓繼續說，聲音還因憤怒而顫抖著。「這些傢伙自以為是他媽的神明，身邊每個人都該伺候他們。」他一根手指往桌上戳。「他們就是為了搶而搶，除了自己以外，對任何人都不屑一顧。」

我小心翼翼地打量他。達頓這個人不高興也不會四處張揚，現在卻完全不是這麼一回事。他太陽穴青筋暴露，我想警告他小心為上。

動怒發飆可能成為代價高昂的差錯。

「你今天怎麼了？」我壓低聲音，希望他也照辦。

「**我**怎麼了？」他一手壓在胸前，一臉憤慨。「顯然我氣某個渾球仗勢欺負洛可是**我的**問題？天啊，小凱，妳似乎很想為這些人說話。妳是對他們**著迷了**還是怎麼著？」

我瞪著他，試圖掩飾在腦中彈跳的恐怖情緒。我可以感覺臉部溫度升高，就像溫度計裡的水銀。我不敢環顧四周，瞧瞧有誰聽到達頓的咆哮。我花點時間調整表情。受到莫名其妙的指控時，表現出憤慨很重要。

「你胡說什麼？」我喝斥，雙手交抱胸前，掩蓋身體的顫抖。「你現在的口氣就像瘋子。你覺得對洛可大喊大叫的律師會讓我著迷？況且，洛可本人根本不放在心上，不像你。也許**你才是**那個太關注他們的人。」

「妳知道個鬼！」達頓飛快跳起來，打翻一疊餐巾紙。「我不想再坐在這裡了。我們還有……」他火大地看了一眼手錶。「還有十分鐘就得回到碉堡，我需要去透透氣。」他抓起托盤，氣呼呼走到垃圾桶旁，什麼也沒再說。

我看著他用手肘撞開電梯口的人群。達頓就像野豬般引人注目，我必須記住這一點。我長長呼出一口氣，推開盤子裡的剩菜，又滑開手機螢幕，直到它自動變暗，變黑。

傍晚，我在辦公桌前打出清單，列出我和弗雷斯下次可能會面的地方。「冷壓果汁」太透明。春分健身房有潛力，但我得找出他去的是哪一家分店。溫絲黛很可能知道，但我至少要等一週以上，才能向她打聽。她現在肯定會提高警覺。

弗雷斯和我分開的每一秒都像是浪費時間，但我的下一步必須經過深思熟慮，衝動的決定可能改變人生軌跡。

「嘿，妳的哥兒們呢？」瑞奇的聲音打斷我的思緒。我的目光離開螢幕，看到他站在我旁邊，拇指比向達頓的座位。

「嗯？」我拿出耳機，我已經養成白天戴耳機的習慣，不是聽音樂，戴上就覺得身處隱蔽空間，不是在充當辦公室的擁擠儲藏室。顯然只有瑞奇不知道我戴著抵抗噪音的盔甲。

「達頓，」瑞奇惱怒地重複。「妳的用餐夥伴。他去哪了？」

我快速瞥過達頓的螢幕，已經變成只剩公司商標旋轉的黑幕。我聳肩，「廁所吧。」我看了一眼螢幕左上角的時間，無意中驚訝地瞪大眼睛。下午四點二十七分。達頓上廁所的時間就像火車時刻表一樣精確——下午三點三十分出去，三點四十五分準時回來——雖然不符合他實際需要小解的時間。「如果不把午餐和晚餐之間枯燥的幾個小時對半拆開，我會拿該死的筆插進眼睛，就為了不想再多看一份檔案。」達頓解釋。但他已經離開將近一小時，所以瑞奇現在才會盯著我看，活像不滿的小學校長。

事後回想，這應該是不對勁的第一個跡象。

「他……呃……今天一定比往常更晚去洗手間。」我說，這下等於承認我知道同事在「屎尿時間」板上簽名的確切時間，因此略略臉紅。最後一絲尊嚴也沒了。

瑞奇誇張地翻了個白眼。「不要掩護他了，小凱，否則只會賠上妳自己的專業聲譽。妳的小夥伴這次搞臭名聲，以後再也無法找到派遣工作了。**不要**讓同樣的事情發生在妳身上。」他用一根手指指向我的電腦，以示強調。

我忍住衝動，不告訴瑞奇，我的專業聲譽已經跌入谷底。

「大家聽著，上廁所規則更新，」瑞奇出聲，猙獰地掃視一圈。他臉孔脹紅，上了髮膠的頭髮左側豎起來，看起來有點精神失常。「以後上廁所時間超過五分鐘，就扣你們薪水。這不是拍攝幼稚園實境節目。」

我看著他氣呼呼走回位子，念念有詞地說：「天啊，我簡直是看小孩的保姆。」

我等他回到辦公桌前，才拿起手機發簡訊給達頓，警告他瑞奇大發雷霆。達頓可能以為瑞奇絕對不會解雇他，我可沒那麼有自信。我滑開手機，看到螢幕變黑，不由得皺眉。

「靠！」我低聲說。整個上午不斷點開手機，導致電力耗盡。我把手機扔回皮包，幾小時後就是晚餐時間，到時再去餐廳充電。

也許這樣最好，我告訴自己。心急水不沸。

當我點開新檔案，螢幕上彈出一則電郵時，所有達頓上廁所太久、電力耗盡等事情都被拋諸腦後。

收件者：資訊部

寄件者：弗雷斯・瓦茨

我十二點到兩點不在辦公室，你們可以用我的電腦。

用戶帳號：FWatts

密碼：AMFW072912

我的氣卡在喉嚨。我的。天啊。

我發狂地環視辦公室，彷彿電腦發出響亮的警鈴——**請注意，機密密碼外洩，請注意**——但大家都盯著自己的螢幕。我把注意力轉回螢幕，用力壓著大腿，保持雙手穩定。

我只要在筆記本上記下用戶帳號和密碼，以後就能看到弗雷斯信箱所有資訊。到時絕對能找到電郵，知道他何時將在哪裡出現。

我伸手去拿 Longchamp 手提袋時，因為太興奮，皮膚略感刺痛。

「靠，」我喘氣，想到早上做了一個不幸的決定，把平常的功能性提包換成了可愛的側背包，想打造休閒、輕盈的形象，就像我想像中的安娜貝。

所以我沒帶筆記本和筆。

我的眼睛在工作空間裡轉來轉去，尋找可以拿來寫字的物品。顯然高層決定不發任何文具給只負責點擊滑鼠的臨時雇員，因為整個碉堡中的唯一書寫工具就用繩子綁在「屎尿時間」的寫字板上。

我的大腦超速運作，試圖想出下一步。手機沒電，我沒辦法拍下電腦螢幕。AMFW072912——我也許記得住，但如果搞砸了呢？電郵消失就就沒辦法再找回來了。我從地上抓起我那愚蠢的小包，焦急地翻找——一支筆，一支馬克筆，甚至舊眼線筆——隨便能用來寫字的東西都好。包包裡面有一個衛生棉條，一個舊護唇膏，一個吃了一半的燕麥棒，就是沒有可以寫字的工具。我沮喪地用掌根壓住眼睛。後排有個用長髮蓋住禿頂的人好奇地盯著我，才又低頭看螢幕。

耳裡的血流咚咚響。這就像冠軍賽的時間一分一秒流失，我就是那個拿著球的人，準備要觸陣得分，或是失手輸掉球賽。

我的目光瞟向登記廁所時間的寫字板。我不可能神不知鬼不覺地扯下繩子上的筆，但也許可以簽名後衝到對街的連鎖超商Duane Reade。但是瑞奇才剛罵完達頓，達頓又沒回來，現在出去可能會引起瑞奇的注意，這是我最不想要的結果。

如果我說要出去抽菸，瑞奇會相信我嗎？他可能會要求我拿出他知道我沒有的菸當證據。為什麼，為什麼我不聽前秘書的話，養成抽菸的習慣？「人們低估了抽菸的好處，」她一邊解釋，一邊在手掌上敲紅色萬寶路。「沒錯，妳會少活幾年，但是妳抽菸，就能去外面休息，沒有人會多問。」我現在很樂意拿粉紅色的肺和二十年壽命換一支該死的筆。

我把椅子往後推，迅速起身。水。他不能拒絕喝水的人類基本需求。我假裝咳了幾聲，手壓著胸口，經過一整排點擊滑鼠的人，走向偵訊室。

「去冰箱拿水，」走過瑞奇的電腦時，我低聲解釋，回應他好奇的眼神。他瞪了我一眼，好似我沒有尿意時只能用脫水當成離開工作的藉口。

我加快步伐。

偵訊室吸頂燈的嗡嗡聲就像定時炸彈，我瘋狂地翻遍房間、桌底、飲水機後面和每個櫃子。

一支。他媽的。筆。也沒有。

我把手掌壓在眼睛上。**想啊，小凱，趕快想！**

那通電話就是這時打來。

19

鈴聲劃破休息室。我已經幾個月沒聽到室內電話的鈴聲——音調尖銳而高亢——這種聲音如此陌生，我一秒後才認出來。

鈴鈴鈴！第三次鈴聲把我拉回現實，我就像巴夫洛夫實驗中的狗狗[38]，身體立刻緊繃。我這生最糟糕的消息就是透過電話傳來。

恐懼竄過背脊，絕對不是好事。

瑞奇發出極大聲響地衝進偵訊室，氣喘吁吁，辦公桌到這裡的六公尺距離彷彿被他當成馬拉松。

「有……有**電話**響嗎？」他喘氣，睜大眼睛。

我點頭，盯著一九九五年左右的黑色電話，我現在才發現它掛在休息室牆上。從瑞奇的表情看來，這也是他第一次察覺有這支電話。樓上的管理階層從來沒打電話給我們，一次也沒有。瑞奇透過電郵接收指示，就我所知，這就是我們碉堡中的人與高層的唯一溝通管道。有一次，瑞奇無意中透露，他甚至從未當面見過這間事務所的資深合夥人。「他不想開進度會議浪費我的時間，他知道我們這裡有多忙，」瑞奇解釋，那態度就像我高中同學解釋她勾搭的男人為何沒傳簡訊給她。

來電顯示螢幕發著綠光，閃爍著**三十七樓會議室**。瑞奇和我盯著對方，只能說他的表情既困惑又驚恐。**電話是從大樓內打來！我再重複一遍，電話是從大樓內打來**。

瑞奇清清嗓子，拿起聽筒。「在下瑞奇．桑多斯，李維暨史特隆事務所的行政律師組長，又稱為特級行政律師，聽候差遣。」他皺眉，捏捏鼻子，彷彿無意間向話筒彼端的人透露他還會尿床。我咬著嘴唇死皮，死盯著瑞奇，看著他點頭，間或說了幾句：「嗯哼。」他的表情僵硬，我發現他的脖子起了紅斑。我直覺知道氣氛很緊張，就像貓能察覺颶風將至，無論電話那頭發生什麼事情，對我而言都不是好消息。

「是的，我明白。我保證絕對沒問題。是，我一掛電話就去。好的，馬上，」瑞奇對話筒那頭的人說。他用力地吞嚥了一下，掛斷電話，盯著看了幾秒，似乎覺得它是可以控制人心的外星生命體。

「誰……誰打來？」我敦促他說話，打破他的恍惚狀態。

「是……呃……是樓上的資深律師。我們必須停止審查。」他的尾音上揚，比

38 Pavlovian dog，俄羅斯生理學家 Ivan Pavlov 以狗狗做唾液制約反射實驗，搖鈴原本在狗的意識中是毫無意義的東西，但食物對狗而言深具意義，若在搖鈴後緊接著供應食物，狗就能透過學習而了解搖鈴與食物間的關聯性，一旦搖鈴聲和食物的連結建立，牠們聽到鈴聲後便會流口水。

較像提問。

我努力不動聲色，確信別人隔著襯衫都能看到我的心臟在胸口猛烈跳動。

「我們需要停止審查，」他重複的語氣更有威嚴了，似乎已經明確回答自己的問題。

「這個案子……結束了嗎？」我問，努力不讓語氣透露出恐慌。

他搖頭。「有問題，顯然是關鍵字搜索出狀況。他們用來尋找子公司通訊的字，最後卻抓出資深律師整個收件匣。」

我拚命保持表情平靜，但臉上每塊肌肉都在抽搐。「他們有沒有說是哪一個？」我問。

他搖頭。「只說我們需要立即停止審查，先叫大家回家。他們要進行新搜索，創建新資料庫，更改失誤，明天早上就沒問題了。」

「哇，好大的失誤。」我強裝出不自然的平靜語調。

瑞奇點頭。「這個誤判還真嚴重。我審查時沒碰過這種案例，所以不知道他們說些什麼。妳有嗎？」

我搖頭，希望眼神沒出賣我。如同我的猜測，瑞奇的審查資料夾裡顯然沒有弗雷斯的郵件。

我顫抖著雙腿跟著邁開步伐的瑞奇走出房間，回到同事當中。

「大家聽好了，」瑞奇宣布，因為腎上腺素高漲，他那教育班長的聲線顫抖了起來。「今晚不審查了，立刻登出電腦，不要完成正在審查的檔案。這是高層直接下令。」

我把皮包揹上肩，放好椅子時，雙手還在顫抖。我幾乎沒時間偷看螢幕，因為瑞奇在旁邊來回走，確定每個人都登出。

「不要拖拖拉拉，各位，我要鎖門了，」他大吼。我們似乎應該雙手抱在脖子後面，就像被俘的敵軍士兵。

「嘿，怎麼了？」

我抬頭，看到達頓一臉困惑，用動作示意整個辦公室。他臉色慘白，滿頭大汗，就像嚴重食物中毒。

「你跑哪兒去了？」我低聲說，緊靠著桌子，讓路給達頓稱為「啞巴」的人。要求臨時雇員提早下班，他們湧出大門的態勢，比黑色星期五衝向平價百貨公司的購物人潮更可怕。「你還好嗎？」我問，盯著他濕漉漉的臉。「你好像生病了。」

「沒事沒事，我很好。」他抹掉額頭上的汗珠。「這是怎麼回事？妳終於策劃叛變還是怎樣？」

「我們今晚要被趕回家。」

「真的嗎？為什麼？」

「出去的路上再告訴你。」我心不在焉地回答，腸胃因為擔憂而扭曲，因為我不知道明天審查資料夾裡會有什麼。或者少了什麼。

「妳能幫我拿一下背包嗎？」達頓用下巴指指他的桌子。「把這個也丟進去。」他把手機滑過桌子，我塞進他背包的側袋。

「媽呀，你放了什麼？」我開玩笑說，把重死人的包包從地上提起來，扛上肩。

「直立可能比較好，小凱。」他的嘴唇因為發笑抽動了一下，我沿著桌子走，遞上沉重的包包。

我們和其他臨時雇員排隊走進電梯，電梯往下時，沒有人說話。空氣中彌漫著緊張的氣氛，大家的手指像蚊子般滑過手機螢幕。身邊每個人都有地方可去。我的手很癢——實際上是發疼——想傳訊給弗雷斯，他就像我突然需要注射到血管的海洛因。

電梯門在大廳打開，當我們穿過旋轉門時，有人嘀咕：「他們最好照樣支付這幾小時的工資。」警衛從報紙裡抬起頭，好奇地挑眉。

「這麼大批人出走是怎麼回事？」

「我發動罷工，」達頓回答。「那些混蛋要改善工作環境，否則我們就不回來。」他得意洋洋地舉起拳頭，警衛在一旁鼓掌叫好。

「你會害自己被炒魷魚，」我調侃，聲音帶著一絲顫抖，因為旋轉門把我們送進傍晚的冷冽風中。

「洗內衣的人，小凱，永遠不要忘記洗內衣工人的理論，」達頓提醒我，露出頑皮的笑容。「況且我大概不需要這份工作了。」

「真的？你找到另一份工作了？」失望讓我的胃往下沉。如果我明天看不到弗雷斯的電郵，就只能靠達頓打聽內部情報。

「妳走哪條路？」他無視我的問題。

「我搭地鐵。」我指東邊，暗自希望達頓能建議一起吃晚餐。我不僅希望能從他身上套出弗雷斯的資訊，也突然急需朋友的陪伴。我週間日已經有一陣子不曾單獨用餐，光想到這一點，我就害怕。

「我陪妳走幾條街吧。」他拿下掛在身上的員工證，拉過頭上，塞到口袋裡。達頓似乎比平時緊張，我一度懷疑我們兩人下班獨處才讓他侷促不安。

我們一邊走，我一邊向達頓敘述瑞奇在偵訊室裡接到的電話，他聽得津津有味。

「所以他沒說資料庫抓下哪位律師的收件匣囉？」

「沒有。」我壓抑顫抖的聲音。「一定就是那個弗雷斯吧？我從來沒在他的郵件中看到任何與審查相關的事情。難道……」我動搖了。「你有嗎？」

他搖頭。「沒有，但我沒仔細看。」

我點頭，咬住臉頰內側。

達頓迅速回頭。「聽著，小凱，我不希望妳以為我拋棄妳，可是我在這裡不會待太久了。」

「別又提這個，」我盡可能裝得俏皮地翻白眼。「什麼我們的工作有多麼沒必要等等等等。」

他一手插進凌亂的頭髮，那一刻，我以為他有話要說，但他緊抿著嘴，別開目光。我們經過一個坐在牆頭的人，一隻睡著的狗狗就把下巴擱在他腿上，旁邊放了牌子寫著**尋求人性光輝**。達頓伸進後口袋，掏出一張二十美元，放進陌生人的杯子，逕自往前走。

我挑眉。「你今天很慷慨。」

「我很幸運，」他聳肩。「雖然不如我以前所料，但有時你得自己創造運氣。」他雙手塞回口袋。

我點頭，詫異達頓聲音中的憂戚，他今天的情緒波動很大。我們在地鐵入口前停下來，一陣尷尬的沉默。

「嘿，呃……」我重新調整肩上的皮包。「要不要找個地方吃晚餐？」我強裝出不自然的開心語調。

「喔，呃……我……」達頓往後用腳跟站立，避開我的目光。「我有事情要忙。

我是說，我待會兒和別人有約。」

「喔。」我試圖掩飾意外的情緒。達頓一直都有女朋友，卻從未向我說起？他一定會提到。但他現在看起來諱莫如深又不自在，他要見的人不可能只是普通朋友。

「沒問題！」我回答，語氣太熱烈。「反正我也有事要忙。」我用大拇指比向地鐵樓梯，彷彿底下有一長串的待辦事項清單等著我。

「下次吧，好嗎？」

「當然。」我熱情地點頭，掩飾尷尬。大家可能以為我都這麼大，早就習於拒絕。

「明天見！」我轉身下樓，已然感覺到空蕩蕩公寓的壓迫感。

當然，後來我想到，如果那晚仔細留意達頓說的話，不知道事情會有什麼轉變。我多問兩句就好了。

真希望當初問了。

20

「有事嗎？」瑞奇拿下耳機，疑惑地看著我。不能怪他。這可能是辦公室裡頭一次有人主動找瑞奇。至少，是刻意攀談。必要時刻就得使出必要手段。

「我，呃……有個問題，希望你幫忙。」我顫抖著，因為整夜無法成眠，早上多灌了些咖啡。也許是身體正經歷戒斷弗雷斯郵件的強烈症狀，因為現在已經十一點，我還沒看到他任何一則電郵。

「有問題？」瑞奇從座位上跳起來，活像剛在奧斯卡頒獎典禮聽到自己名字的演員。「我向來告訴大家，有問題就來找我，他們似乎自以為什麼都懂。但妳知道嗎？這次審查，完全沒有出錯的餘地。看看昨天發生了什麼，整個……」他瞪大眼睛，用拇指比比偵訊室，然後壓低聲音。「那件事情之後，我們不能再出錯了。」他快速環視房間，似乎以為高層在這裡安插了某個臨時雇員當眼線，接著才低聲補充：「不過責任不在**我們**。」

我點頭，很高興瑞奇自己提起這個話題，這比我預料的輕鬆多了。「他們還說了什麼嗎？關於那件事？」

他搖頭。「沒有，只有一早發電郵，批准大家重新開始審查檔案。」他皺眉。「不過我相信，他們很快就會向我補充細節。」他熱切地點點頭，似乎同意自己的說法。

「他們有沒有說哪個律師的郵件被抓進資料庫？」雖然同事都戴著耳機，我還是壓低聲音。「萬一我今天看到，我希望可以……呃……向你報告。」

瑞奇多打量了我一會兒，沒必要看這麼久。「沒有，只要看到任何不屬於審查範圍的資訊，就該立即向我報告。」

「當然。」我點頭，配合他認真的語氣。

「我問過幾個臨時雇員，是否看到過任何顯然不該出現的電郵，但沒人願意承認。」他回頭怒視，才交叉雙臂，挺起瘦弱的胸膛。「密切留意，聽到任何消息就告訴我。」

「我會的。」我清清嗓子，掩飾顫抖的聲音。「但是看過的人可能根本沒注意到它們不該出現。畢竟我們審查很多個人資訊，對嗎？」

瑞奇發出短促的苦笑聲。「個人資訊不是整個郵件匣。不需要是天才也知道兩者的區別，這裡的人應該告訴我，我才能提早提醒高層。要我說啊，這根本就是侵犯隱私權。」我從瑞奇的表情看出，他才不關心隱私權，他是失望自己沒機會在高層面前扮演救世超人。

瑞奇又憤怒地瞪了房裡一眼，才把目光放回我身上，挑眉露出不祥的表情。「希望上級能調查一下。」

我的脊椎一節接著一節緊繃。我想都沒想過高層除了重新進行關鍵字搜索，還會有其他動作。既然瑞奇提到了，的確有人可能想抓出探人隱私的的臨時雇員。甚至伸張正義，羞辱這個人。

我現在可不能再和警方起爭執。

上帝啊，不能再來一次。

腋下開始冒汗。瑞奇後排有個頭髮凌亂的臨時雇員從電腦上抬起頭來，彷彿感覺到空氣的變化，盯著我看了好一會兒，才又把注意力轉回螢幕。

「他們會這麼做嗎？」我問，努力不讓語氣透露出擔憂。

瑞奇聳肩。「要是我就會。妳能想像讓陌生人看到整個收件匣嗎？」他望著遠方，似乎想像這種可能性，才又看著我。「不是說我有什麼見不得人的地方。」他唐突地說，耳朵尖梢泛紅。

「當然沒有。」我努力不想像瑞奇的個人郵件有多見不得人。「總之就是覺得遭到侵犯。」我試圖接話，因為氣氛突然變得尷尬。「我是這麼覺得……」

他點頭站直，似乎藉由動作鎮定心情。「好，有哪裡需要我幫忙？」我肯定一臉疑惑，因為他補充說：「妳剛剛說有問題想問我？」

「喔，對。」我偷偷在褲子上抹乾掌心。這場對話並未按照我剛剛走來時擬定的計畫進行，我就是來打聽情報，再回到位子上。「嗯，我正在審查一封電郵，信裡提到的某個名字好像是獵鷹保健公司的子公司，我想在標記有無關聯之前先確定。可以……可以借用名單嗎？」

「當然可以。」他拿起鍵盤旁的裝訂好的文件。獵鷹保健公司在全世界有兩百多個子公司，全都整齊地列在清單上，以防臨時雇員需要查閱。這份名單通常放在辦公室最前面，緊挨著「屎尿時間」簽字板，但今天上午都躺在瑞奇的位子上，瑞奇一定是翻閱這份文件，尋找那個與獵鷹子公司同名的倒霉神秘律師的名字。

「那家公司的名稱是什麼？」瑞奇問我，遞上裝訂文件。

「喔，是，呃……」我的眼睛瞥向一旁，發現那個亂髮男子又看著我，表情茫然。儘管我只看到一個人，但我突然覺得房裡所有眼睛都聚焦在我身上，等我回答。

我焦急地快速思考。

「基恩科技公司。」我說出腦海中第一個浮現的公司名稱。

「基恩科技公司。」瑞奇慢慢複述。我看不出他是起疑，還是表情天生多疑。

我內心不禁一緊。「基恩科技」不是「獵鷹保健」的子公司，是諾蘭暨萊特事務所的客戶兩年前買進的公司。我是負責這筆交易的律師，而且為這件案子忙了好幾個月。我的指甲插入手心，努力不回想這筆交易的資深律師如何稱讚我，說他多麼以我為榮，似乎**知道**這些話就是我的致命弱點。

瑞奇皺眉，用拇指和食指扣住下巴。「聽起來很耳熟，不妨查查看。」他用腦袋示意我手中的名單。

我察覺自己面部扭曲，但迅速整理表情，掩飾失望。我原本計畫把名單帶回位子，靜靜研究，但瑞奇現在一臉期待地看著我，好像這是我們要共同解決的謎團。我就在瑞奇的注視下，翻開裝訂好的清單冊。

「嗯。」我皺眉，手指順著頁面向下，掃視按字母順序排列的公司名稱。

不要在這裡。不要在這裡，我暗自懇求。

希望。我依舊懷抱希望，希望有幸運巧合，他們是因為另一個合夥律師才重新進行關鍵字搜尋，弗雷斯的郵件可以莫名地逃過雷達，我就有機會繼續看。否則我怎麼知道弗雷斯和安娜貝離婚的細節？我不能直接問弗雷斯，至少不能馬上問。而且弗雷斯一分鐘不回訊，我就不得不正視折磨我的種種疑慮。**如果我錯了呢？如果弗雷斯和安娜貝的婚姻其實沒結束呢？**

手指滑到Ｆ的位置時，我努力保持面不改色，目光停在紙張四分之三的位置。

弗雷斯生技公司。

一隻無形的手伸進我的體內，用力抓緊我的胃。原來如此——所以弗雷斯的郵件才會被當成相關文件，指尖下的文字解答了我從第一天就納悶的問題。「獵鷹保健」有一家子公司名為「弗雷斯生技」，設計關鍵字搜索的人一定出差錯，漏掉「生技」這個詞，無意間撈出弗雷斯．瓦茨整個收件匣。既然現在發現錯誤，新的搜尋系統已經修正過。

我看不到弗雷斯的電郵了。永遠看不到。

「有嗎？」瑞奇探頭問。

「沒有。」我蓋上名單，迅速還給他，彷彿手中拿的是犯罪證據，只想趕快放掉。「不在上面。但我很慶幸我花時間檢查，凡事小心為上，對吧？」我發出怪異的笑聲。

瑞奇打量我，看得出他腦子裡的齒輪開始轉動，我強迫自己與他四目相交。客觀說來，我不必擔心。在子公司名單上找某家公司，對臨時雇員而言是家常便飯。但瑞奇繼續盯著我看時，我的脈搏還是加快。他吊著眼睛看我，彷彿絕地武士正在讀心。

「小心**總**比遺憾好，小凱，」他語氣強烈，我因此僵住，直覺認為他說的不是審查資料。那一刻，我懷疑瑞奇是否要我。也許高層要求他調查哪個臨時雇員的資料夾有弗雷斯的郵件，他正在明查暗訪。

別傻了，我告訴自己，瑞奇不是那種可以進行秘密行動的人。如果高層提出這個要求，他可能會隨身攜帶大到可笑的放大鏡，告訴所有人，他正在進行調查。

「好了，我該回去位子上了，」我努力緩解我們之間的氣氛。「謝謝幫忙，瑞奇。」

「小事。」他用近乎歡快的語氣回應我，我不禁納悶是否因為罪惡感才覺得不自在。我轉身，突然想趕快回到椅子上。

「嘿，小凱，我也有個問題要問妳。」他的語氣透露一絲得意。

我愣住，本能地望向出口。我告訴自己，**如果有必要，我可以一個箭步衝出去，可以在三秒內離開。**

我盡量輕鬆轉身。瑞奇的表情難以解讀，但讓我想起電視節目中即將開始盤問的律師。

「請說。」我回答，露出緊繃的笑容，努力保持無動於衷。

他雙手抱胸。「妳到底在那個人身上看到什麼？」

我的肋骨收縮，勒緊肺部。

臉頰微微顫抖，我花了一點工夫才戴回面具。「什麼？」我歪著頭問。

「達頓。都快午休了。」他憤怒地用手指指牆上的鐘。「這傢伙甚至還沒來上班。妳怎麼會跟這樣的人往來？」

我聳聳單邊肩膀，激發我出擊或逃跑的腎上腺素漸漸消退，就像洩氣的氦氣氣球。「他可能只是生病，今天來不了。」

瑞奇嗤之以鼻。「對啦，得了不想**工作**病。」他坐回椅子，戴上耳機，繼續點擊滑鼠。

我回到座位上，從皮包裡翻出手機，迅速發簡訊給達頓。**你今天可真的實地測**

試內衣工人的理論了……

我盯著螢幕，等待回覆，仍然是令人抓狂的空白狀態。

凱珊卓．伍德森：**你上哪兒去了？瑞奇火冒三丈。打給我。**

凱珊卓．伍德森：**地球呼叫達頓。你醒了嗎？為什麼不回我訊息？打給我。**

21

我的手指順著骷髏頭圖案的尼龍緊身褲往下摸，低著頭盡量不惹人注意，這時三個紮著馬尾的金髮女郎從我身邊大步走過。

「歡迎勇士們，」桌子後面穿著無袖背心的女子高喊。「準備揮汗嗨起來了嗎？」

我忍住不翻白眼。天哪，我討厭健身狂。但我提醒自己，應該打入這群人，而不是特立獨行。不過這點很棘手，因為我穿的是過時的上班服，肩上沒揹著昂貴的健身包。因為我沒時間回家準備。

「妳是來參加午夜飛輪嗎？」那群金髮女子走進更衣室之後，穿著緊身背心的女子對我喊。

我花時間整理表情才轉身。

「對，我很期待。」我裝出輕快的聲音。我忍住不問明顯的問題——為什麼「午夜飛輪」是晚上九點，而不是，好比……午夜十二點？語義學顯然在這個邪教中毫無地位。我知道最佳行動方針是甜言蜜語，俗話說「蜜糖可以抓到更多蒼蠅」，「你們願意贊助實在太棒了，這是很棒的慈善活動。」

「真的很棒。」「緊身背心」點頭學舌。我賭一百萬美元，她甚至說不出今晚為哪個慈善機構募款。我就知道。這個機構是「藝術起點」，目的是將美術教育帶入紐約市低收入社區的公立學校。或者像安娜貝在 Instagram 上所說，**支持下一代的藝術家**!!

每段關係都有障礙。對我而言，我必須確定安娜貝是不是我們的阻礙。

弗雷斯還沒回訊，只有一個辦法可以澆熄我內心深處的疑慮，而且這片火海可能會燒出整片煉獄：我需要追蹤安娜貝。如果我可以製造機會與她互動，就能隨口問幾個戰略性問題。安娜貝這種自戀狂會情不自禁地談論自己。我可以說：**瓦茨？好有趣的姓，是德國人嗎？**然後她會說，**喔，這是我前夫的名字**。這就是簡單的酸鹼測試。用「前」這個字就是承認這段關係已經走入歷史。問我就知道，我在這個類別待了很長的時間。

如果安娜貝不肯承認她已經成為弗雷斯的過去，我就不准自己考慮下一步。就像奶奶常說的，**不要自尋煩惱**。

我今天午餐和晚餐的休息時間都在看 Instagram，瀏覽安娜貝關注的人物，尋找她在對方貼文下的留言。只要偵查得宜，社群媒體真的可以成為探索某人行蹤的路線圖。

既然我現在看不到弗雷斯的電郵，就得發揮創意。

我做功課時發現，安娜貝最近一直在Instagram上點「讚」，三天以來點了九十六次小愛心。她來者不拒，可能看了度假照片、日落、心靈雞湯佳句。但是對於哪些照片值得留言，她的門檻就比較高。安娜貝在Instagram上的留言就像奶奶的讚美——不常見，沒有誠意。我研究每則留言，最後牢記她的寫作風格，她一定拿掉句子開頭的代名詞（**喜歡喔!!希望我也能去!!**），可以用兩個驚嘆號，絕不會只用一個，也不用表情符號。當然，我上社群媒體狂搜，不是為了瞭解她的措辭風格。我想從她的留言中找到線索，知道上哪兒可以見到安娜貝本人。

她今晚六點三十七分發布的留言正中我的下懷。

等不及要參加今晚的午夜飛輪了！好棒的慈善活動!!這是她回覆@「藝術起點」照片的留言。點擊幾下滑鼠之後，我發現這個活動是晚上九點在中央車站附近的靈魂飛輪健身房舉行。費用：兩百五十美元。參加者有機會得到十種獎項，最大獎是安娜貝．瓦茨捐贈的收藏畫作（約值八千五百美元）。

「資訊時代」這個名稱不是浪得虛名。

「貴姓大名？」隨著喇叭大聲播放的節奏搖頭晃腦的「緊身背心」問。

我一度考慮捏造假名，隨即打消念頭。我得用信用卡付款，到時就露餡了。「小凱．伍德森，」我回答，把皮包往肩上拉。

她放下罐裝能量飲料，看著電腦，皺皺鼻子，彷彿聞到什麼臭味。「名單上沒有妳的名字，小凱。」

我握緊皮包揹帶。就這一次，他媽的一次就好，我真想上「名單」。任何名單都行。

「呃……我下午想報名，但網上報名已經截止。」我說話時，「緊身背心」的目光望向我的背後，她已經對我感到厭煩。「我朋友安娜貝・瓦茨也會來，我希望能和她一道。」我補充，增加我的吸引力。

丟出安娜貝的名字一定可以提高我的地位。

「緊身背心」向兩個穿著萊卡緊身衣的女子揮手，她們剪著時髦短髮，繞過櫃台，直接走向更衣室。「歡迎戰士領袖！」她喊完才把注意力再放回我身上。「可惜午夜慈善飛輪活動的票都賣光了。」她突出下唇。「幾週前就賣完。這次的教練是世界第一的華倫泰・李，所以很多人要搶。」她歪頭沉思。「如果有人沒來，多一部飛輪可用，我可以看看能不能幫忙。」

她的語氣彷彿是給我機會進入白宮私人派對，所以我擠出笑容回覆：「妳願意幫忙就太好了。」

「請到那邊等。」她指了指掛了一排寬鬆黑T恤的架子，那些衣服用螢光粉紅印著**我的「不飛輪毋寧死」車友比你的好**。「妳可以先填這個。」她敲敲iPad，從櫃檯推給我。

我站到旁邊，開始輸入個人資訊——**姓名。首選戰士名字。電郵帳戶。密碼。創建帳戶。**我填完之後，放在櫃檯，看起 T 恤上的價格標籤，看到六十八美元的售價時，努力不瞪大眼睛。如果一切按計畫進行，我有幸參加這次的慈善飛輪活動，還得為了有衣服穿而付出一大筆錢。

又要浪費錢。

但我告訴自己，絕對值回票價。要維護我與弗雷斯的戀情，非得見到安娜貝不可。俗話說得好，知己知彼百戰百勝。況且要等到何年何月才有這種天賜良機？

我刷開手機，查看安娜貝的 Instagram，看看是否有線索顯示她比我早到，已經進去了。沒有新的照片。沒有新的留言。甚至沒有新的「讚」。

「歡迎勇士們！」我聽到「緊身背心」喊。我轉頭望向門口，心跳頓時停止。她轉頭看著對面牆上的東西，但她化成灰，我都能認出那個纖長脖子和芭蕾舞孃般的儀態。

安娜貝來了。

她身邊跟著兩個超瘦的棕髮女子，都戴著相配的 Sweaty Betty[39]粉紅色運動髮帶。我看著她朋友報上名字，她則文靜地在一旁等待，雙手插在閃亮的黑色大衣口袋裡。她穿著淺藍花紋的緊身褲，頭髮往後梳，精緻的髮絲散落臉上。她的妝容精緻，睫毛膏也搽得很專業。

嫉妒像蝨子般鑽進我的皮膚。她全身上下毫無瑕疵，連他媽的痘疤都沒有。光這個理由就足以讓人想拿利器刺穿她的太陽穴。

「安娜貝・瓦茨。」我聽到她說，「緊身背心」轉頭看我，我才意識到自己的失誤。

完了。

「喔，安娜貝，妳的朋友在那裡等妳。」「緊身背心」用火紅色指尖指著我。安娜貝轉頭。

地球瞬間停止旋轉。

每個人緊盯著我。安娜貝的朋友好奇地側著頭，不懷好意。安娜貝一臉困惑，我捕捉到她眼神瞥向左方，在心裡翻閱通訊錄。大概只過了一秒，她就重新展露看似溫暖的笑容。她上過禮儀班、寫那麼多感謝信，一定說「很高興**見到**妳」，而不是「很高興**認識**妳」，她的教養教導她不能承認她壓根想不起我是誰。

「喔，妳好，」她圓滑地說，聲音比我想像的更帶氣音。我還以為是較為性感沙啞的聲音，結果不是。我暗自記好。她向我走近一步，我聞到她花調的香水味。

39 英國知名運動品牌。

「小凱，」我補上這句，就當她是忘記我的名字。我強迫自己的嘴巴回敬笑容，卻無法克制臉頰不顫抖。**她能看出來嗎？**我納悶。她會不會有第六感，知道我是她前夫的新女友？我看著她的眼睛，沒看出任何蹊蹺。

「小凱，很高興妳今晚能來。」聽到自己的名字從安娜貝嘴裡說出來，我視線因此模糊，似乎透過毛玻璃往外望。我不得不把手搭在掛衣架上，才能站得穩。「我們募到的這筆款項會讓很多孩子高興起來。」她補充，纖細的手放在鎖骨上，把玩著頸間的銀色十字架吊墜。

我費力集中目光。

是嗎？

她手上是他媽的戒指嗎？

為什麼安娜貝手上會有戒指？

我別開眼睛，迅速眨眼，壓一下眼角。怒火就像短繩子拴住的瘋狗，我還得用拳頭壓住腹部，否則胃部不斷翻攪。

不，不可能。不可能是。

我呼吸急促，再次望向她的手，焦點鎖定她的單顆方鑽（是不是三克拉？從網路照片很難看清楚……）平常的位置。

因為如釋重負，我膝蓋發軟。項鍊墜子在安娜貝指節上發光，看起來就像戒指。

現在我的視線清晰，可以看到安娜貝左手無名指顯然空無一物。我想像她的訂婚戒指被拿掉時，就像失格的奧運選手被沒收獎牌，嘴角不禁上揚。

不知道她是否把戒指還給弗雷斯。我暗自提醒自己，要搞清楚這一點。

「都好了。」「緊身背心」說，把信用卡還給某個削瘦的棕髮女子，我因此被拉回現實。

「妳要進來嗎，小凱？」安娜貝用頭向更衣室示意，一縷髮絲優雅地落在她的眼睛上。「一定很好玩。」

我脖子上的脈搏用力跳動。「喔，我──」

「可惜她沒報名，」「緊身背心」插嘴，再度突出令人火大的下唇。「妳們幾位是最後一批，沒有空飛輪了。」

「真掃興，」安娜貝嘆氣，目光在我臉上遊走，顯然還在回想我的身分。「下次一定有機會。很高興再次見到妳，小凱。」她亮出一口整齊的完美牙齒。

我一動也不動，看著她和朋友走進更衣室，我的胃因為絕望而緊縮。那就像最後一架直升機已經離開西貢，我卻沒登機。我沒機會和她聊天了。「安娜貝！」她的名字像炮彈一樣從我嘴裡炸開。

整群人都停下腳步。就連「緊身背心」也停止隨音樂擺動，轉頭看我。安娜貝戴著頭帶的朋友好奇地睜大眼睛，但她示意她們先走。

「什麼事？」她皺皺小巧的鼻子。表情困惑，或者該說是惱怒？因為她擅長掩飾情緒，所以很難解讀。

好個工於心計的婊子。

「我們去年在紐約客兒童基金會秋季晚會認識，」我脫口而出，聲音顫抖著。「當時妳還和前夫在一起。」

她張開上了唇蜜的嘴，我對她偽裝出來的完美外表投石頭，也因此得到一丁點滿足。她的臉上泛起幾乎難以察覺的紅斑，如果不熟悉她的膚色，甚至看不出來。但我很清楚。

「是啊。」她吐出這句話，點頭告辭，轉身走進更衣室。門在她後方關上時，我才意識到兩手抖得厲害，無意中扯下兩件T恤。我任憑衣服落在瓷磚地板上，兀自離去，無視目瞪口呆的「緊身背心」。今晚不如我所計畫，但我不是空手而回。

我已經排除安娜貝這個障礙了。

收件者：凱珊卓・伍德森
寄件者：艾德華・羅西

嗨，凱珊卓，

我是令尊當兵時的老朋友。我聽說他的事情了，他向來獨來獨往，卻是部隊中最堅強的一位。我們都掛念妳。

艾德

22

我把手機面朝下放在托盤旁邊，胃裡都是胃酸。主畫面的照片——蒙托克[40]燈塔的照片，通常能讓我心情平靜，現在卻嘲弄著我。原來的照片還有我與蘭登在沙灘上勾著手，傻瓜般地在蒙托克岬咧嘴大笑。但我早裁掉照片中的我們，只留下迷人的燈塔和後方美麗的海浪。這張海濱照片一直讓我覺得很放鬆，但現在獨自坐在員工餐廳，它似乎帶著批判眼光打量我，還低聲說：**又一個。又一個把妳從他的人生裁掉**。

我已經兩天沒見到達頓，自從我們一起走到地鐵站之後就再也沒見過。兩天以來，沒有人可以說話，沒有人一起吃晚餐，只有我的思緒相伴。我承認，我的思緒是宇宙無敵糟的伴侶。

「常有這種事，」瑞奇早上解釋。「臨時雇員到其他事務所打工，連聲招呼都懶得先打。他們以為去其他地方可以賺更多的錢，或是工時更理想，所以就跳槽，直接不來。」他先不屑地嗤之以鼻，才瞪大眼睛。「慢著，他甚至沒有告訴妳他要閃人？妳先前還拿自己的聲名擔保，掩護他？」我搖頭，要向瑞奇打聽我所謂的朋友的下落，讓我著實感到尷尬。老實說，我不該意外。我從小就沒辦法與朋友長久往來。我碰到的人似乎都把我們的關係當成牛奶或絞肉——只能保存一定的時間，接著就要丟到垃圾桶。我傳六則簡訊、打兩通電話給達頓，都沒收到回覆，從這個事實看來，我們的友誼顯然已經過了保鮮期。

角落四個雄性領袖的笑聲把我拉回現實。我惱火地瞪著他們，恨意突然油然而生，因為他們毫不隱瞞那股自私自利的模樣。他們前一晚肯定沒用伏特加配咳嗽糖漿，只為了讓腦子裡的聲音安靜下來。如果達頓在，對兄弟會或富家子弟一定極盡調侃之能事。

我發現自己想念他。至少，我懷念有人可以說說話。看著其他桌都是成雙成對用餐，我就像鼻子緊貼著商店櫥窗的孩子。

我傳三個字給達頓。「去。你。媽。」，按下「傳送」。我盯著螢幕，等著對方回覆中的三個點點出現。不出所料，沒出現。我拿起叉子，想叉起盤子裡的焦洋蔥，終於決定放棄，推開托盤。我再吃一口員工餐廳的食物，也無法緩解腹部的糾結感。

我恨自己持續聯絡達頓，彷彿我的簡訊莫名其妙傳錯人。第一則沒收到回覆之

40 Montauk，位於紐約州長島的南叉半島。

後，我就不能讀懂暗示嗎？第二則呢？甚至我提起他留在位子上的書，他都懶得搭理。**你可能換到更大、更好的公司，但你到了那裡，要讀什麼？**我在簡訊中附上手拿《笨蛋聯盟》[41]的照片，結果只有一片靜默。他受夠我了。

我的手指敲打桌面，有種不對勁的擔憂傳遍背脊，但我很快就置之不理。

我再度滑開手機。沒有達頓的消息。沒有弗雷斯的回音。

今天早上我在「冷壓果汁」外面徘徊。昨天早上也是。還有前天。沒等到弗雷斯。我甚至進去買了一杯「生薑火球」，問「丸子頭」是否見到弗雷斯。沒有。說我很想再讀到弗雷斯的電郵還算是客氣，只要能再見到他，要我付出全部工資都沒問題。

這麼久都無法接觸弗雷斯，就像被迫穿上精神病患的束縛衣，還戴上枷鎖。我喝光健怡可樂，丟到托盤上。那句諺語顯然是胡說八道，戲棚站久了也**不是**你的，該執行B計畫了。

我翻包包，拿出黑色三環文件夾和鉛筆，偷偷掃視餐廳，以防有人注意我。其實我恐怕得跳到桌上，學碧昂絲跳〈單身女郎〉，才會有人轉頭看我。

沒有存在感也有好處。

我把文件夾放在腿上，開始翻。我列出他在OpenTable訂過的每家餐廳名稱，但看不出固定模式，我不知道他哪天會再度光顧。他最近在亞馬遜網站購買高爾夫球手套，但紐約市車程一小時內的球場就有七十八個（我上網查過），所以這則資訊也沒用。我折了一下大拇指的關節，又折另一個。我就像警探，正在調查特別難偵破的懸案。我需要新線索，其他關於弗雷斯和他下落的資訊。

我翻到文件夾最後一頁的「弗雷斯的密碼」，膝蓋跳起來。

我和達頓在地鐵站分道揚鑣的那晚，我回家後，立刻打開電腦，調出「雜項.doc」的檔案，開始輸入從看到以來，我不斷在心裡重複的內容，AMFW07。這只是部分密碼，我知道我少記四個數字，但當時我思緒紊亂又焦慮，只能回想起這麼多了。

我咬著指甲邊緣，眼睛拚命盯著前四個字母，因為看得太用力，它們開始在頁面上游動。A－M－F－W。我想起我小學的塗鴉，下課時我獨自坐著，夢想成為風雲人物強尼．道爾的女朋友，確信只要與他談戀愛，所有問題都會迎刃而解。十三歲的我寫著：CW＋JD，周圍畫了一顆巨大的心。

手裡的鉛筆落到地上。我瘋狂翻動紙張，停在註記弗雷斯和安娜貝婚禮公告細節的那頁。**弗雷斯．瓦茨與安娜貝．墨菲結婚**。我顫抖地拿起鉛筆，在最下方潦草寫下**弗雷斯．瓦茨安娜貝．墨菲**。AMFW。我在底下用力劃了兩條線，力道過猛，

41 A Confederacy of Dunces，作者 John Kennedy Toole 透過與現實格格不入的主角，以反諷手法反映現代社會的不公不義。

差點劃破紙張。我鬆開手指，轉動手腕，提醒自己這是我們交往之前很久的事情。重點是我破解部分密碼了。

離成功又近了一步。

我把注意力轉移到密碼的數字部分。一共六位數，可能是車牌或電話號碼。

不對，傻瓜，電話號碼是七位數。

我用鉛筆描著零，納悶是否能從街上看到弗雷斯的車號，或者是否需要進他的車庫看看。

這個週末有功課了。

「要走了嗎，小凱？」有個聲音像鋸齒刀刃般劃過我的思緒，我抬頭看到瑞奇走過來。

我像被抓到排隊說話的女學生，猛地闔上文件夾，塞進包包。「時間到了嗎？」我說，無法控制高亢的語調。「我老是不記得晚餐結束的時間。」

瑞奇側頭看我一眼，然後搖晃手機，討人厭地指向螢幕。「七點，妳在這裡每晚的時間都一樣。」

「也對。」我點頭，努力保持面不改色，因為我瞥到他主畫面的照片——瑞奇對鏡頭眨眼，用兩指比出手槍的模樣。我一度考慮對照片發表意見，分散他的注意力，這時我的目光像鏡頭般縮小聚焦，瞄準螢幕時間下方的數字。

賓果。

我從長條軟座上一躍而起，顫抖地抓起托盤。

「像我一樣在手機上設鬧鐘，妳就不需要我提醒了。」瑞奇發牢騷，但我腦中一片喧囂，幾乎聽不到他的聲音。

當我和其他臨時雇員一起排隊進電梯時，我整個身體都興奮鼓噪著，真想抱住他們所有人。

我就像成功的幻術師，找到擺脫束縛衣的方法了。

23

晚餐後進入碉堡時，我一直低著頭，盡量不引人注意。我就像《使女的故事》中的奧芙弗雷德[42]，身邊都是「眼線」。真希望我能戴上那種白色闊邊帽，就能掩飾深深刻在我臉上的焦慮。

「讓我們成功地結束這一天，」瑞奇對著房裡喊，大家則默默走到各自座位。他把囤積的燕麥棒放到電腦旁，我從眼角偷看，等他完成晚餐後的例行程序——打開他晚上那罐「激浪」汽水，脖子向左右各歪一次，然後低頭繼續點擊滑鼠。我慢慢走，希望到達坐位前，瑞奇已經完全投入審查工作。結果瑞奇突然脫稿演出，拍手宣布：「各位，我得打通電話，和管理有關的電話，」他強調，環視周遭，就像老師要找模範學生在他離開時負責維持秩序。他大概找不到合適人選，於是放棄這個想法，拿著手機，大步走向偵訊室。「我不在時，誰都不准上廁所。」他回頭大喊。

我感到小小的幸福感，簡直不敢相信自己的運氣。

我巍巍顫顫地走到我的座位，盡可能不慌不忙地繞過自己的椅子，坐到達頓的位子。我偷偷觀察一下房裡，確定是否有人注意到我亂坐，但大家已經牢牢戴上耳機，目光盯著發亮的螢幕。

B計畫開始。

地基已經打好，但最後一個環節是瑞奇的功勞。當他討人厭地指著手機螢幕時，我的目光落在時間下面的六位數上——11/07/19，頓時恍然大悟。

是日期。日期是六位數。

弗雷斯的密碼有六個數字，以〇七開頭，所以是七月的重要日期。我了解弗雷斯，因此將範圍縮小到兩個：他的結婚紀念日或他的生日。

達頓搖搖晃晃的椅子在我移動身體時發出吱吱聲，我感到心臟怦怦跳。我記得達頓說過，**他們給我們有噪音的爛椅子不是沒有理由。這是他們追蹤我們行動的另一種方式，彷彿當我們是掛著叮噹響名牌的狗狗。**

達頓沒來是好事。從他的電腦而不是我的登入，到時就不會追溯到我，臨時雇員〇二一號。由於同事普遍不愛與人打交道，相信他們不會注意到我用哪台電腦。

我在腿上擦掉手汗，盯著達頓螢幕上旋轉的公司標誌。我就像站在高高的跳水板邊緣，決定是否該跳下去。我的呼吸加快，侵入弗雷斯的信件匣理論上是駭客行為，而駭客行為理論上就是觸犯聯邦法律。我可以想像人力仲介公司那位女士說，

42 美國影集，改編自加拿大作家 Margaret Atwood 的同名反烏托邦小說。女主角奧芙弗雷德敘述自己被迫成為生育機器「使女」，在大主教弗雷德家的經歷，披露基列共和國違背常理的社會現象。

小凱，我知道妳無法向前雇主要到推薦信，但我從未料到妳是罪犯！

如果我讓這個機會從指間溜走，可能不會再碰到。也許我們正在處理的案子明天就解決，事務所就會隨便打發臨時雇員，我和弗雷斯的連結從此斷開。

我瞄了偵訊室一眼。瑞奇很快就會掛上電話。現在不做，永遠沒機會。我的脈搏開始加速，最後就像咚咚作響的部落大鼓，要求我，**動手吧。動手吧。動手吧。**

趁我還沒改變主意，我掃過滑鼠，游標移到「用戶」旁邊的方形框。如果遭到逮捕的風險是我看弗雷斯的電郵必須付出的代價，我願意償付。我的手指在鍵盤上飛舞，輸入「FWatts」並點擊「tab」鍵。輸入密碼之前，我頓了一下，考慮先試哪一個，決定輸入弗雷斯的生日就按下「輸入」。

螢幕上閃著大大的粗黑體：**用戶名稱或密碼不正確**。

我的心情一下子跌落谷底。登入失敗太多次可能會鎖死弗雷斯的權限，資訊部絕對會出面調查。如果第二次再不成功，我就得放棄了。

游標像心跳般跳動著。

我看著手指打出〇七二九一二，然後屏氣凝神，按下輸入鍵。

拜託，拜託，拜託。

達頓的電腦嗡嗡作響，血液都衝到我耳裡，我又驚又喜地看到螢幕彈出小圖示，就像閃閃發光的美麗星星。

我的肺部又灌入新鮮氧氣。我進去了。

現在我的脈搏跳動比印地五百大賽中的車還快，我點開弗雷斯的 Outlook 信件匣，瘋狂掃描他的收件匣。我突然想到自己沒擬定攻擊計畫。當然，我想看這半年所有電郵，閱讀弗雷斯和安娜貝之間的每一則通信，但我不能冒險在瑞奇出來時還坐在達頓的位子。我必須要有戰略，首要任務就是下次與弗雷斯「巧遇」。我得找到指點迷津的電郵，查出弗雷斯何時會出現在哪裡。

我瞄了一眼牆上的時鐘。秒針似乎飛快移動。我就像傑森・包恩，正要拆除致命炸彈。

滴答，滴答，滴答。

我在收件匣裡往下看，開始快速閱讀主旨。**黑鳥計畫 SPA，CLE 網路研討會，資訊需求書——德州勞基法律師⋯⋯**

我的視線漸漸模糊。我沒有任何進展，必須點開某封電郵來看看。我點擊一封主旨為**請求開會**的電郵。

信裡寫著，**全員會議——「先鋒專案」，會議室 26 A。請確認閣下是否有空。**點擊。

弗雷斯，週二上午可以安排通話嗎？

點擊。

弗雷斯，請看附件修改過的 SPA。

點擊。

我又看了一眼偵訊室，必須加快動作。

我瀏覽他的「寄件匣」，尋找溫絲黛．華特斯這個名字，寄給秘書的郵件肯定會有行程資訊。我轉動滑鼠滾輪，點擊我看到的第一封給溫絲黛的電郵。**請列印附件並存檔。**

該死，我無聲地說，捏了捏後頸。頸背因為緊張而僵硬。這可不同於用自己電腦安全地查看弗雷斯的電郵，這種壓力令人反胃。

繼續點擊、讀信，小凱，我的思緒大喊。**一次就好，不要再這麼懦弱了。**

我現在瘋狂地掃描收件匣，點開任何與工作無關的電郵——有一封來自票務經紀人的電郵，確認買到紐約遊騎兵冰球隊一月份的門票。裡面沒有任何座位資訊，但總算是個線索。我拿筆記下細節。

點擊。

裁縫來信，通知可以去取西裝了。

點擊。

亞馬遜網站想知道他要給《最長的冬季》打幾顆星。

點擊。

他的姊姊提醒母親生日快到了。

點擊。

手腕因為快速潦草寫字而發痛。

滴答，滴答，滴答。

天啊，真希望我有時間靜下心，好好讀完每一則。再次看到他的話，就像在水裡憋太久之後，再度吸進一大口氣。

動作快，小凱！

我快速左右掃視，迅速跳過似乎是無用的公事電郵。我緊張得膝蓋發抖。信件匣一定有線索對我有幫助，**絕對有**。我掃視螢幕左側，掃過弗雷斯分類信件創立的檔案夾，希望找到「個人」或「行程」的名稱。

阿波羅通信，柴油機方案，CLE……

目光落在左下方那個詞，我愣住了。

我的天啊。

我的嘴角抽搐了一下。這就是了。我怎麼這麼笨？我全副心神都放在弗雷斯的電郵上，只想到進入收件匣就能看得到的資訊，甚至沒想到我還能看得什麼他的行事曆。

弗雷斯所有行程都在他的 Outlook 行事曆上，只要點擊一下就能看到了。我不會只看到弗雷斯一次的下落，還能看到弗雷斯每天每秒的行程。

覺得自己所向無敵之際，我拿起手機，準備把相關資訊從弗雷斯的行事曆轉移到我自己的行事曆上。

不知道是因為我太專注於手上的任務，還是他真的像忍者一樣鬼祟，瑞奇走到我後方時，沒發出任何聲響。

24

我**無從**得知瑞奇後面站了多久才開口。

「小凱。」

聽到有人在我後上方喊我的名字，就像被錘子打到膝蓋的患者，自動做出最快速的反射動作。我先用快過打地鼠遊戲的速度關掉視窗，才轉身。

瑞奇漸漸逼近，盯著我的眼神令人不寒而慄。

我抓著扶手，試圖抑制突如其來的暈眩感，強迫自己看著他的眼睛，掩飾我可疑的喘息。我的腦子高速運轉，想找藉口說明我為何坐在別人的位子，登入合夥律師的帳戶，但我驚恐的腦袋只能想到「**裝輕鬆**」。

他媽的輕鬆點，小凱！

「小凱。」瑞奇重複，我發現他的下巴顫抖著。他正在哭嗎？是不是要說「我受到的傷害比妳更大」？如果是，也許我有辦法利用他的同情心。瑞奇一定因此解雇我，這點無庸置疑，也許我可以說服他別向人力仲介公司舉報我。或者，行行好，不要去報警。

妳做了什麼，小凱？妳這次又做了什麼？

「我，呃……我不知道該怎麼說。」瑞奇拿下眼鏡，揉揉鼻梁。

我努力忍住起身逃跑的衝動。

「瑞奇，我只是……」似乎有條套索緊緊勒住我的脖子，導致我的聲音低沉又沙啞。我只是……什麼？**我只是他媽的意外登入合夥人的帳戶？**

話又說回來，也許我的反應夠快，瑞奇什麼都沒看見。我偷看螢幕，心臟快從喉嚨裡蹦出來。我的確關掉弗雷斯的信箱，沒錯，但還在弗雷斯的主螢幕。我現在才發現，臨時雇員的螢幕桌面完全不一樣，圖示數量就不同。登入帳戶之後，沒有什麼比豐富的圖示更能證明此人是「非常重要的員工」。我每天早上以臨時雇員〇二一的身分登入，迎接我的畫面空無一物，和現在這個截然不同。我雙臂交抱，拱起背部，盡可能占據更多空間，用身體遮住螢幕。「工作。我只是正在工作。」我努力擠出微笑，但能感覺到臉頰不斷顫動。「我努力增加審查文件數量。就像你說的，數量越多越好。」我胡言亂語。

我的頸背不斷冒汗，頭髮都濕了。

瑞奇似乎沒注意到我的緊張不安，只是長嘆一口氣，揉揉下巴。我記得醫生告訴我們爸爸的消息時，也做了這個動作。現在瑞奇看我的眼神，令我感到另一種恐懼。

無論他要說什麼，彷彿有火車要迎面撞上。

「小凱，我不知道該怎麼說，總之我剛打給介紹達頓的仲介公司。我想告訴他們……」他顫抖地吸了一口氣。「我想告訴他們，他沒先知會就不再來上班，也許他們會在他的紀錄上特別標註。」他的聲音分岔。「我不覺得他是好員工。總是遲到，不服從命令。我認為我必須主動向仲介公司反應，因為這是優良經理人的責任。」

我在瑞奇的臉上搜尋他這番話的用意，他此刻的眼神讓我寒毛直豎。

「他們說什麼，瑞奇？」

「我沒料到……」他的聲音越來越小。

「他們說什麼，瑞奇？」我重複，沒想到自己的語氣如此堅定，也能嘗到上唇流下的汗水。

瑞奇望向天花板，快速眨眼。「他們說他，呃……說他……走了。」

我瞇起眼睛。「走了？什麼意思？」

「死了。」瑞奇低聲說。

我的耳朵接收到，但大腦無法立刻處理。我突然對自己的反應感到羞愧，擔心自己表現得如釋重負，因為這番話不是談論我的電腦螢幕。瑞奇的嘴唇還在動，但在我腦子轟轟響，無法聽到他的聲音。

「慢著，」我舉起一隻手，打斷他。我扯扯毛衣領口，想喘口氣，吸進更多空氣。太荒唐了。達頓只是無視我的簡訊，所以才不回覆。常常有人不理我，拜託，這也不代表他們去世了。我終於開口時，聲音緊繃。「你說他換工作，所以才不來了。」

「我的確這麼以為，可是……」瑞奇搖頭，滿是手汗的手掌搭上我的肩膀。「我很遺憾，小凱。」

我的指甲嵌進掌心。來了，耳熟到令我痛苦的陳腔濫調來了。**我很遺憾，小凱。**這句話撬開過去的大門，我可以感覺往日漸漸滲出。這是真的，真的發生了，又一次。

「怎麼死的？」我氣急敗壞地問。

瑞奇交叉雙臂，抱著自己，低下頭。「聽說是自殺。」他低語。

他的話讓我喘不過氣。我快速呼吸，似乎無法將氧氣推進肺裡。我試了三次才把話說出來。「但是達頓不可能。他不會自殺。他有……他還有其他計畫。」

瑞奇閉上眼睛，沉著臉點點頭。「我也沒料到。他沒透露任何跡象，對吧？」

「沒有。」我立刻反擊，不願意多想這個問題。

他盯著牆看了一會兒，用食指壓壓眼睛，才又望向我。「聽著，我得向大家宣布，但我想先告訴妳。我知道你們以前是朋友。」

我點頭。**以前**。又一段關係成為過去式。淚水刺痛了我的眼球後方。

「嘿。」瑞奇皺眉。「等等，妳為什麼坐在這裡？」他拍拍我的椅背。我頓了一下才想起我坐在達頓的座位，尚未登出弗雷斯的帳戶。

「喔……嗯。」我吞下喉嚨裡沙灘球大小的腫塊。「我的電腦一直當機，我不想去煩你，所以就直接用這台。」我從眼角看到公司標誌在達頓漆黑的螢幕上跳動。

瑞奇看了看我旁邊的螢幕，彎腰移動滑鼠。

螢幕發亮時，我屏住呼吸。

「妳沒有登出妳的電腦，」他的眉毛緊緊糾結。「妳可以同時登入兩台電腦？」

我點頭，不敢說話。

他往後退，交抱雙臂。目光在兩台電腦之間來回移動。過了大概一輩子，他才開口。「這就怪了，我請資訊部的人來看看。」

我點頭。因為頭腦不清，我一秒後才想到請資訊部過來的風險。「喔，呃……」我清除聲音裡的顫抖。「不用了。現在看起來好了，你一定有魔手。」

他頓了一會兒，表情難以捉摸。他的食指指向我。「這是妳的嗎？」

我全身僵住。

「一定是從妳的口袋掉出來，」他彎腰，撿起一支藏身在桌下的黑色 iPhone，點了一下螢幕。「看來沒電了。」他遞給我。

我動也不動地坐著，目不轉睛地盯著手機，彷彿瑞奇要給我的是一條活蛇。

「這……這……不是我的，」我結巴地說。「應該是達頓的。」

瑞奇瞪大眼睛。他鬆開手指，低頭看那個可怕的電話。「媽呀。真是圈圈叉叉。」

他脹紅了臉，抬頭看我，怯生生地說：「請原諒我說髒話。」他在手上翻轉手機，思緒不斷換檔。「他把這個留在這裡真奇怪，簡直就像希望我們找到。」

「是啊。」我的良心有點不安，好像有塊發癢的地方等著被撓抓。我回想審查暫停的週二那晚。我現在想起來了，所有人都走向門口時，達頓站在桌子另一邊。他把手機拿給我，要我放進他那個重得離譜的背包裡。我把電話塞進旁邊的網袋，一定是在我把背包揹上肩時掉出來。

內疚感像炸彈般在我胸口炸開。達頓不是故意把手機掉在這裡，不是在小路上留麵包屑給我們找。手機會在這裡是因為我粗心大意。如果達頓身邊有手機，他就會打電話求助。

「妳應該回家，小凱，妳的臉色很差。」瑞奇打斷我的思緒，快速、尷尬地捏捏我的肩膀。「反正今天只剩一小時，明天好一點再來上班。」

我點頭，五臟六腑都像擰絞著的抹布。

「我……我不會扣妳的工資。」瑞奇補充，我相信他覺得這個語調很仁慈。我的手還顫抖著，等瑞奇走開之後，我便登出弗雷斯的帳戶，關上達頓的電腦。

把琴通寧送到嘴邊時，酒在我的上唇發出嘶嘶聲，我又喝了一大口。因為事情急轉直下令我太過震驚，我出了地鐵之後就夢遊似地走回家，但還是有先見之明，先去了對面雜貨店買通寧水、乳酪和全麥餅乾，彷彿孤單退休老人。我又在購物籃丟了特大瓶的泰諾ＰＭ安眠藥，今晚無法只靠琴酒。

我呼出一口長嘆，在沙發上癱得更深，調高電視的音量，好讓極度安靜的公寓充斥著賽門．克威爾在《美國達人秀》粉碎別人夢想的聲音。天啊，我恨死這個節目。但我沒力氣找更好的節目。我擰開泰諾的安全蓋，往嘴裡丟了五顆，想了想之後又丟了第六顆。肚子餓得咕咕叫，提醒我沒吃晚飯。是我判斷錯誤，我錯得可多了。

我俯身，推開一盒餅乾，拿起茶几上的刀子，用食指輕敲刀刃，檢查一下。不知道拿著這把刀會不會違反那張可笑的保護令，當初送傳票的高大男子直接把文件摔在我胸口，他的模樣完全符合這個行業的典型。**妳是凱珊卓．珍．伍德森嗎？**一開口就是濃厚的紐澤西口音。現在回想，我的胸口一陣發悶。因為場景太像影集《重返犯罪現場》，簡直到了可笑的程度。就差那麼一點。

如果妳不遵守命令，可能會被強制逮捕、遭到刑事訴訟。

不，現在回想起來，那紙命令只規定槍枝是「違禁武器」。不包括刀子。所以我可以在公寓裡囤積開山刀，只要我不擁有可以發射子彈的裝置就沒問題。整件事情如此荒謬，這點可以算是第三十二條理由。我用手裡這把刀也能造成致命傷害。如果我有這個想法，只要對蘭登的脖子舉起這把冰冷的不銹鋼，無聲無息插進他的頸部，就能看著他流血致死，不必經手任何槍枝。

任何保護令都無法拯救他，對不對？

「我的決定是『不』。」電視裡的賽門．考威爾宣布。

我迅速眨眼，就像從噩夢中醒來，低頭一看，發現我的手已經緊緊握住刀子的木柄。我鬆開手，喝下剩下的酒，再從瓶子裡斟滿酒，這次就不加通寧水了。我把刀子反過來放在那塊陳年切達起司上。我想不起自己為何買了這個，我甚至不喜歡切達起司，是爸爸相信我們可以靠它填飽肚子。

刀刃往下切時，對達頓的思念湧上心頭，雖然我盡量避免回想。他最後一天在員工餐廳很煩躁，但在午休結束前就平靜下來。我還記得事務所要我們提早下班，他在大廳和警衛開玩笑說要抗議罷工。我一幕一幕地重播著我們往地鐵途中的對話，就像體育主播分析決賽一般。我的腦中浮現我們走在人行道上時，他那認真的表情。**聽著，小凱，**我幾乎聽得到他的聲音。**我不希望妳以為我拋棄妳，可是我在這裡不會待太久了。**

我覺得一陣刺痛，低頭才看到自己割傷了。我看著鮮血湧出，才把手指塞進嘴裡，因為金屬的味道而皺眉。我的思緒不斷在同一個瘋狂迴圈中快轉，電視的邊緣變得模糊不清。**我不希望妳以為我拋棄妳，可是我在這裡不會待太久了。**

那種頓悟帶來的恐懼在我的內心深處開始翻騰。達頓警告過，他已經他媽的警告過。就像旁邊的主持人突然暫停我們決賽的畫面，大喊**就是這裡**，圈出達頓不安的表情。**他就是這時告訴妳，他要自殺了。**

我用手掌底部按住眼睛，羞愧的心情像寄生蟲般在我的皮膚底下竄動。都怪我不好。達頓一直過著小確幸的日子，和他媽媽一起吃鬆餅，把一半的薪水存起來預做準備，後來卻碰上我。我不能再忽視這件事實——我絕對有不對勁又危險的問題。我就像負極磁荷，不斷排斥其他人。

我的母親、蘭登、達頓、弗雷斯。

我拿起杯子，丟過客廳，看著玻璃碎掉。「幹——」我大喊，直到喉嚨嘶啞。自我厭惡就像野火般在我體內蔓延。我願意不惜一切代價，只希望時間倒流，回到諾蘭暨萊特事務所，坐在有窗景的辦公室，確定自己在事務所升遷無阻。當時我是號**人物**，是爸爸引以為榮的女兒。如果爸爸看到我現在過的日子，如果他知道我做了什麼，我試著想像爸爸的表情。他可能會認為母親果然應該丟下我。

五層樓底下的計程車發出刺耳煞車聲，我因此回到現實。我的手插進頭髮，使勁拽著髮根。刀子在茶几上發出誘人的光芒。獨自坐在這裡，被自己的思緒困住，突然就像站在火車面前般危險。

我必須離開這裡。

我必須找到弗雷斯。

我必須想辦法讓他需要我。

沒有人想要妳，那個討厭的聲音在我腦中低聲怒吼。

原本就岌岌可危的健全心智正在漸漸減弱，這個月以來得之不易的心理健康就像沙堡般溶解。我視線模糊地拿起手機，滑開螢幕，在通訊錄中尋找可以講電話的對象，任何人都好。但是除非我想預約美髮師，否則沒有人樂意看到來電顯示出我的號碼。我用顫抖的手指點開我給弗雷斯的訊息。

我體內每個細胞都僵住。是嗎？天啊，是嗎？

有三個點點的灰色泡泡神奇地出現在我的內容下方。

我快速眨眼，幾乎無法相信自己的眼睛。如果有人在沙漠中迷路了好幾天，突然看到一杯水，大概就像我現在一樣百感交集——先是無以復加的欣喜，接著是開始懷疑自己是否看到海市蜃樓。我揉揉眼睛，再定睛一看。圖案並未消失，是真的。弗雷斯．瓦茨此刻正在傳簡訊給我，我的手像鉗子般緊緊握住電話。

謝天謝地，等待終於結束了。

25

「收到第一則簡訊——晚上九點三十八分。」我在新的紙上寫，竟然過了一整天才發現自己還沒在文件夾裡記下通訊先後順序。我平常不可能犯下這麼明顯的疏失，大概是腦子不習慣幸福的狀態。

我花了那麼多時間閱讀弗雷斯的文字，想像都是為我而寫，最後終於成為事實了。弗雷斯打出一則訊息，而且只為了傳給我，不可思議。

抱歉，上次不得不提早離開。最近公司忙翻了，也許我需要找個能幹的法務招聘人員。:-)

我咬著筆尖，無視周圍的滑鼠點擊聲。現在胸口的騷動，就像昨晚第一次看到他的簡訊出現在螢幕時的悸動，如同蝴蝶的翅膀輕柔撫過我的五臟六腑。

就是這種感覺，我發現。**原來需要某個人，而且對方真的為你出現，就是這種心情。**

我彷彿接種疫苗，終於可以遠離每個黑暗的想法，遠離每個曾經感染大腦的可怕記憶。

我忍不住用拇指摩挲螢幕，就像用手指劃過弗雷斯赤裸的胸膛。我可以想像自己躺在他身邊的床上，頭靠在他的肩窩，手指撫摸他胸肌之間的細嫩肌膚，我們驚嘆命運如何將我們帶到同一條路上。我們會笑著聊起這次的簡訊，也許我甚至會說當時苦惱著如何答覆，他會說，**我也是！所以等了這麼久才回覆！**

「吃飯了，夥計們，」瑞奇宣布，把我從幻想中拉出來。他拍拍手，彷彿是召集幼稚園兒童到字母毯上圍成一圈。「趕快走——今天是『波蘭餃子之夜』，上次賣光都是因為你們動作慢。」他不高興地環視房間，彷彿他吃不到最愛的波蘭餃子，我們每個人都有責任。他的目光落在我身上時，表情軟化。我別過頭，忙著重新整理皮包裡的東西。我一整天成功避開瑞奇的同情眼神，現在也拒絕接受。我受夠憐憫了。

我等他轉身背對我，揹上皮包，跟著人群走向門口。儘管我已經背下我們的簡訊內容，還是忍不住重讀昨晚發給弗雷斯的精心回應。**如果你拚命工作，要紓壓可就無法只靠專業建議**。我必須配合他的俏皮語氣，又不能表現得太飢渴，對話必須有來有往，不能有任何勉強。這項任務需要專心一致，我讚許自己做得天衣無縫。這是安娜貝會寫的文字，只是她可能不需要花十分鐘、喝整瓶琴酒才寫得出來。但是無所謂啦。在我按下「傳送」鍵之後，手機幾乎立即出現他的回覆：**同意——知**

道有什麼好辦法可以紓壓嗎？

可能知道……我這次回覆靠的是本能，不是理智。片刻之後，他的回覆出現在我的螢幕上，我在沙發上開心地舞動：**我很感興趣：）週一下班有空喝一杯嗎？到時工作可能比較輕鬆了。**當我深呼吸，回信說**應該可以**，公寓裡停滯的空氣就像肺裡的香檳。

「沒有人按樓層，請按一下大廳。」大家擠進電梯時，某個臨時雇員嘀咕著。我從手機上抬起頭，環顧四周，那些茫然的臉孔就像整車正要被送往里克斯監獄的囚犯。現在我自覺與他們拉開距離，彷彿我不屬於這些平庸之輩，我正飄在半空中，俯視著更幸運的另一個自己。然而我會遇上弗雷斯不是因為運氣，就像我生命中每件事情，都是靠我拚命爭取。但有一點不一樣，無論如何，我絕對不會搞砸。

電梯門「砰」的一聲打開，我手插在西裝褲口袋，輕快地低頭穿過大廳。現在弗雷斯認得我的臉，我們的電梯到高樓層電梯之間的這段路，就像俄羅斯輪盤一樣。截至目前為止，我努力避免碰上，我很害怕哪一天不走運。

如果銀行帳戶有足夠的存款，或者該說只要帳戶裡有錢，我就會辭職，排除我們巧遇的風險。現在少了達頓，又看不到弗雷斯的郵件，我已經沒什麼好留戀。但是穩定的收入才能維持弗雷斯愛上的外貌，他習慣安娜貝的外型，所以他已經習於修整過的美甲、時時補染的漸層髮色、只有定期做臉才能達到的光滑肌膚。我不能指望他接受藥妝店染髮劑和媚比琳彩妝。我們上了第二部電梯，我掏出手機，再次重讀每則簡訊。我傳送**應該可以**之後，弗雷斯回覆，**太好了，我們找個安靜地方——甩掉那些討厭的律師。**

你有什麼建議？希望我的口氣不會太像一九九〇年代的肥皂劇。

我知道上東區有一家很棒的南非紅酒吧「凱亞」，晚上九點見？他回答。

我很熟悉凱亞紅酒吧，就在我家對面，我每天從地鐵出來的回家途中一定會經過。每次都有開心的情侶坐在窗邊高腳椅上，手裡拿著酒杯，但我從未光顧，理由很明顯。那裡的氣氛並未高喊著**我們歡迎寂寞單身女郎**。弗雷斯一定知道「凱亞」離我家很近，是他把我的地址給了優步司機。顯然他和我一樣，對約會那晚最後一站都有相同的計畫。

太好了，我回覆。太好了。**他也很好**。我們是天造地設。

我會趁週末準備赴約。我已經做好功課，當我們不可避免地聊到工作時，我事先準備談話要點：我在ＢＬＧ法律招聘部工作，為大型律師事務所尋找中級和資深律師，多半負責企業金融部門。

我再度使出雜耍絕活。

當然，我還要搪塞填補整整三年的法學院和律師資格考。何況我還在諾蘭暨萊特事務所做了五年。

我的謊言就像兔子般快速增加。我願意不惜代價，只求留下他。什麼事情我都肯做。

我繞過餐廳的波蘭餃子攤，請自己吃壽司大餐。我記得達頓某天晚餐時宣稱，**我可以吃下和我一樣重的壽司，依然吃不飽**，他提到外送員聽到兩大包食物都是同一個人要吃的驚恐表情，我還記得他的笑容，眼睛因此覺得刺痛。我把壽司盒放上托盤時，用袖子抹抹眼睛，拒絕讓淚水流下，逼自己忽視胸口的刺痛感。

心智控制情勢。奶奶教過我，只要不容許，悲傷就不存在。

我一定是陷入沉思了。因為我伸手拿冰箱的礦泉水 Poland Spring 時，有人輕拍我肩膀，我整個人都跳起來。

「哇，抱歉，小凱。我不是有意嚇妳。」瑞奇舉起兩手，回頭看看左右兩邊之後，壓低聲音。「我只是想告訴妳，我有新情報，是關於……呃……那件事。」

「新情報？」我提高音調重複，一邊重新整理托盤，走向收銀台的排隊人龍。

我不肯配合，他立刻一臉惱火，但還是站到我身邊。「對，我以為妳想知道最新狀況。昨天我送手機去警察局。」他講到「警察局」時，在空中劃引號，彷彿那只是廉價贗品，不如他所想像。「我交給他們時，對方千謝萬謝，所以我問他，能不能透露案子的內情。」

儘管我試圖掩飾，還是忍不住冷笑了一聲。達頓一定想聽聽瑞奇如何向員警示好。我可以想像他笑得前仰後合，甚至說不出話，只好先深呼吸幾口。

我握緊拳頭，轉動了幾下。

天啊，我討厭這種思念人的心情。每次想到他們，就像撕下剛癒合的痛苦結痂。所以壓根不想，才是更好的做法。

瑞奇並未察覺，繼續說下去。「達頓的母親顯然不相信他會自殺，希望警察展開調查。」他瞪大眼睛，強調「調查」兩字。「我當然自願接受調查，協助他們蒐集背景資料。結果警方說目前沒有必要，說這個案子相當單純。」他聳肩，似乎不同意這個決定。

想到達頓悲痛的母親，我心裡有一小部分都心碎了。這個世界真的不公平，充滿母愛的母親失去了獨生子，對孩子不屑一顧的母親卻可以擁有活蹦亂跳的女兒。因果報應顯然是神話。

「總之我克盡公民職責，把我們找到的手機交給他，任務完成了。」瑞奇挺起胸膛。

我從收銀員那裡拿回信用卡，走向調味料站，慶幸這次談話很快就會結束。儘管我一小時前就吃了泰諾，依然覺得太陽穴隱隱發痛。瑞奇跟在我後面一步，嘴唇還在動。

「真悲哀，」我聽到他說。他把托盤放在醬油調味包附近，把流著手汗的手掌搭在我的肩上。「有任何需要，我就在這裡。」

「謝謝，瑞奇。」我點頭，希望表情夠嚴肅。

「如果需要有人陪妳走回家，我家離妳只有兩條街，我很樂意奉陪。」我的臉上一定滿臉問號，因為他很快補上一句：「所有臨時雇員的地址都寫在簽到表上。」

有意思，我竟然從沒注意到。顯然，臨時雇員不享有一般人的隱私權。

「沒關係，我通常下班不會直接回家，」我撒謊。

他再次開口之前，氣氛有點尷尬。「我可以……如果妳需要人陪，我今晚可以陪妳吃飯。當然，純粹出於同事關心。」他舉起兩手，臉上浮現微小的紅斑。

「喔，呃……」我努力不讓表情出賣真實想法。在「最不肯做的事」排行榜上，與瑞奇共進晚餐相當於幫人剪腳趾甲。我真正想做的事情，是利用這段時間詳讀文件夾每一則情報，我必須清楚掌握弗雷斯的喜好。但我隱約覺得，一定要博取瑞奇的好感。

「當然，」我點頭。「那就太好了。」我竟然撒謊撒得這麼順口。

瑞奇把波蘭餃子塞進嘴裡，開始講述餐廳衛生守則時，我的思緒又回到弗雷斯身上。我想知道他現在是否還在這棟大樓，還是正在準備約會。也許去理髮或買件新襯衫。我不覺得他有必要做這些事情，我會接受他原來的模樣。永永遠遠。畢竟，他昨晚把我從自己手裡救出來。

現在我的人生屬於他。他的人生也屬於我。

26

他翻身調整枕頭時，雙人床的吱吱聲吵醒我。我打了個哈欠，揉揉眼睛，世界漸漸變得清晰。我的床頭櫃放著新鮮的向日葵，我為了迎接弗雷斯進行大掃除之餘，也買了新鮮向日葵插在床頭櫃的花瓶裡（我知道他曾經買向日葵送給安娜貝）。床上乾爽的床單也是新的，我用這種方法清除打死不肯離開舊床單的惡靈。我甚至點了一支蠟燭，味道猶如晨露，就像美妙的嶄新開始。任何透露往日蛛絲馬跡的東西——有口紙箱裝滿我在諾蘭暨萊特事務所辦公室的物品，我也還沒整理，還有溫習律師資格考的老舊法律書籍——都進了垃圾間。我週末清理掉認識弗雷斯之前的用品。掃除過去，迎接新篇章，這個過程很痛快，真的。

現在，從百葉窗縫隙打進來的晨光照亮他的身體，我躺到他的胳膊和胸部之間，發出了輕柔而滿意的呻吟。儘管我只睡了幾小時，身體每一部分都充滿新鮮的活力。興高采烈的心情在血管中嘶嘶作響，真希望有辦法每天早上都能來一管。我閉上眼睛，聽著他的呼吸聲，勾勒他胸膛的線條，彷彿是寫給我的點字情書。

「我得走了。」他用清晨沙啞的聲音低聲說，大拇指順著我的手臂往下滑。這是親密的動作，他剛和安娜貝交往時會做的事，我的身體因此冒出雞皮疙瘩。

「現在幾點？」我低聲說，歪頭迎上他的目光。他的眼睛在晨光中又不一樣，讓我想起熱楓糖漿。

「現在是早上五點，我必須回家，否則無法準時開早會。」他在我的嘴上落下一個纏綿的吻，嘆口氣，然後輕輕抽出手臂，小心翼翼免得拉扯到我的頭髮，再把一個枕頭塞到我的腦袋下。當他不情願地翻身坐起時，我可以看到他開始勃起。

是因為我，我得意洋洋。

我看著他從地上撿起縐巴巴的襯衫，把胳膊伸進袖子裡。我記得昨晚我們邊摸索扣子，邊在公寓裡跌跌撞撞，迅速脫掉那件襯衫。這是完美的結局，是錦上添花，因為昨晚已經好到令人難以置信，我們在「凱亞」昏暗的角落啜飲紅酒，挨著彼此坐在皮沙發上，我每次下班經過窗邊，就想成為這種情侶。

「我也希望能留下，但如果這次開會遲到，客戶會氣死。」弗雷斯扣上襯衫最後一顆鈕扣。「到時我就真的需要找法律招聘人員了。」他咧嘴笑，握住我的手，舉到他的唇邊。我就像烤麵包上的奶油般快融化了。

「我可是公私分明。」我的臉上洋溢著困倦的笑容。我喜歡弗雷斯接吻時，喉嚨後方發出的微弱呻吟。那聲音很輕柔，幾乎聽不到，可能連他自己都沒意識到。但我知道。

我依偎在枕頭上，欣賞他那勻稱、肌肉發達、已經與我親密接觸過的胴體。每週與春分健身房教練上的課發揮神奇魔力，將他的身材雕塑得這麼好。如果我也找同一個教練，不知道會不會太可疑。不過我們可能很快就會一起運動了。

腦中有個微小的惱人聲音警告我不要本末倒置。這絕對不是我第一次把一夜情誤認為健全戀情，但這次不一樣，弗雷斯・瓦茨是我的人了。

無論甘苦，無論貧富，無論病痛健康，至死不渝。

我不像安娜貝，我將認真對待這些誓言。

「這樣啊，我可不想和妳斷開私交，」弗雷斯笑著用手撫過我赤裸的腹部，我從頭到腳都開心地打顫。

我用手肘撐起身體。「你確定不想回到床上？這裡好舒服。」我拉開被子，希望看起來性感而不飢渴。

「可惜不行。」弗雷斯在我的頭上又落下一個吻，我使盡所有意志力才沒圈住他，把他拉回床上。「嗯……妳好香。」弗雷斯用臉摩挲我的頸項，在我耳邊低吼。我報以燦爛微笑，多虧我買了昂貴的歐舒丹乳木果油香皂——安娜貝也用這種。我收到最近的薪水之後，深夜上網大採購，買了弗雷斯的信件匣中**亞馬遜訂單確認**郵件中的每件梳妝用品。安娜貝就住在購物區附近，卻大量網購。我不僅買了同樣的肥皂，還有潤絲精、乳液，甚至同樣的牙膏。她的保養用品遠超過我的銀行帳戶所能負擔（一小盒眼霜要價九十美元？），但如果弗雷斯已經習慣這種女性，我就得滿足他，才能讓他天衣無縫地過渡到新戀情。對他而言，我的味道就像家。

「妳再睡會兒，」弗雷斯把襯衫塞進去，用手掌撫平褲子時，露出那個酒窩。「我晚點打給妳，我們可以想想週末去哪裡吃飯。嘿，妳去過『泰宅』嗎？」

我搖頭，希望表情沒透露喜悅之情。他就告訴安娜貝，他會帶她去這家餐廳。

「妳一定喜歡。是一家小餐廳，但那裡的泰國菜最好吃。我看看能不能訂到位子。」

「沒問題。」我試著壓抑興奮。「快樂」甚至無法描述我的感覺，也許要用「飄飄然」，彷彿浮在半空中。

「太好了。」他望著我的時間比以前久，這個動作充滿親密感，我覺得頭昏眼花。他把手機塞進後口袋，離開臥室時微微揮了一下手。

我聽到關門聲之後才敢動。跳下床，走到衣櫃前，踮腳從最上層架子拉下皮革書包。昨晚我去見弗雷斯之前就先藏在那裡。

雖然看不見，但一直惦記著。

我坐回床上盤腿，拿出文件夾。弗雷斯比我希望的時間更早離開也有好處，我終於可以記下最新蒐集的資訊，昨天整晚都想趕快記錄。

弗雷斯說的事情，我多半不陌生（他有跑步習慣，喜歡歷史小說……），但我盡力裝出第一次聽說。**（你跑短距離還是長距離？哇，紐約市馬拉松！一定很有意**

思！）有些內容則是完全出乎意料，聽得我胳膊寒毛直豎。他去年做過膝關節手術，對貝類有致命的過敏反應，難怪要用腎上腺素注射器。

以前我都不知道這些事情，以後可能派得上用場。

當天晚上，我藉口去洗手間，躲進廁所，用手機記下每則新資訊，只靠記憶就太馬虎了。我坐在冰冷的馬桶座上，手指飛快地滑過螢幕，將所有想法存入電子郵件草稿匣。**他喜歡魏斯・安德森的電影，巧的是他和安德森上同一所高中。（德州嗎？記得上網路電影資料庫查核。）最近他的母親被診斷出患有失智症，他希望自己能住得近一些。**

正如達頓所說，知識就是力量。

可惜我幾乎沒有足夠的時間記錄所有想法，就有人用力敲洗手間的門，我才想起自己占據了酒館裡唯一的女廁。我慌亂地打開水龍頭，表示我就快出來了，開門看到一個滿臉不耐煩的中年女子。我走回桌邊。

我拿出文件夾裡的筆，翻到空白頁開始寫，彷彿只要一停下來，我的記憶就會瞬間蒸發。

右肩上有痣。

手機主畫面是滑雪山岳。

我以奧運運動員的專注力寫著，直到新材料填滿了兩大頁才停下來。後來，我全部打字存檔，印出包含新資訊的紙本。隨時更新文件夾內容很重要。

「好了。」我把一縷頭髮塞到耳後，打量成果。昨晚有件事在我腦海深處翻騰，令我坐立難安。我還沒寫下來這件事，也希望能忘記。

當時弗雷斯剛幫我斟酒（馥郁的馬爾貝克紅酒，喝起來像溫暖的陽光）。鑒於我對這次約會的準備程度堪比準備律師資格考試，竟然還會被殺個猝不及防，何況這個問題這麼簡單。我在網上大量搜尋法務招聘人員的資料，可以整晚談論假工作，不會有任何失誤，而且向自己起誓，其他細節都盡可能接近事實。我狂看影集《國土安全》，因為弗雷斯和安娜貝都是忠實觀眾；研究她擔任董事的慈善機構；還能複述他們這一年購買的每本小說的情節。

我一磚一瓦地把自己打造成弗雷斯會喜歡的人，卻少準備一個步驟，一個關鍵步驟。

「我要老實說，但妳必須保證不會覺得我瘋了，」弗雷斯把酒瓶放回桌上時，嘴唇上揚，露出笑容。「總之……我覺得我認識妳，不是在艾伍德酒吧才認識。」

我的酒杯停在半空中。

「請不要被嚇到，」弗雷斯呵呵笑，誤會我肩膀突然緊繃的原因。「我只是……」他頓了一下，皺起眉頭。「我覺得和妳在一起很自在，彷彿我們已經認識好一陣子了。妳懂嗎？」

我努力不讓表情露出我當然懂。

天道酬勤。

「不，我知道你的意思，」我深呼吸，手放到他的手上。「我們只是……」一拍即合。」我這輩子從來沒有這麼快樂過，也許我就是因此沒預見即將發生的事情。

「真的。」他側著頭。「妳是哪裡人，小凱——」他頓了一下。

就是那一刻。我應該對那一刻有所準備。

「等等。」他的嘴角露出頑皮的笑容。「我剛剛發現我還不知道妳姓什麼，這下可不能說我了解妳了吧？」他咧嘴笑。

我盯著他的下唇——他完美的下唇——完全沒察覺我即將踩到的地雷。

「好，我們正式自我介紹。」他放下酒杯，伸出光滑的手。「在下弗雷斯．瓦茨。」

我握住他的手。「小凱．伍德——」

砰。

我還沒說完，有顆炸藥就在我的腦裡引爆。即使我做了這麼多研究、準備，有些事情我依然沒考慮到。我的名字。我不能把我的真名告訴弗雷斯。我在谷歌上搜尋過自己，知道如果有人輸入「小凱．伍德森」，會出現哪些網站。我非常清楚別人怎麼寫我，清楚到痛苦。

無論我付出多少努力重塑自己，都無法逃避過去。

「我是小凱．伍德。」我吞回第二個音節。

弗雷斯的深棕色眼睛閃閃發光，「很高興認識妳，小凱．伍德。」

接下來我們就開始熱吻，我除了捏造工作，還給弗雷斯一個假名字，情況變得更複雜，但這都不重要。我就當作是清除另一個障礙，而不是以後潛在的問題。這時陽光照進我的眼裡對我品頭論足，我意識自己挖了多深的一個洞。工作可以偽造，姓氏呢？這可棘手了。不過弗雷斯又不會要我出示證件，他沒理由不相信我。

我深吸一口氣，草草寫下**小凱．伍德**，底下劃了兩條線，然後闔上文件夾。

憂慮鑽進我的皮下，但我繃緊肌肉，用力擠出這種情緒。以後有的是時間想辦法解決。

弗雷斯的氣味在房裡久久不散。我閉上眼睛，挺直腰板吸氣，憋了一秒才從嘴裡吐氣。現在弗雷斯是我的空氣，這個體悟帶來的身心調和狀態比任何瑜伽課都有效。雙手合十鞠躬。我睜開眼睛看了看時鐘，六點半，再不行動，上班就要遲到了。

我跳進淋浴間，幾乎還沒感受到水流，就用浴巾擦乾，在公寓裡忙進忙出，努力尋找我匆忙大掃除時把衣服塞到哪裡。可以歸類為「辦公服飾」的穿著都不在視線範圍內，彷彿會被弗雷斯嗅出失敗的氣味。我在衣櫃後方的乾洗袋裡找到一條Theory的黑長褲穿上，從軟墊衣架上拉下一件毛衣套上，用梳子整理頭髮。一看到梳妝台鏡子裡的自己，我停下動作。

曾經布滿血絲的眼睛變得亮白，蠟黃色的皮膚由紅潤的光澤取而代之。我以前彷彿是毛毛蟲，現在終於破繭而出，化羽成蝶。

我往前湊，額頭幾乎碰到玻璃。「妳做到了，」我低聲說，嘴唇蜷曲成微笑。「妳真的辦到了。」我一直漂流，迷失方向，就像沒有羅盤的船，直到弗雷斯出現。他就像蒙托克的燈塔，大放光明，指引我正確的方向。

桌上的手機震動，嚇了我一跳。

是弗雷斯吧。

我一個箭步衝過去，很高興他馬上傳簡訊給我。不知道他是否會發一些可愛的文字，好比說，**昨晚很開心：）**又或者今晚再約我出去。如果他現在就站在我的公寓外面，手裡拿著兩杯熱咖啡和一袋貝果更好。天哪，那就太美妙了。我一方面想細細品味不知道答案的期待，把這種心情像太妃糖般拉長，但我等不了幾秒，就想拿起手機偷看。我看了一會兒，才認知自己讀了什麼。我彷彿遭到電擊，手機從我手中落下。手機殼砸在地板的哐噹聲在四面牆之間迴盪。

來電顯示不是我翹首盼望的人。螢幕上的名字不是**弗雷斯**，是**達頓**。

27

我癱在沙發上，眼睛盯著地上的手機，彷彿它有血有肉，還會攻擊我，就像扭曲的B級恐怖電影。怎麼有人會用達頓的手機聯絡我？天啊，如果是警察怎麼辦？經驗告訴我，我不擅長和執法部門打交道。

我彎腰，心臟如榔頭般地捶打胸腔，我握住手機，逼自己鼓起勇氣看。

妳好，我是達頓的母親，伊蓮娜。我看到妳和達頓互傳簡訊。請問妳是我兒子的朋友嗎？

我猛吸一口氣，彷彿有人踢我肚子，害我喘不過氣。就算是警察傳訊，也好過這個。達頓的媽媽找我做什麼？當然啦，除非她知道達頓警告過他要自殺，我卻不理睬。

我肩胛骨繃得更緊了。

不，不可能。她怎麼可能知道？

我重讀她的訊息。**妳是我兒子的朋友嗎？**我的目光飄到天花板，斟酌如何回覆。**應該是吧？算是吧？**我們不像連續劇，不會週五一起出去，慶祝彼此的生日。但是我仔細想過，如果我不認為達頓是朋友，以前任何關係是否真的算得上友誼呢？

是的，雖然手指拚命發抖，但我盡快打字，不想再鑽牛角尖。我喘息地看著灰色泡泡幾乎立刻出現。

我可以打給妳嗎？我真的需要和妳談談，但我不熟悉這個蠢東西。

「打給我？」我哀號，驚慌失措。我迅速環顧客廳，彷彿旁邊有東西可以拯救我。被迫和別人的母親交談最恐怖，不需要是心理學家也知道原因。我與她們交流時，無法不擔心她們會發現連我自己的生母都不要我，因此斷定我一定有缺陷，就像被退貨的故障電視。我從小就知道，她們和我說話時，聲音裡有種尖刻的語調，彷彿想傳達：**如果妳是我女兒，我也會離開妳**。除了我母親之外，如果世上有哪個母親一定看得出我不好，那就是達頓的母親。

腦中響起奶奶的聲音時，我僵住了。**妳媽媽身體不好，生孩子讓她的問題更嚴重**。這種感覺熟悉得令人喘不過氣，彷彿我面臨的是來自過去的可怕的老照片。得知別人因為我離開的感覺，我很清楚。我不想再重溫這種心情。

我逼自己離開沙發，穿上鞋子，準備出門上班，但令人不安的畫面開始襲擊我的腦海：達頓悲傷的母親駝著背，手裡拿著兒子的 iPhone，淚水順著臉頰流下，等待不可能出現的回覆。我閉上眼睛，深吸一口氣，愧疚感與自我保護的需求相牴觸。

妳虧欠這個女人，小凱，腦子裡的聲音低聲怒吼。**至少妳欠達頓**。

我拿起手機，在我改變主意之前用拇指打出回覆。

沒問題。

片刻之後，手機在我手中嗡嗡響。儘管本來就在等電話，我還是愣了一下，就像聽到灌木叢窸窣作響便察覺危險的羚羊。我屏住呼吸，食指按在螢幕上滑過，把電話舉到耳邊。

「喂？小凱嗎？」另一端的聲音問道。血流突然在我耳中湧動，很難聽清楚她的聲音。

我試了幾次才聽到自己的聲音。「對，我就是。」

她清清嗓子，「我是伊蓮娜，我打來是因為我看到妳和達頓互通簡訊。」她強調「簡訊」，彷彿她才剛學會新詞彙，想親自說說看。這讓我想起爸爸也會這麼做，我感到思念的劇痛，就像有把水果刀插進身體。

「我想問妳……」她哽咽著說。

我咬指甲，脈搏加快。我發什麼簡訊給達頓引起她的問題？我把手機拿開，瘋狂點擊螢幕，重讀上週傳給他的資訊。九個未回覆的藍色對話框看著我。

你今天可真的實地測試內衣工人的理論了……

馬上就要吃晚飯了——你今天會來嗎？

瑞奇已經通知我們，不能再在位子上喝飲料（對，他用了「飲料」這個詞），你卻不在這裡發動叛變。

嘿，你有收到我的留言嗎？

你可能換到更大、更好的公司，但你到了那裡，要讀什麼？（附上你留下的書的人質照片……）

臨時雇員〇二二，如果這是你的真名，你消失了嗎？

去你媽。

去你媽。

去你媽。

我用力閉上眼睛，心跳慌亂。我不記得發過最後三則簡訊，簡直不敢想我可能傳了什麼信。

「妳說妳是我兒子的朋友，」伊蓮娜繼續說。「你們怎麼認識的？」

我開始在小房間裡踱步。「呃……我們是同事，呃……我們坐在對方旁邊，有一陣子了。」

「這樣啊。」她巍巍顫顫地吐氣。「達頓沒回覆妳的簡訊，妳可能很難過。」

「喔……呃……那些簡訊啊。我不是故意——」我畏縮了，一小片一小片的羞愧感積聚在我的喉嚨裡。

「小凱，」她打斷我的話。「我不知道公司是否告訴同事了，但達頓上週去世。」

我停下腳步。她的聲音情緒高漲，如此痛苦，我的喉嚨因此緊縮。「他們告訴我們了，」我低聲沙啞地回覆。「我很抱歉。」我閉上眼睛。這句話聽起來實在不恰當。在地鐵上撞上人才說這句話。對於整個人生突然破碎的她而言，應該使用截然不同的詞彙。但是根據我自身的經驗，被親愛的人死別，總好過無緣無故被丟下。

「喔，妳知道了。」她停頓，沉默的片刻雖然短暫，卻很沉重。我可以聽到她想著，**妳和這件事有關係嗎？**

當然有關係，腦子裡那個討厭的聲音低語。**妳把母親趕走。現在又多了一個達頓。每個碰上妳的人都會遭殃。**

就連爸爸都知道。他可能就是因此才沒命。

我踢到茶几桌腳，期待著腳趾發散的疼痛。

「我們幫他辦了告別式，但只有親人來，所以我以為……」她聲音越來越小。

我捏捏額頭，用最大的力氣搓揉太陽穴。罪惡感就像螞蟻大軍般爬上我的皮膚。

「如果我早知道有這場告別式，我一定會去。」我說謊。

她開口前有片刻的靜默。「這樣啊。」她不懂。她嘆氣，似乎問**妳有什麼毛病？**

每當這時，我都納悶自己是不是真的有病。答案很苦澀，所以我不想多沉吟。

閉上眼睛，眼瞼的重量突然變得太重。「我甚至無法想像妳有多難受，伊蓮娜，」我聽到自己的聲音。「達頓是個好人。」終於說了一句真話。

「他是。」她低語。

「我要告訴妳，大家都很懷念他……每個人都是。」我的聲音分岔，眼球後方被淚水刺痛，潰堤的淚水爭先恐後地湧上來。我發現，我不該接這通電話。我放下防備，回憶就會撲上來，把我拖回破碎的人生。我得盡快結束這通電話。「謝謝妳找我，伊蓮娜。」我清除顫抖的聲音。「可惜我必須趕快出門上班。我也想多聊聊，可是……」

「他們說他是**自殺**，」她哽咽地打斷我。我動也不動地坐著，不敢說話。她深深吸一口氣，緩緩吐出來。「絕對不是真的。我知道。自從達頓父親去世，都是他在照顧我。雖然我不需要照顧，但達頓覺得我需要。他不會做這種事，他不會的。」

她沉默，我能感覺到她默默評估我，批判我。

都怪妳不好。

妳有害。

妳是毒藥。

我聽到公車離開樓下人行道的刺耳聲響，我只想上車。除了接這通電話之外，到哪裡都好。我已經漂得離岸邊太遠，我需要救生索。

掛斷電話！掛斷電話！我的理智吶喊著。

「妳是達頓的朋友，我唯一能找到的朋友。我有件事想問妳，小凱。」我幾乎能聽到她絞著手的聲音，就像以前奶奶宣布壞消息。「但我不想在電話裡問。妳能來我們家一趟嗎？」

我倒在沙發上，手扶著額頭。體內每個衝動都要我拒絕。我知道充斥著空虛和悲傷的家是什麼氣味。我已經看到那雙哭紅的眼睛，那浮腫臉龐上散亂的髮絲，那望著遠方的目光，那焦慮不安的表情。

「求求妳，」她低聲說，聲音很小，輕柔得教人心碎。「我找不到其他熟悉他的人，只有妳。」

「好吧。」我聽到自己回應。

她發出顫抖的嘆息，彷彿如釋重負。「妳今晚能來嗎？」

「呃……我八點半才能下班。所以可能有點太晚……」我的聲音越來越微弱，一邊摳著指關節上的結痂邊緣，摳到流血才停。

「那就下班來吧。反正我現在睡得不多了。」她發出沒有幽默感的乾笑。「妳有筆可以抄我的地址嗎？」

「請稍等，」我環視客廳。弗雷斯來訪之前才大掃除，所以那些黏答答的便條紙和筆都被塞進衣櫃的鞋盒裡，我走到廚房，拉開雜物抽屜，挖出粉色螢光筆和一張舊收據。

「地址是東六十三街四〇五號八G。」

「好的，東六十三街四〇五號八G。」我複述，翻到收據背面之前，我猶豫了一下才記下。

「妳會來嗎？」她問。

不會。

「會，我會去。」

「好，到時見。」電話斷了。

我把手機塞進口袋，往後靠向美耐板流理台。「靠！」我低聲說，雙手掌根壓住眼窩，彷彿可以用具體的力量壓垮腦中的念頭。我打開廚房水龍頭，等水流變冷，裝滿一杯之後一口氣喝下，冰涼的水分撫慰我突然乾渴的喉嚨。重新考慮了一下，我便從冰箱拿出伏特加，直接對著嘴喝掉剩下的酒。我打了個寒顫，擦擦嘴，把瓶子放在流理台上，撫摸摩挲著，彷彿當它是神燈，馬上就會蹦出一個精靈。我願意不惜代價，只希望達頓的母親說得對，希望達頓不是自殺。希望這件事不是我的錯。但是，我再怎麼努力相信這個理論，就像塞錯拼圖，就是不合邏輯。

真希望當初達頓結交的是其他人，不是一個天生就能摧毀親生母親精神健康的人。也許他就會活著。

悲傷情緒在我體內漸漸高漲，最後彷彿快衝破我的皮膚。我不假思索，直接衝到筆記型電腦前，打開瀏覽器，點開布魯明戴爾百貨公司的網站。瘋狂點擊幾下，我已經買下我在Instagram上看到的安娜貝穿的繫帶羊毛大衣，她雙手插在口袋裡站著，文青風地望向另一邊，突顯長脖子和銳利的顴骨。這張照片有則留言是「**無法不愛上**」，還附有眼冒愛心的表情符號。我的呼吸越來越急促，又點了幾下，連「蔻依」的大墨鏡也買下。

好了。

我雙手抱胸檢查收據，心臟猛跳，肩膀隨著每次呼吸起伏。我沒有這筆九百八十五美元，但這還算便宜。現在我**是**無法不愛上的女人。周圍的人不會再當我是有毒氣體，對我感到厭惡。達頓母親的痛苦不能怪我，我還有弗雷斯．瓦茨愛慕我。

我閉上眼睛，專注看著眼皮裡舞動的光點，努力想像弗雷斯和我即將展開的新生活，這種綺想就像擋風玻璃的雨刷，刷掉其他雜物。

不要忘記目標，這點至關緊要。我都走到這步了。

我撐起身體離開沙發，從門邊地板撿起大衣——昨晚狂亂地剝掉彼此的衣服時，弗雷斯把它拉下來扔在這裡——把手伸進口袋，皺眉摸著另一個口袋。我確信昨晚用鑰匙開門後，放回大衣口袋。我的目光掃過客廳表面，因為我把所有東西都藏到看不見的地方，所以現在看來一塵不染。我搬開沙發墊子，把手伸到下方，四處摸索奶奶去年耶誕節送給我的紫色毛球鑰匙圈。「因為我知道妳喜歡紫色。」她在我打開禮物時說。自從我不是「超級男孩」迷妹之後，就沒有任何紫色的物品，但我還是向她道謝，繼續使用這個鑰匙圈。我皺起眉頭，為什麼這可能是有史以來把公寓打掃得最乾淨的一次，我卻找不到需要的東西？我走進廚房，在雜物抽屜找到備用鑰匙，塞進皮包裡的拉鍊口袋。我一度考慮要不要帶走「弗雷斯」文件夾，還是決定放棄。我不能冒險放在包包一整天，以免弗雷斯突然想約我。戀愛中的男人可能會做這種事。

愛情令人隨心所至。

我在門口停了一下，又走回臥室，手伸進昨晚那條長褲的後口袋，取出那張白金卡。我的目光掃過著前面的黑字。

弗雷斯．J．瓦茨。

我長嘆一口氣。光是看著他的名字，心裡就舒坦多了。

28

「請選擇，」手機另一頭有個機器人聲音叨唸著。「帳戶餘額請按一，付款請按二，更新帳戶資訊——」

我氣喘吁吁地爬上地鐵站最後幾級樓梯，按零打斷錄音。我需要和真人對話。

「我們會把電話轉給客服人員。為了加快時間，請輸入卡號。」

我用食指摸過厚厚的白金卡邊緣，翻到背面，一手小心翼翼地輸入陌生數字，心跳加快。播過幾萬次的愛黛兒歌曲開始在我耳邊吟唱，我走出車站，走向萊辛頓大道。

「早安！」活潑的南方口音打斷音樂，嚇了我一跳。「美國運通卡客服部，請問是瓦茨先生嗎？」

我瞪大眼睛，她直搗黃龍。我清清嗓子，聲音降八度，回答之前回頭看了一眼。

「是，我是弗雷斯．瓦茨。」

「今天需要什麼服務嗎，瓦茨先生？」

「我想確認最後幾筆交易。」我轉過街角，不再看著櫥窗裡的自己。「我昨天把信用卡掉在一家餐廳，幾小時後才去取回，所以我想確認沒有任何與我無關的消費。」

電話那頭頓了一下，傳來打字聲。

昨晚取走弗雷斯的信用卡不在我的計畫當中。他在「凱亞」帳單上簽字，闔上真皮對折皮夾起身，我發現白金卡的圓角依然突出皮夾之外，就知道他忘了拿回信用卡。我因此面對兩個選擇，我可以告訴他或拿走。

「及時行樂」，羅賓．威廉斯就會這麼說。把握時機。

我們走出餐廳時，我只要找個藉口，就能回到桌邊（「落了我的雨傘！」），用食指和拇指抓住信用卡，順手塞進後口袋。嚴格來說，這不是偷竊，是他忘了。兩者有所區別。誰知道女服務生拿到信用卡會做什麼？

弗雷斯很幸運，我會幫他提高警覺，保護他的財務安全。

「我可以幫你查，瓦茨先生。」她說。

我感到嘴角上揚。被稱為瓦茨的感覺出奇愉快，我不得不忍住請她再說一次的衝動，這次則換成「太太」。**我能為妳做什麼，瓦茨太太？妳想申請妳先生的附卡，瓦茨太太？還是買個白金婚戒？**

「瓦茨先生？」她的南方口音又重複一遍，打斷我的幻想。「你還在嗎？請問你聽到我的問題了嗎？」

「對不起，剛剛斷訊。」我咕噥著，繼續壓低聲音。

「能不能提供社會安全碼最後四碼？」現在她的輕快語調帶著一絲不悅。「我需要這組數字才能查詢最近的交易。」

「九二八二。」我快速背出。

「密碼呢？」

我停住腳步。該死。

「呃……天啊，我從來不記這些事情，」我乾笑，一種「我這麼重要，才不記瑣碎的密碼」的笑聲。「妳應該問我的秘書，但她去度假了。顯然我少不了她。」

我可以聽到上了口紅的嘴唇漾開微笑，她聽到有錢有勢的男人需要女性幫忙，覺得很有意思。「這個嘛……」她說到一半，顯然是賣弄風騷，有一部分的我想伸出手機，用一隻手緊緊掐住她的脖子。「瓦茨先生，我可以告訴你第一個字母，也許有幫助，是查理的C。」

我眉開眼笑。我偶爾也會他媽的走運。「是坎貝爾嗎？那是我親愛的母親娘家姓氏。」

「對！」她尖叫，彷彿我中獎。「好，」她的指甲敲打著鍵盤。「你要我從多久之前開始查？」

「就告訴我最近……我想想……最近十筆。」我的胃緊縮。看過Lifetime頻道電影的人都知道，男人出軌的第一個跡象就是信用卡帳單有可疑的不明名目——昂貴珠寶，又或者是浪漫餐廳的晚餐。我不懷疑弗雷斯會做這種事，但查出他最近的花費，絕對能確定弗雷斯生命中沒有另一個女人。

我還記得上次男人唬弄我的下場。

信任，但要經過核實。這是我現在的座右銘。

「好，我看到的最後一筆交易是凱亞紅酒吧的一四七點九二美元。在這之前……」

她唸出弗雷斯的美國運通卡最新十筆消費時，我把手機緊貼著耳朵，以致耳環背面都快刺穿脖子柔嫩的皮膚，有春分健身房、兩筆優步的消費、市中心幾個午餐地點，還有一筆威訊通訊的月費。我像鑑識人員般記下每則資訊。沒有任何可疑之處，沒有任何跡象表明他還有另一個女人。她唸完之後，我走到一旁，免得被趕路的通勤者撞到，我放心地呼出一口氣。

「感激不盡，我可能太過謹慎。」我鬆開無意識握緊的拳頭，低頭看看掌心，發現指甲已經鑿出四個憤怒的紅色小月牙。

「小心為上，對吧，瓦茨先生？還需要什麼服務嗎？」

我頓了一下，考慮是否趁機蒐集所有剩餘資料——例如帳戶餘額、代收款項——後來決定在家做更有效率，我在家可以輕鬆地記錄所有資訊。我已經拍下這張信用卡的正、反面，我可以還給弗雷斯，免得他發現信用卡不見就取消。沒被取消，對我才有用。現在我已經知道他的密碼，有需要可以隨時打回去。

「不用，妳幫了大忙，謝謝。」我按下「結束通話」，把手機塞回口袋，用腳一蹬，離開牆壁。我看著人行道，發現自己竟然不知不覺已經站在李維暨史特隆事務所門口。

我把信用卡放回包包，掏出護貝證件，推開旋轉門進入事務所的大理石大廳。我在旋轉門感應器上刷了員工證進去，不假思索地把卡戴到脖子上，走向電梯，此時腦子充斥著各種想法。

我以前一定是離開大廳，安全進入電梯前往碉堡，才會戴上員工證。

每一天，但今天除外。

我從口袋裡拿出手機，手中的重量讓我感到欣慰，在谷歌上輸入「弗雷斯．瓦茨」。因為早上和達頓的媽媽通電話，我到現在都覺得有點慌張，我需要看到弗雷斯的臉孔才能鎮定心情，就像服用煩寧。我看過幾十小時的相同照片在螢幕上彈出，我就像第一次看到，覺得通體舒暢，彷彿有人在我的內心蓋上溫暖、蓬鬆的毯子。有了弗雷斯，哪還需要看心理醫生？網路上有弗雷斯表情堅毅的證件照；有他去年在「消滅癌症」晚會的照片。我仔細觀察照片細節——他袖扣上的光澤、安娜貝的手如何搭在他的前臂——想像自己取代她。要不了多久了。也許我們在網上的第一張照片是上傳 Instagram 的簡單自拍，頭靠著頭，背景是夕陽，標籤就是 # 愛情 # 開

心 #最棒的一天。也可能是我們盛裝出席我們所重視的慈善機構募款活動。

人們會問，**你見過弗雷斯的新女友嗎？我從來沒有見他這麼深陷愛河。他們是金童玉女。**

「小凱？」有人呼喊，彷彿有把開山刀劃破我的幻想。我的胃糾成一團。

天啊。我認得那個聲音。

一瞬間，時間暫停。

今天就是那一天。就是我扣動扳機、舉槍自盡的日子。

29

心臟快跳出來的我慢慢轉身。他就站在那裡看著我，我知道自己就和他一樣一臉驚訝。

腦裡警鈴大作。**這不是演習。我重複：這不是演習。**這是最糟糕的狀況，你對這種災難有所準備，卻從未想過會碰上。我的整間房子燒成廢墟，儘管我精心預演過，大腦卻莫名其妙地茫然得恐怖。我強迫自己深呼吸，希望腳下的地板停止移動，我才能站穩。

「弗雷斯，」我結巴。

他的眉毛糾成一團。「小凱？妳怎麼……妳在這裡做什麼？」

一群灰西裝從我身邊快步走過，我頭暈目眩。「呃……這個……」我的大腦開始運作，像找方向的羅盤指針般旋轉。我是雜耍藝人，每個拋出的謊言都不能掉下來。稍有差錯，全都會打到我身上。

想啊，小凱，快想！

我考慮講出預備在大廳碰上的故事，說這些話毫不費力，因為我在家裡的鏡子前演練許多次。**我來和人事部門開會，介紹客戶來應徵這棟大樓的律師事務所。**但是前提是我沒戴員工證才行得通，弗雷斯現在緊盯著我脖子上的證件。

他困惑地眉頭皺得更深，我則是血液全衝到頭頂。我知道照片上面的粗體字寫著：**李維暨史特隆事務所——臨時雇員**。

殘酷的事實如同當頭棒喝。不可能每個故事都說得通，我只能決定透露多少真相。顫巍巍地吸了一口氣之後，我重拾律師提供給客戶接受交叉詰問時的建議：對方問什麼就答什麼。

「我……呃……我在這裡上班。」我的聲音顫抖著。他的眼裡閃過某種情緒，他看起來困惑，大受打擊，我有點兒難過。

「可是……慢著。」他一手耙過頭髮。「不對，妳不是在這裡上班。」

悔恨堵住我的喉嚨。弗雷斯不是盤問我的律師，不是想設陷阱讓我跳進去。他是我一生的摯愛，不趕快解釋，就會失去他。「弗雷斯，」我開口，聲音近乎懇求。我的目光在擁擠的大廳亂竄，彷彿誰能丟個泳圈給我。有個穿紅套裝的女子晃著公事包從我們身邊走過，好奇地看著弗雷斯，於是我壓低聲音。「我知道你覺得很詭異。我一直想告訴你，只是還沒……」

「告訴我什麼？」他瞇起眼睛。

吸氣。呼氣。

「我一直想告訴你，我沒老實交代工作，但我可以解釋。」

「小凱？」有個聲音劃破空氣，我立刻打住。我本來以為自己的處境已經糟到不能更糟。

我大錯特錯。

「妳磨蹭什麼，小凱？」瑞奇指指手錶，向我走過來。我瞠目結舌看著他，心臟滴答作響，就像胸腔裡有顆炸彈。「再四分鐘就要打卡！」

天啊，真希望地板裂開，吞噬我。

「我……我馬上過去，瑞奇，」我努力平靜地回答。我從餘光看到弗雷斯盯著我，皺眉抬頭，似乎拚命回想。我難得希望自己能和瑞奇安全地留在碉堡，而不是和弗雷斯站在大廳。

瑞奇的目光從我移到弗雷斯身上，似乎剛發現弗雷斯的存在。知道面前是高層主管，瑞奇挺直腰板，壓壓頭髮，挺起胸膛，就像準備向軍官敬禮的軍校學生。

「在下瑞奇．桑多斯，長官。」他伸出了一隻手。「行政律師組長，您忠誠的步兵。」我低頭，尷尬到極點。

弗雷斯與他握手，瞇起眼睛，彷彿想判斷瑞奇和這個整人節目有何關聯。「幸會，瑞奇．桑多斯。呃……瑞奇，在小凱上班前，我可以和她談談嗎？」他假笑，又補上一句：「是公事。」

瑞奇側頭，有種情緒一閃而過。疑惑？嫉妒？恍然大悟？我看不出來，因為我還來不及辨識就消失了。瑞奇清清嗓子，迅速點頭。「當然，」目光在我和弗雷斯身上來回轉。「小凱，我幫妳簽到，我們……到時見。」他把郵差包往上揹，迅速補充：「隨時回來都可以。」我還以為他在離開前會向弗雷斯鞠躬，結果他只是皺眉，好像想解開特別難的謎題，就揮手離開。

弗雷斯目送瑞奇，然後拉著我的手肘，把我帶到遠方電梯旁的僻靜角落。他回頭，確定沒人看得到我們才開口。

「小凱，究竟是怎麼一回事？」他不滿地問，平靜之下隱藏著盛怒。

「我……我有事瞞著你，弗雷斯，」我吞吞吐吐。

「對，我已經知道了。」他的語氣強硬，不耐。我聽到這句話，就像有人拿利刃劃過我的胸口。

血液疾速奔流，在我耳裡砰砰響。各種可怕的可能性在腦中狂風大作。弗雷斯可能猜出我說過的每個謊言，決定不再見我。我就無法和他手牽手走過鵝卵石小路，走進櫻桃紅大門，因為終於找到幸福結局而感到心滿意足。決定拋棄我的人又多了一個弗雷斯，在一長串揚塵而去的名單中又多了一個。我將離開這個大廳，家裡迎接我的只有令人疲憊不堪的無情靜默。

我害怕得胃都糾成一團。

現在光想到獨自回家，就像站到迎面而來的火車前一般危險。此刻在這裡說的話是成王敗寇，孤注一擲。對我們兩個而言都是。

我不能沒有弗雷斯，我知道他也不想失去我。

我強迫自己站直，努力表現得沉著鎮靜。「弗雷斯，我很抱歉。」我無奈地嘆氣搖頭。「我第一次遇見你，你說你是律師，我……呃……我最近才被一家小事務所遣散，覺得不好意思。我不想說我的上司如何不善管理資金，不得不遣散包括我在內的三個律師。所以，我自稱是法務招聘人員，其實我當天剛見過招聘人員，討論新工作。因此才急中生智。」我滔滔不絕地說著，每說一句都得再用另一句補強。「我不想承認我正在求職，我不希望你以為……」我搖頭。「我不知道我在想什麼。我認識你之後，週一開始來事務所上班，我根本沒想到你在這裡工作。我們的工作甚至沒有任何交集。」我發出古怪的笑聲，比向遠處的電梯。「所以我沒想到你也在這裡工作。昨晚你談到工作，我才發現自己的錯誤。」我伸手抓他的手，拇指在他的手腕上滑動，盡力讓他憶起我們昨晚的繾綣纏綿。如果讓他想起我們的乾柴烈火，他就會忘記其他事情。

「我很抱歉我沒有對你開誠布公。我本來要告訴你的，真的。」我停住，望進他的眼底，揣測他的反應。弗雷斯還在聽，並沒有氣沖沖地離開。這招有用。我舔舔嘴唇。「我手邊的專案這週就要結束了，等我找到新工作，我就會告訴你。只是……」

弗雷斯舉起一手，要我住口。他的下顎線條僵硬盯著我看，感覺似乎過了好幾個小時，其實大概只有一分鐘。「所以妳在艾伍德酒吧遇到我的那晚，還沒在這裡工作？」

我搖頭，試圖不理會排山倒海而來的暈眩感。「對，否則我就告訴你了。」

弗雷斯的表情深不可測，真希望鑽進他的腦袋也像進入他的收件匣一樣容易。他一手刷過臉。「妳到底何時開始幫特級行政律師工作？」我張嘴想回答，但他還沒說完。「知道嗎？妳什麼時候開始在那裡，或是這裡工作都不重要。隨便啦。」他搖頭。「聽我說，」他的語氣軟化，先回頭瞥了一眼才把手搭到我的腰上。「我喜歡妳。妳做什麼工作對我來說不重要，但我不喜歡人家騙我。還有什麼事情沒告訴我嗎？」

我試探性地向他走近一步，彷彿接近懸崖的邊緣。「沒有，」我搖頭。「就這樣，沒有其他謊言。」我強迫自己的聲音不再顫抖，用指尖在心臟上畫了一個╳。「我對天發誓。」

如果有神的話，祂肯定當場用閃電劈死我。如果我對真相有一絲了解，那就是世人太高估真相了。

弗雷斯的表情木然。我想爬進他的腦袋，攤平他的念頭，看看他想些什麼。他臉上有塊肌肉抽搐了一下，天啊，他生氣了，真的生氣了。我差點跪下求饒之前，他深深吸了一口氣再吐掉，「不要再撒謊了。」

我如釋重負到整個人都要癱了。

「不會再撒謊。」我重複。他牢牢盯著我看，我也迎上他的目光，壓抑隱憂在遠方響起的鼓聲。

他抬頭，臉上線條軟化。「妳負責我的交易嗎？」

我搖頭。「沒有，是個小訴訟，所以我們的業務毫無關聯。」雖然我知道胸口發燙，但聲音依舊平穩。

弗雷斯把手塞進口袋，身體往後用腳跟站立。他正在打量我，評估我，似乎評判他能信我幾分。我盡量保持臉部肌肉放鬆，甚至不眨眼。要傳達無辜的感覺，看起來必須泰然自若。

他終於打破沉默，「不知道人事部對我和臨時雇員交往會不會有意見。」

我發出緊張的笑聲，不知道他是否說正經的。公司是否限制員工談戀愛不在我考慮之列。「我剛接到下一份工作的邀約電話，應該會過去。」

他的表情變了，咧嘴笑。「我們應該好好慶祝，」他說。「妳今晚有空嗎？」

「今晚？」我的聲音接近高亢。弗雷斯不會離開我，那如釋重負的感覺既深且遠，我幾乎崩潰。這輩子難得一次，我沒徹底搞砸擔憂的事情，而且還有辦法從房子般的大坑裡爬出來。這一切如此美妙——而且前所未有——以致我頓了一下才確定我的嘴巴為何不配合。

是伊蓮娜。她就在我的下意識，就像一把伺機而動的上膛手槍。如果我今晚不去，她肯定傷心欲絕。被我害慘的人已經那麼多。

「今晚可以，」我咬住臉頰內側。「只是……下班後有件事很快就結束，我們可以約之後碰面。」

「有事啊……」弗雷斯聲音逐漸變小，拉緊嘴角。

我不以為意地揮揮手。「只是幫朋友做點事，要不了多久。」

「那就改到明天吧，我不希望妳趕時間。我剛好趁今晚加班，把幾件事做完。」

靠。我竟然傻到順從良心。如果我現在反悔，堅持約今晚，就顯得很詭異。不過我繼而轉念，無法答應臨時約會不是很像安娜貝嗎？也許我拒絕反而對我有利。

「好啊，」我點頭。「明天可能比較好。誰也不曉得這些事情要辦多久。」

弗雷斯疑惑地看了我一會兒。「妳是個神秘的女人，小凱·伍德。」

你才知道。

「你應該喜歡神秘一點吧。」我努力擠出笑容，掩蓋腦海中彈跳的紊亂思緒。

他的嘴角抽動了一下。「妳怎麼這麼了解我？」

我們四目相交，希望我的眼神眼睛沒出賣我。**我比你自己更了解你。**

我突然靈機一動。「喔，我差點忘了。」我清清喉嚨的抖音，手伸進皮包，把握這個機會。「這一定從你的口袋掉出來，因為我早上在房間地上看到。」

弗雷斯瞪大眼睛。「我甚至不知道卡片不見了。」他邊搖頭邊把白金卡塞回皮夾，我瞇眼好看清楚，卡片就塞在紐約州駕照和美國銀行的紅卡之間。

「我沒有妳怎麼辦，小凱．伍德？」

沒命。沒有我，你會死。

「你等著收我早上所有網路購物的帳單吧。」我眨眼，希望他覺得很俏皮。

他又哈哈大笑。天啊，我好愛這個聲音。

「我晚點傳簡訊給妳，看看明天要去哪。」然後轉身走向電梯，輕輕揮手。

「好極了。」我的笑容越來越燦爛。我雙腿顫抖，站在原地看他離開，不禁覺得自己命懸一線——而且繩索嚴重磨損，隨時可能斷掉。

30

我從牛皮紙袋拿出伏特加，從空蕩蕩的櫥櫃拿出平底杯，斟滿杯子，連通寧水都懶得加。我舉杯假裝敬酒，接著喝了一大口，享受嗆辣感襲擊喉嚨再流入空空如也的胃裡。今晚我應該覺得幸福洋溢——畢竟一開始就在弗雷斯身邊醒來，沒有什麼比這件事更棒了。可惜，此後急轉直下。說今天不按計畫進行，也太過輕描淡寫。

「沒事吧？」我在大廳裡碰到弗雷斯之後，一回碉堡，瑞奇立刻在座位上呼喊。他三步併作兩步，已經站在我面前看著我，彷彿他困在碉堡好幾個月，我剛從外面的世界捎回消息。我不得不稱讚他，我看起來可能像歷經千辛萬苦才回來——兩頰通紅、滿頭大汗、心煩意亂——但瑞奇很好心，完全不提到我的模樣。「沒事，都好，」我回答得太急，就像毒梟帕布洛．艾斯科巴在海關看到緝毒犬那般躁動。「大廳那個人把我認成另一個臨時雇員，問起他某筆交易的盡職調查，我說我在幫訴訟部做電子取證。」我聳肩，避開瑞奇的目光。「上面的人一定覺得我們長得都一樣。」我加了這句。瑞奇神情詭譎，但一閃而過，我無法清楚辨識。我準備好迎接他連珠砲的問題，甚至在休息室的灼熱燈光下進行的全面偵訊。**小凱．伍德森，妳怎麼會認識位高權重的高層主管？可以安排我見他嗎？**

不可思議的是瑞奇沒再發問，反而鬆了一口氣，喃喃地說，幸虧我們沒碰上麻煩。他平時緊繃的臉添了一絲柔和，我一度以為他要擁抱我、哭泣，或其他一反常態的事，但他只是轉身回去坐好，重新戴上耳機。

我又喝了一口酒，皺了一下眉毛，靠向流理台，轉動脖子，緩解從早上開始就積在我脊柱上的壓力。天哪，碰到弗雷斯真是千鈞一髮，差一點。這下絕對不能再留在這家事務所，因為大廳會成為這段戀情的危險地雷區。我明天得打電話給派遣公司，請他們幫我找個新工作。當然，我可能會損失幾週的薪水，但我無計可施。

現在我所有雞蛋都放在同一個籃子裡——就是他那籃。

我拉開冰箱，尋找任何能安撫轆轆飢腸的食物，有點後悔選擇在晚餐前兩小時提前下班，至少應該留下來吃最後一頓免費餐點，但差點被弗雷斯揭發，觸動我出擊或逃跑的動物本能，直覺選擇逃跑。我告訴瑞奇身體不適，需要早退，他甚至沒多問，完全不符合瑞奇警探的性格。「如果有需要，我可以下班後過去，幫妳帶點東西，」他好心提議，但我拒絕了。「我就當自己是隨時待命。」我悄悄溜出碉堡時，他喊著。也許他以為我和高層交好，有某種權力。話說回來，我確實有關係。畢竟我是弗雷斯．瓦茨的女朋友，不是嗎？

我從最上層的架子後方拿出一盒香草優酪，掀開蓋子聞一聞就扔進垃圾桶。如果不記得何時買的，恐怕不是好兆頭。我把只剩半盒的全麥餅乾夾在腋下，從流理台取了酒瓶，拿著杯子走進小客廳。公寓裡的寂靜重重壓在我身上。

我小心翼翼地把酒瓶放在茶几上，攤向沙發，**今晚我應該和弗雷斯在一起，而不是一個人待在家裡，只有麥片餅乾作伴**。如果當時我能迅速答「好」，而不是猶豫不決，我**現在就會**和弗雷斯在一起。結果我得痛苦地捱二十四個小時，才能再見到他的臉。而且下次絕對沒有出錯的餘地，弗雷斯已經明確表示，不會再給我第二次機會。

我伸進口袋，掏出貼著黃標籤的圓管，從弗雷斯的辦公室拿回來之後，我就一直帶在身邊。我的視線掃過針頭插進大腿的插圖時，腹部有種興奮的感覺。這個無生命體給我一種奇怪的親切感，畢竟它有能力拯救弗雷斯，而弗雷斯又是我的救星。當我拿在手上來回滾動時，微笑扯動我的嘴唇。我覺得四肢開始鬆弛、癱軟，手指漸漸緊握住管子時，幾乎打翻杯子。我咬牙吸氣，拔掉藍色安全蓋。我的視線模糊，但當我高舉過肩頭，插進大腿外側，可以看到銀色尖端的閃光。

喀嚓聲響徹房間。

我照說明書指示，數到十。我閉上眼睛，想像弗雷斯不慎吃進貝類導致過敏性休克，因為此刻注入我體內的液體而得救。

我想體驗弗雷斯所有經歷。親身感受。

這不就是愛情嗎？

八。九。十。

我抽出注射筆，扔在客廳地上，大口喘氣。心臟在胸口跳得更快，我想像自己突然成為超級人類。現在體內注射了這個，等於擁有弗雷斯的一部分。無論今晚要面對什麼，我都應付得來。

我盯著酒杯，發現顫抖的手晃得伏特加起漣漪。又喝了一大口，柑橘味的液體在舌頭上滾一圈，我瞇起眼看粉紅螢光筆寫在縐巴巴收據上的地址，早上我就把收據丟在筆記型電腦旁——**東六十三街四〇五號八G**。我現在才發現，達頓和母親合租的公寓離李維暨史特隆事務所大樓不遠，陪我走到地鐵站並不順路。我不知道的達頓的事情又多了一件。

我不禁納悶自己還錯過了哪些資訊。

蘋果筆電的螢幕在茶几上發出誘人光芒。我手指落在鍵盤上，進入谷歌，在搜索欄輸入「達頓．塞弗」，點擊「確認」，屏氣凝神等著藍線滑過螢幕頂端，到達終點時，我瞇眼湊上去。搜索結果不如弗雷斯的多，我不禁納悶，虛擬世界的能見度和現實世界的價值之間是否有直接關聯。不過仔細想想，我甘願斷手斷腳，只求我名字的搜尋結果也像達頓這麼少。

我在沙發上重新盤腿坐好，有條不紊地點擊每個網站。紐約法學院將達頓列入二〇一一年的畢業班，他的名字也出現在紐約律師協會名錄。這兩則資訊對我來說都不是新聞，達頓說過他在紐約出生長大，我們進行過「在哪裡上法學院？」的必要對話。調查一番之後，我發現他在推特上沒有任何推文，臉書也只有一張毛茸茸的黃金獵犬的照片和兩百一十個「朋友」。諷刺的是，這些所謂的「朋友」最近都沒與達頓有留言互動。點擊幾次都沒有結果，我靠回沙發，認命地接受現實，承認達頓在網上沒留下太多足跡。

我用指甲敲打杯子，考慮下一步。我當臨時雇員學會一件事，收件匣可以讓你全盤了解一個人。什麼都知道。

我放下杯子，挽起毛衣袖子，抱著嚴肅的決心開始打字。我從達頓臉書（profile-dsever123@gmail.com-and）上找到他的電郵地址，再進入Gmail的登錄頁面。當我絞盡腦汁搜尋達頓在談話中提到任何可能破解密碼的細節，游標一閃一閃似乎嘲弄我。我湊向螢幕，輸入**洋基隊1**、**巴拉克．歐巴馬1**，**馬丁．史柯西斯1**，每次都看到粗體紅字指出這些瞎猜不正確。我咬著嘴唇死皮，如果電郵信箱不需要密碼就容易多了。我把游標移到「忘記密碼」的連結上，手指在觸控板上徘徊，因為我內心深處有個小小掙扎。我一定會因此下地獄。

但我不是早就注定下地獄嗎？

我按了兩下。

看到達頓第一個安全問題時，我的腿往上彈。**你母親娘家的姓氏是什麼？**我就像坐在教室前排，手舉得老高的學生。**選我選我！我知道答案！**達頓說過一個小故事，說他母親以前姓迪克[43]（「常見的蘇格蘭姓氏，」他假裝認真地解釋），她告訴兒子，最後決定嫁給他父親的唯一原因是，達頓不必帶著迪克這個姓度過餘生。他開玩笑，「我前面有一長串迪克。」我輸入「迪克」，點擊「確認」。答了一個，還有兩個。

你在哪裡出生？游標閃爍，等待答案。我不可置信地搖頭，達頓這麼關心「亞馬遜」和「蘋果」如何鑽進他的大腦，破解他讀的每一個字，收件匣的警備程度竟然這麼鬆散。我輸入「紐約」，點擊「確認」。

你的第一隻寵物的名字是什麼？我邊想邊扯下唇。達頓從沒提到過寵物，甚至沒說過臉書照片中那隻可愛的黃金獵犬。我聳肩，輸入「桑迪」。牠看起來就像是桑迪，但顯然不是。我又猜了幾遍——戴西、麥克斯、夥計——然後沮喪地闔上筆記型電腦。

去他媽的，我暗自嘀咕。這麼做根本沒意義，我甚至不確定自己想找到什麼。

我用力閉上眼睛。不希望達頓自殺留下的震撼彈片永久卡在我心裡，只有一個

43 Dick，「陰莖」的諢稱。

方法。我今晚必須去見達頓的母親，聽悲傷的她講述兒子經歷了什麼瘋狂遭遇，無論這些理論有多離譜，這就是我的悔過方式。如果用這種方法適切懲罰自己，就會漸漸化解凝結在體內的罪惡感。反正今晚也無事可做。

然而，隱隱約約的不安依舊啃噬著我。

我從沙發上一躍而起，使勁放下酒杯，茶几都震動了。抓起進門時扔在地上的皮包，檢查內袋確定備用鑰匙還在。雖然現在才六點，但我想趕快結束這次會面。而且直覺告訴我，伊蓮娜不介意我提早抵達。

31

這一點證明我多麼心不在焉，竟然沒立刻發現他就站在我三公尺外，握著杆子，吸走地鐵車廂裡所有氧氣。我以為身體已經被訓練到能感受到他的存在，就像羚羊嗅到遠方獵豹的氣味。

不過話又說回來，他總有辦法偷襲我。

我奔下裂痕滿布的水泥樓梯，正在盤算作戰計畫，準備與伊蓮娜見面。要不是急著辦完這件事情，本來可以避開。只要晚十五秒，就會錯過火車，再等下一班。結果我刷了地鐵卡，推開旋轉門，在金屬門關閉前一秒衝上車。

車子開了兩站，一直到第六十八街，我才看到他。我被壓在杆子上，盡力不呼吸，因為鼻子埋在某個高大男子腋下，他穿著粉色褲子和可憎圖案皮帶。「這站是第六十八街，下一站是第五十九街。」車門滑開時，擴音器播出這段錄音，一大排不耐煩的通勤族踉蹌地穿過人群，離開車廂。不銹鋼旅行杯落地的巨大聲響驚醒我飛馳的思緒，我從手機上抬起頭，就是在這時看到車廂另一端的人，他挺胸，雙腿跨開，占據所有可用的空間，彷彿他是整個該死車廂中唯一有權利為所欲為的人。

不，不，不。

我用力閉上眼睛，希望他因此消失。可惜沒有。

這座城市有三百萬人。城裡有他媽的三百萬人，我卻不得不和蘭登·麥金利待在同一個車廂。就是這個他媽的蘭登·麥金利。

我可以感覺到憤怒像大蟒蛇纏繞我，越纏越緊。

我最後一次看到蘭登的臉時，它正滴著血，也就是人事部那個愛惹事生非的人所說的「尖銳投擲物」所致。**這是尖銳投擲物**，這個愛惹事生非的人解釋，每當人資問題提升到高階管理階級時，人資主管就會露出這種自以為是的表情。**尖銳投擲物是一種武器。妳在公司揮舞武器，凱珊卓。**

如果我那天上班帶著武器——真正的武器——蘭登現在就不會站在這裡了，不是嗎？

我瞪著他，臉上熱辣辣地刺痛著。他甚至不住在上東區，怎麼會搭六號線？蘭登只在紐約西區活動，童年時期上西七十五街私立男校，不知為何，長大之後依舊幼稚到不敢離母艦太遠。他的父母在他二十一歲生日送上一戶看得到中央公園的兩房合作公寓（蘭登向我坦言，他以為「會更大」）更讓他走不遠，這幾點大概就足以說明蘭登和他的家境。

我瞇起眼睛，因為蘭登低頭，湊在旁邊女子的耳邊低語，我現在才看到她。她戴著紫色的運動頭帶，穿著合身洋裝，看起來像是會穿梭在《花邊教主》的片場，而不是在中城攘往熙來的人潮中出沒。她就是讀私校、出身望族的拘謹典型，我一直擔心蘭登喜歡這一款。「紫頭帶」向蘭登微笑，我才想到，他一定是為了她才來這裡，才搭**我的**地鐵，就像個敵軍士兵般入侵我的空間。我的憤怒加劇，在胸口中心形成長尖刺的結。我瞪著「紫頭帶」，不知道她是否知道自己惹上什麼貨色。我有點想越過其他乘客的腦袋對她大喊，**親愛的，妳交往的對象是個混蛋**。

她稍微側頭，忍住小小的哈欠，我看到了她鋒利的顴骨和上了淡妝的大眼睛。

我脖子上的寒毛一根根豎起來。

我認識她，我他媽的認識她。我曾為約翰．杜懷特（我在諾蘭暨萊特事務所的師父）打先鋒進行一樁大型交易，她是協辦的暑期實習律師。當時我從未懷疑她，當然，因為我的注意力都在其他地方。

憤怒從胃部深處升到喉嚨。

看看她。看看她戴著該死的幼稚頭帶站在那裡的模樣。我想過去扯下來，用頭帶狂打她的頭，明白指出他媽的她有多蠢。不是只有我有這個想法，我記得約翰．杜懷特說她「不能勝任」工作。**小凱，一定要盯好那個暑期實習生。我看過她查的資料，她不能勝任**。

但是她搶走我的一切，我的工作，我的男人，我他媽的地鐵。

小凱，誰才不能勝任啊？腦子裡那個討厭的小聲音咆哮著。

我咬著臉頰內側，力道大到出血。體內如惡性腫瘤般的壓抑回憶開始湧上心頭。

閉上眼睛，我就會回到發亮的辦公桌前，聽著三十七樓辦公室外的喧囂。那是我的樂園，真的。不是因為工作，而是每天早上走進辦公室的**感覺**。在那裡，我身邊都是可以解決的具體問題。回到蘭開斯特的家，爸爸的健康問題已經難以克服。

「恐怕是癌症末期了，」醫生以熟練的同情面孔告知，我和爸爸則目瞪口呆地看著他。當天早上，也就是去年聖誕夜早上，我才帶爸爸去醫院，因為他頻繁背痛到難以下床。「拜託，爸爸。你不能過這種日子。」我幫忙他把不肯合作的身體扶上車。爸爸難得沒反對。我原本以為是神經壓迫或椎間盤滑脫，服用醫生開的止痛藥、多休息就能治癒。結果卻是胰臟癌第四期，腫瘤大到壓迫脊椎神經。

傳達這個壞消息，我很遺憾。

那時，蘭登和我已經交往八個月，一週後回到公司，我只告訴他。我很緊張，不知道別人知道了會有什麼反應。我向來厭惡人們的憐憫目光，不希望他們問我爸爸是否抽菸，其實只是為了安慰自己不會碰上同樣的事情（他不抽菸）；我不想聽最新的營養品或順勢療法。我希望我的樂園永遠不變，所以我更投入工作，就是希望只要避而不談，繼續過日子、繼續工作，不要停下來喘氣，世界就能轉得夠快，爸爸就能留在世上。

刺耳的煞車聲把我拉回現實，我緊握杆子穩住腳步。**別想了，小凱。不要再想**

了，我不能再被往昔抓回去。我低頭盯著指關節先變紅再泛白，思緒有好長一段時間陷入空白，低語對談聲和火車隆隆聲讓我進入冥想狀態。

但就像飛蛾撲火，我的目光又不自覺飄向他那張熟悉的面孔，那張我以為婚禮當天會凝視的臉。

火車突然傾斜，回憶海嘯般湧入腦海。我閉上眼睛，用力過猛到頭都發疼，但回憶排山倒海而來，我只能不甘願地被捲走。結果回到我在諾蘭暨萊特事務所上班的最後一天。

當時爸爸已經病了十二週。在醫生建議下，他決定不進行化療，選擇症狀處置，也就是腫瘤科醫生所謂的「安寧治療」，祖母口中的「放棄」。**不要再說這些鬼扯淡的醫學術語，凱珊卓，妳爸爸就是放棄求生**。但爸爸決定之後就堅定不移。他知道沒必要接受治療，因為絕症肯定無法治癒，可能還會讓他更難受。因此聖誕節之後，我們就開始進入新階段——症狀處置。

奶奶搬進來，我動用積蓄雇用居家護理師。我因此捉襟見肘，但我知道事務所往後的調薪幅度應該能補上缺口。我重新安排行程，每週五下班才能搭乘國鐵回去陪他過週末，週一搭乘清晨班次，在早上八點前回到城裡的辦公桌前。「回紐約去，專心工作，小凱，」爸爸懇求道。「不要為了坐在房裡盯著我看，害妳自己丟了飯碗。」

有一段極短的時間，癌症似乎成了禮物。由於藥物發揮功效，爸爸比較不痛，更想離開沙發到外面走走。「我很有精神，可能會改變主意決定活下去！」他一反常態地開玩笑，我們散步，看電影，比我小時候聊得更多。我終於得到關愛我、呵護我的父親。但腫瘤堅持霸占他的軀殼，大量藥物減低他的食欲，他的體重下降十三公斤，臉頰凹陷，孱弱的雙腿最多只能支撐體重站立幾分鐘。

「我不需要回公司，」爸爸身體更虛弱時，我提出建議。「我可以請假，整天都留在這裡。」

「胡說八道。」奶奶揮手打發我。「妳爸爸要我答應他，絕對不准妳做任何可能害妳失業的事情。況且，如果他週間日看到妳，會以為時候到了……」她聲音越來越小，彷彿以為我們可以決定哪天是臨終。

然而傷痛會悄悄襲來，就像睡前飛進房裡不走的蚊子。你可以揮開，但牠終究會回來，在耳邊嗡嗡作響，非得到你的注意不可。

在諾蘭暨萊特事務所的最後一天早晨，我再也無法把頭埋在枕頭下。我搭清晨五點零二分從蘭開斯特開出的火車，結束與父親共度週末，準備回公司。我坐在第三節車廂靠窗的老位子，掏出筆記型電腦，查看花了大半週末起草的契約。儘管我不斷強迫自己集中注意力，腦海卻不斷浮現出我親吻爸爸道別時，他那薄如紙張的皮膚，以及他睜眼時迷茫的表情。突然間，我痛苦地意識到，他即將過世。雖然知道這一天無可避免，我依然覺得無法承受。火車駛離車站開往紐約市，我收到一封電郵。**我不希望他的訃文提到妳母親，小凱，**奶奶寫道。**都是她害的，她害死人。**

讀著她的字句之餘，悲痛猶如打上沙灘的浪頭，打得我心慌意亂。

我的母親**害死人**，但罪魁禍首是我。垂死的父親孤單寂寞，都要怪我。我才害死人。

三小時後，火車終於駛入賓州車站時，我已經哭乾所有眼淚。其他西裝革履的乘客拚命打字，努力不看我，但我把臉埋在手裡，掩蓋隨著眼淚鼻涕直下的羞愧時，瞥到他們驚恐的表情。我站起來，火車尚未停下，就提起登機箱，希望第一個下車，活像逃離犯罪現場。胃隱隱作痛，提醒我超過二十四小時未進食，彷彿漸漸走向死亡的是我，不是爸爸。

我告訴自己振作起來，別再軟弱。

不要學妳母親。

走下月台，我記得回公司路上有種近乎解脫的感覺，遠離一個接著一個的壞消息。事務所的人不會討論症狀處置或腫瘤，我可以留在蘭登身邊，推開其他事情。回想那一天，這件事最令我痛心，當時我那麼急著見到蘭登，全心相信他就像我想裹住全身的舒心、溫暖的毯子。

我沒照慣例買咖啡，一路半跑半走，只想趕快進入諾蘭暨萊特事務所一塵不染的大理石大廳，彷彿當那裡是痛苦沙漠的一片綠洲。我終於踏進電梯，按下三十七樓的按鈕時，整個人如釋重負，我回來了。我掏出手機，躲在螢幕亮光下，快速傳簡訊給蘭登。**我提早回來，你在嗎？我很想見你。**

接著我就看到收件匣裡的電郵。

收件者：凱珊卓・伍德森

寄件者：蘭登・麥金利

我過去幾週很痛苦，因為一直想找時機告訴妳——妳總是不在，我不能再拖延，非說不可。我已經和別人交往，我不是有意的，希望這不會影響我們的工作關係，我們還能繼續當朋友！

我還記得他用該死的驚嘆號當結尾，彷彿他的友情是我有幸得到的大獎。

因為太過麻木，我沒意識到這個點子有多糟。我踩著鋪了地毯的走廊到蘭登的辦公室，用力握著手機握到指關節發痛。他坐在辦公桌前，啃著塗滿奶油乳酪的貝果，瀏覽推特，彷彿無憂無慮，彷彿透過電郵甩掉女友很稀鬆平常。彷彿他沒把我當成鮮魚般開膛剖肚。

他從螢幕上抬起頭，擠出驚愕的笑容打招呼。「嘿，小凱，妳提前回來了。我……呃……我以為妳週二才回來。」

我盯著他，因為遭到羞辱，胸口隨著呼吸起伏。腦裡湧上各種話語，我無法抓住任何一個。靜默幾秒之後，蘭登的面具剝落，大概是看到我的表情，發現我沒配合他，假裝腳下的地毯沒被抽走。

「小凱。」蘭登清清嗓子，坐立難安。

暴怒岩漿般湧出來。「你他媽在開玩笑嗎？」這些話從體內深處爆發，力道之大，我都吃驚。

「小凱。」蘭登緩緩起身，舉起雙手擺出「別開槍」的姿勢。他瞪大眼睛，彷彿我真的拿著武器。

「你他媽在跟我開玩笑嗎？」我這次更大聲地重複，手機握得更緊，把它當成難度更高的壓力球。「**你過去幾週很痛苦？**」

「我很抱歉，真的，我不知道該如何當面告訴妳。」他語氣緩慢、用詞謹慎，彷彿是談判專家，試圖說服我離開懸崖邊。「我以為這種方式更好，對我們兩個都好。對我來說，妳……妳太認真了。」他慌亂地望向門外。「別這樣，小凱。別人會聽到，我知道妳不想讓別人聽到。」

我知道妳不想讓別人聽到。他的話似乎引爆我腦中的炸藥，吹散所有廢話。

砰。

我父親的病對蘭登來說只是麻煩事，就是他鼓勵我不要說。我知道妳不想談，半夜情緒低落打給他，他就這麼說。**妳一定不想讓公司的人知道，對嗎？**他假裝同情地揉著我的手臂。蘭登從沒問過我父親的狀況，只要提起，他就會轉移話題。**真希望我能陪妳去**，他週五晚上會噘起下唇向我揮別，雖然他根本就沒有不去的充分理由。

事實像平台鋼琴般砸在我身上。蘭登從頭到尾只想跟我玩玩，卻假裝認真交往，浪費我的時間。那些時間本來可以用來陪伴父親，而且這些光陰再也討不回來。看著他那張可笑的假面，一切都變得無比清晰。他媽的。顯而。易見。於是，我做了一件活到二十九歲從未做過的事。

我抓狂了。

現在記得這麼多細節還真嚇人。這就是我的大腦運作方式最令我厭惡的一點。我人生中最糟糕的時刻都被存入巨大硬碟，經過編目，每晚閉上眼睛，我不得不反覆回想。

我記得當電話離開我的手時，手心流了多少汗。我記得蘭登的袖扣有指南針，他抬起手想擋住臉時，指針不斷旋轉。我記得我聽到蘭登辦公室外的隔間裡的對話，手機打到蘭登左臉時，秘書對電話另一端的人說「賓果！」，她彷彿實況轉播整件事。我還記得蘭登把發抖的手放到嘴邊，他拿開手指看到血，當時地板似乎往下落。身體因震怒和被分手拚命打哆嗦，我記得從他的筆筒拿起剪刀，高高舉起，用我剩下的每絲力量揮出去。我依然可以聽到剪刀碰觸到光亮桌子的的敲擊聲，硬生生在桌上留下一吋長的裂痕。我不太記得自己想劈蘭登身體哪個部位，應該是他的心臟。

「這裡在搞什麼鬼？」門口響起約翰．杜懷特的聲音。約翰看到血滴到蘭登整齊熨燙過的白襯衫上，我記得他瞪大眼睛的模樣，原來嘴唇可以流出這麼多血。蘭登的手裡有個又小又白的東西，我仔細看才發現他少了一顆牙齒。

一小時後，我坐在拋光過的會議桌前，對面是人事部主管和約翰．杜懷特。「公司對職場暴力是零容忍，我們必須嚴格遵守，」人事部的女士告訴我，彷彿逐字逐句讀出《如何解雇神經病員工》培訓指南。她說：「妳丟東西時，這個物品就歸類為危險投擲物——也就是武器。」她強調，揮著我被沒收的手機。約翰用悲傷的眼神看著我，彷彿他最疼愛的小狗剛咬了鄰居的手，即將被送去安樂死。

我靜靜坐著，面孔發紅發燙，那股羞愧感尖銳又痛苦。

工作場所暴力。揮舞武器。警衛會護送妳離開。

崩潰。我聽到人們竊竊私語。**她剛剛情緒崩潰**。我彷彿是搖搖欲墜的生鏽老爺車[44]。

我的人生就像扭擰創意畫板[45]，因為有人迅速用力搖晃，結果一切——我付出心

44 Breakdown 也有故障的意思。

45 Etch A Sketch，板子上有兩個旋鈕，可以操控畫圖。想重畫只要用力搖，就能恢復空白畫面。

血又熱愛的工作、我當成朋友的同事、我急切需要的薪水——立刻消失。

靜電干擾的擴音器把我拉回現實。「這站是五十一街，下一站是四十二街，中央車站。」

「靠。」我小聲生氣地說。我坐過站了。

有個紮著超緊馬尾的女人從手機抬起頭，不以為然地搖搖頭，我沒理她。看到蘭登伸手握住「紫頭帶」的手，排隊下車，我緊抓著皮包帶子的指節發白。他看起來很快樂，他媽的幸福洋溢，可是他沒這個資格。如果我在火車上打電話給他，不知道他怎麼想，**他現在死了，王八蛋。我爸爸死了，我卻不在他身邊，因為我趕回來看你，你這個渣男**。

我的呼吸急促、濃濁，再度陷入熟悉又黑暗的情緒。跟著他們下車走上月台時，我無法控制身體。腦中的聲音如此響亮，不知道周圍的人是否都聽到了，但不出所料，蘭登對自身以外的事情視而不見。他和「紫頭帶」手牽著手拾級而上，我想拽住他的頭髮，把他拉下樓梯。我想像緊握的拳頭反覆痛打他的臉，直到聽到他骨頭斷裂，穿破他的皮膚。但我會繼續毆打他。

蘭登需要付出代價。這句話在我腦中反覆出現，就像作戰的喊殺聲，我伸手抓起台階角落的棕色啤酒瓶。我現在已經拉近我們的距離，只離他們大約五階，口袋裡的手機嗡嗡響，我停下腳步。呆若木雞的我看著蘭登幾乎跳著走到樓梯頂端，聽到酒瓶從樓梯往下滾的哐噹聲，我才發現瓶子已經從我手中落下。

「閃邊啦。」一頭亂髮的男人生氣地用肩膀頂我，我踉蹌了一下，手扶著冰冷水泥牆穩住腳步。我深呼吸，從口袋掏出手機，顫抖地點開。我的視線太模糊，無法辨認文字。我用袖子抹去眼角的水分，再次低頭看螢幕。

昨天晚上很開心。今晚在辦公室忙翻了，但我等不及明天見妳。晚上八點「泰宅」見？我訂位了。

我向前彎，差點癱在地上。**妳差點做了什麼，小凱？**沒做蠢事的解脫感如此強烈，彷彿差點死在大樓火場。我暫時閉上眼睛，等淚水流完。

蘭登不值得擁有幸福，但我值得。而且我終於找到幸福，絕不能讓任何事情——或任何人——妨礙我。

《哈芬登郵報》，二〇一九年三月二十四日（檔案庫）

網路瘋傳律師迅速離職的影片

紐約一名律師凱珊卓·伍德森週二因為最糟糕的原因成為網路紅人。網路瘋傳員警護送她離開辦公室的影片。

有人用手機拍下伍德森對員警大罵髒話，因為伍德森涉嫌襲擊同事，該名員警奉命到現場護送她離開大樓。

伍德森不斷對鏡頭外未透露姓名的人說：「你會他媽的後悔。」

這段影片傳遍社群媒體，不出幾小時，推特用戶已經證實影片中的女子是凱珊卓·伍德森。

根據中城知名事務所「諾蘭暨萊特」的網站顯示，伍德森曾是該事務所律師。事務所發言人證實，伍德森已離職。

32

電梯門在八樓緩緩打開，似乎給我改變主意的最後機會。**妳辦得到**，我對自己重複。走過鋪了地毯的走廊，我邊看門口的字母邊轉動手腕，彷彿準備硬舉九十公斤。我發現自己很可笑，伊蓮娜的痛苦又不是高傳染力的疾病。然而，這次會面卻讓我很不舒服，我無法擺脫這種心情。

我才敲到一半，一名魁梧的女子就打開標著八G的門。她現身時，我汗涔涔的手還舉在半空中。她有達頓那張親切的圓臉和友善的杏眼，只是眼裡有種茫然，讓我想起爸爸下葬那天的奶奶。她臉上的皮膚下垂，彷彿知道永遠不會再接收到展露真心微笑的指令。

「小凱嗎？」她拂開落在臉龐的一縷白髮。

我點頭，迅速眨眼，努力忍住本能反應。我記得那種心情，甚至連洗澡的力氣都沒有，我記得一清二楚。這個活生生的人提醒我在爸爸去世之後感受到的哀慟，那種悲痛仍像木刺般卡在我體內，我也無意拔掉。

然而，我還是來了。

「很高興見到妳，塞弗太太。」我回答，希望她沒有注意到我聲音中的微弱顫抖。

「叫我伊蓮娜，」她好似驅趕蒼蠅地揮揮手。「謝謝妳來，小凱。」她往旁邊站，示意我進去。我腳步蹣跚地跟著她走。

這間公寓就是房地產仲介所謂的「舒適」，有歷史悠久的印花沙發、放滿小擺飾和裝禎照片的內嵌書櫃。但空氣中瀰漫的討厭霉味顯示，住戶住得並不舒適，聞起來悲痛和無助。我身體每個細胞都記得這種汙濁的空氣。我可以想像我坐在爸爸床邊，手指沾一點凡士林，抹過他砂紙般粗糙、滲血的嘴唇。

眼球後方的壓力越來越大，我知道這是淚水快湧出。

「妳來這邊坐，我去拿茶。」伊蓮娜拖著腳走過鑲木地板。

「喔，不用啦。我……呃……」我結結巴巴。「妳不必……呃……我只是……」伊蓮娜哀傷的棕眼盯著我，我突然覺得絕望，就像動物看到籠子關上門。

吸氣。吐氣。

「好，茶就好了，謝謝。」我拘謹地微笑。她打量我一會兒才轉身進廚房。

我深呼吸，踏上客廳的老舊地毯，在沙發前緣坐下，環視這個凌亂的房間。房裡有花瓶、瓷器天使人偶的收藏、布滿灰塵的書籍、從未點燃過的蠟燭。我的目光落在銀框照片上，達頓穿長袍、戴方帽，在紐約法學院的校徽前微笑，看起來那麼青春樂觀。這就像新聞播報莫名其妙的悲劇之後會補上的照片，人們不由自主放下手邊事情仔細看，心裡想著，**他本來還有大好人生**。我別過頭，使勁眨眼。

伊蓮娜回到客廳，放了整組熱騰騰的玫瑰花紋杯碟在我面前，才在扶手椅上坐下。

「謝謝。」我拿起杯子，喝了一口，結果熱茶燙到上唇。我再喝一口，品味這種痛苦。

伊蓮娜從茶杯後端詳我。

「好茶。」我尷尬地說。房裡沒有一點聲響，沉默漸漸蔓延，填滿我倆之間的空間，在我耳邊嗡嗡響。伊蓮娜的眼神帶著指責的意味，好似知道我是毒蘋果——全身都有劇毒。我的脖子後方開始冒汗，聞起來如同伏特加和悔恨。我不該來這裡，究竟為什麼同意？我低頭看看杯子，彷佛能在茶葉中找到答案，但是杯子已經在小碟上發出哐啷聲。

「妳和達頓是同事？」伊蓮娜終於開口。

我點頭，把杯碟放回桌上，態度之謹慎就像此刻斟酌用字遣詞。「我們共事的時間不長，我……呃……剛進公司，我們比較熟是因為多數晚上都一起吃飯。」

她的雙手在腿上緊緊交握。「他從沒對我提過妳，不過可能是認為我會問太多問題，畢竟這就是我的個性。」她的聲音分岔，越來越小，看起來很恍惚，就像剛從事故車中被拖出來。我為她感到痛徹心肺的難過，想握住她的手，說幾句話，哪怕只能減輕一丁點痛苦都好，但我很清楚語言幫不上忙。

玄關的時鐘滴答響。我轉著手指上層層疊疊的的銀色戒指。問題在我腦中一一閃過，一個比一個更不妥當。我緊閉雙唇，說得越少越好。

「能問妳一件事嗎，小凱？」

「當然。」我緊抓著扶手，免得躁動不安。客廳的空氣似乎快凝結。

「妳和我兒子一起吸毒嗎？」

「什麼？沒有！」我驚訝地搖頭。「從來沒有。達頓和我只是聊天。有時我們互傳簡訊，在工作上互相照應，就這樣。」我結結巴巴地說。她牢牢地盯著我看，緊緊閉著有皺紋的嘴唇。我伸手壓平一綹飛揚的髮絲，突然對自己的模樣覺得不好意思。

「這樣啊。」她呼出一口氣，望向著窗外。「警方說我的達頓一定有毒癮。」

想辦法消化處理這個新聞時，我皺起眉頭。我想不起達頓的言行有任何這個傾向的蛛絲馬跡，但是人們常做出乎意料的事情，不是嗎？而且根據過往經驗，出其不意永遠都不是驚喜。「為什麼警方會這麼想？」我提問，劃破我們之間不快的凝重沉默。

伊蓮娜的目光突然回到我身上。我可以看到她咬牙的下巴肌肉變化。「因為他的屍體在布希維克的街上被發現，口袋裡有個放毒品的袋子。他們說他跳樓。」

我口中不由自主地發出倒抽一口氣的明顯聲音。**噢，達頓**。我吞下喉嚨裡灼熱的噁心感。「我……我不知道。我很遺憾。」

她閉上眼睛，彷彿已經沒力氣再睜著。「他們認為達頓從附近某棟大樓跳下去，顯然人們都去那裡買……那些東西。」她的手在空中激動地比劃著。「但是我去警局，告訴他們，他們搞錯了，必須進一步調查。好吧，他們傻不愣登地拿出筆，在夾板上寫下我說的話，卻什麼也沒做。他們只給我達頓身上的東西和心理醫生的電話號碼，似乎當我是瘋子。」淚水湧上她發紅的眼睛。「他們不理解母親的直覺。我拚命告訴他們，我的達頓是什麼樣的人。他每一天都讓我引以為傲，我以他為榮……」她的聲音越來越小，這句話就懸在半空中。

我嚥下卡在喉嚨中間如同利刃的情緒。我一方面想告訴她，達頓是什麼樣的人，與他最後的遭遇沒有關聯。同時，我又感到無比悲哀，沒有人對我說過類似的話。甚至在爸爸臨終前，我都沒聽過——**我為妳感到驕傲，小凱**。

記憶的烏雲在我的頭顱中擴張，我可以感覺到自己正在崩裂。我咬著臉頰內的肉，直到嘗到鮮血的金屬味。我必須壓抑情緒，以防自己繼續鑽牛角尖。

「妳看過達頓做非法的事情嗎，小凱？」

我用毛衣袖子擦擦眼角。「沒有，從來沒有。」

她用指尖揉壓太陽穴，點點頭。「我就知道。」她惱怒地呼出一口氣。「妳明白這種心情嗎——不僅知道你親愛的家人死亡，還聽到他死前早就開始受盡折磨？」

知道。

我緊閉著嘴，明白她不指望我回答。

「還有毒品……」她搖頭。「達頓甚至不喜歡服用泰諾。如果他嗑藥，我簡直不了解住在我屋簷下的這個人……我彷彿不認識自己的兒子。這種想法是——」她打住，瞟向窗外，才低聲說：「這種想法是我所無法忍受。」

感覺像是過了幾小時，其實可能只是一分鐘，伊蓮娜才把目光轉回我身上，似乎突然想起我還坐在那裡。「我需要妳幫個忙，小凱。」

一隻上年紀的黃金獵犬彷彿感覺到氣流變化，蹣跚走進客廳，把下巴擱在伊蓮娜的膝蓋上。我認出牠就是達頓臉書資料照的狗狗，儘管現在比較老邁，毛色比較淡。

「乖狗狗，你好乖，」伊蓮娜低聲說，輕輕拍著牠的頭。

「妳需要我幫什麼忙？」我聲音沙啞。

她輕輕咳嗽，清了清嗓子。「我知道達頓不是自殺，是這裡告訴我。」她用布滿皺紋的拳頭敲敲胸口。「但我想聽聽妳的想法。妳認為達頓是自殺嗎？」她的聲音裡有種絕望、哀求的情緒，聽得我撕心裂肺。

我把舌頭壓在口腔頂部燙傷的部位，衡量是否要說達頓送我到地鐵途中的對話，這件事也許可以提供某種程度的安慰。繼而又想到，她保有一絲懷疑，可能更寬慰。真相會傷人，我很清楚這一點。

我別過頭，避開她焦慮的眼神。天啊，我討厭做決定，決定讓我喪失行動力可能是因為我缺乏做出明智決定的成功紀錄。「我不……我不知道。」我結結巴巴地逃避。

房裡又陷入寂靜，唯一的聲音是狗脖子上的金屬狗牌發出的輕響。有個想法倏地劃過腦中的迷霧，來勢洶洶導致我倒吸一口氣，我知道上哪兒取得更多達頓的資訊了。甚至可能多到足以讓她清楚情況，又不必透露我與達頓最後的談話。伊蓮娜好奇地望著我。

我握拳湊到嘴邊，咳嗽了幾聲。「牠叫什麼名字？」我盡可能漫不經心地指了指那條狗。

伊蓮娜的嘴角微微上揚。「蕎麥，達頓取的名字。」

「牠是不是，呃——」我頓了一下，壓住聲音中的顫抖。「牠是達頓第一隻寵物嗎？」我注視著她的眼睛，發現她微微一顫。我說錯話了，她知道我為什麼要問，我突然覺得不舒服。

她皺眉蹙額，仔細打量我一番才開口。「妳知道妳是第二個問起這件事的人嗎？」

我手臂上的寒毛直豎。「是嗎？」

她點頭。「達頓的屍體被發現後的第二天，你們公司有個朋友來致哀。」她盯著茶杯，沉默了一會兒，輕聲補充：「他說他認為達頓憂鬱了好一陣子了。」

我瞪大眼睛。「李維暨史特隆事務所的人來這裡？」

她憂鬱地點頭。「他待了大約一小時，我給他看了一些相簿。」伊蓮娜指向堆在茶几旁的皮革相本。「他問起達頓的朋友，我當時不知道有妳這個人。我……我沒有達頓的手機，是後來員警送來。」她閉上眼睛，抓著扶手。「那時我才看到他傳給妳的簡訊。達頓不常對我提起他的工作，所以我不認識他任何同事。」

我全神貫注聽著，卻困惑不已。一定是瑞奇，但他為什麼不告訴我？

有種奇怪的感覺穿過我的身體，傳到腳趾。

「達頓**有些**事情大概是我不知道的，」她嘆口氣，眼眶泛淚。她還來不及用揉成一團的衛生紙抹掉之前，成串淚珠就落下來。「抱歉。」她抹掉臉頰上的淚水。「我叫妳過來不是為了哭給妳看。」

「沒關係，真的，不要放在心上。」我別過頭，想釐清她說的話。瑞奇認為達頓很沮喪？他怎麼會知道？而且瑞奇為什麼問起達頓的寵物？我在沙發上調整重心。我的背很痛，這才發現自從進來之後，我一直坐得很僵硬。

「瑞奇沒說他要過來，所以我有點驚訝。」這麼說只是為了打破沉默。

她皺眉，「不是。」她搖頭。「不是，那個人的名字不是瑞奇。是──」她頓了一下，臉皺成一團。「格蘭姆。」她堅定地點頭。「是格蘭姆。」

「格蘭姆？」我重複，有點震驚地發現我甚至不知道同事的名字。腦子閃過一個又一個畫面，想為這個名字加上一張臉。「妳確定他是達頓現在這個職位的同事，不是……呃……另一家公司？」

「我在妳看來可能很老，但我的記憶完全沒問題。」語調有點不悅。

我緩緩吸口氣，覺得臉上的血色漸漸消退。「對不起……只是……我應該不認識格蘭姆。」

她側著頭看我。「妳說妳和達頓在同一個部門。」

我緊張地移動一下。「辦公室很大，可能有些人還不認識。」沒必要告訴她，我們是十七個人擠在一個小房間，小到我也許可以透過氣味認出每個人。

「這個嘛……」她顫抖地吐出一口氣。「他很高，眼神和善，他說他和達頓共事非常愉快，還說他們有時會在員工餐廳一起吃午飯，所以妳一定見過。」

我唯一的反應就是驚愕的沉默。思緒像一袋倒在地上的彈珠般滾向四面八方。那個「大學炸彈客」是不是叫格蘭姆？他是不是欣賞達頓，我卻不知道？還是那個穿長雨衣，被達頓戲稱「G型神探」[46]的人？我好像看過他們說話。

然而我還是無法擺脫皮膚有蟲爬行的感覺，我似乎漏掉某個關鍵。

蕎麥慢慢跑到我身邊，先把鼻子放在我的胯下，才把頭靠在我的腿上。我心不在焉地拍拍牠的頭，忍住不安的情緒。

伊蓮娜指著蕎麥，開始說達頓和牠還是幼犬的故事，但我無法專心聽她吐出來的話語，所有的問題像義大利麵般，在我腦中纏成一團。沒有一件事說得通。為什麼有

46 Inspector Gadget，美國影集，後來改編成電影，主角是生化人，全身有一萬多個機關，總是穿著長風衣。

個臨時雇員會來探聽達頓的事情，包括他電郵信箱的安全性問題的答案？伊蓮娜一定誤會了，這個格蘭姆可能問了一個關於蕎麥的問題，她誤以為和我的問題一樣。

「知道嗎？牠對陌生人不見得那麼友善，」我回過神來，聽到伊蓮娜說。她指著蕎麥，牠已經把身體靠在我的腿上。「牠一定知道妳是達頓的朋友。」

我的手順著蕎麥的背摸，搖搖手指，看著細小的狗毛落在地上，才再次開口。「牠對格蘭姆也一樣嗎？也這麼友善？」

她點頭，我放心地輕嘆一口氣。無論來的人是誰，可能只是喜歡動物，才對達頓的寵物感到好奇。我可以想像對話內容——格蘭姆說他小時候也養了一隻像蕎麥的狗，伊蓮娜說達頓小時候如何從一窩小狗裡選中蕎麥。一定是這樣。

我清除顫抖的聲音。「難怪格蘭姆問了那麼多蕎麥的事情，牠很可愛。」

「我們沒聊到蕎麥。蕎麥聞過他之後，就回去睡覺了。」她指指廚房地上一張鼓鼓的狗床。「格蘭姆想知道達頓第一隻寵物的名字——和妳一樣。」

儘管體內颳起颶風，我努力保持臉部肌肉紋絲不動。絕對錯不了，無論格蘭姆是誰，他想進入達頓的電郵信箱。唯一的問題就是為什麼？我試圖整理思緒，釐清先後順序，找出這番對話的道理，卻覺得天旋地轉。

「達頓在公司一定常聊到他的寵物。」伊蓮娜飄搖的眼神停在蕎麥身上。

我勉強點點頭。有種新的感覺慢慢蔓延，鑽進皮膚深處。那不是焦慮、羞愧或悲痛。是不祥的預感。

八層樓底下有輛警車呼嘯而過，我的頭迅速轉向窗外。我花了一分鐘才回過神。「抱歉，我真的該走了。」我結結巴巴地說，把涼了的茶放在小碟子上。「謝謝妳連絡我，很高興能見到妳本人。」我話說得斷斷續續，我甚至不知道這些字句如何從我口乾舌燥的嘴裡冒出來。「難怪達頓提起妳總是很開心。」伊蓮娜開口時，我已經起身。

「我剛想到我給他的答案不正確。」她的視線越過我的肩膀，我順著她的目光看到一張錶框照片，照片裡有個大齒縫的男孩抱著紅黃色的大貓。我站得搖搖擺擺，猶如一團火焰，她繼續說，「我以為他的第一隻寵物是派瑞．梅森，那是他幫我們家的貓取的名字。現在想起來，其實不對。」她頓了一下，手輕輕地掩住口。「他的第一隻寵物是壁虎。達頓叫牠吉利根，壁虎吉利根。」她悲傷地微笑。「達頓小時候看太多電視節目，但他很喜歡，他向來是個老靈魂。」她閉上眼睛，嘴角微微顫動。「我真不敢相信我忘了吉利根，他愛死那隻小蜥蜴。不過達頓喜歡所有動物。」她用手背拂去臉頰上的一滴眼淚，然後深呼吸。她拉過我的手放在兩手之間，表情變得柔和。「謝謝妳今晚過來幫我釐清我的達頓到底發生什麼事。有妳這種女兒，父母一定引以為傲，小凱。」

我努力尖聲回答，「謝謝妳，伊蓮娜。」然後自行告退。

33

我坐上高腳椅，放下特大杯拿鐵，把皮包調到前面，也能擋開路人。現在我最不想要——或者最不需要——就是含咖啡因的飲料，但如果接下來幾小時都要坐在這裡，最好點杯飲料，才不會引人注目。

我掀開杯蓋，看著水蒸氣冉冉上升，努力穩住顫抖的手。不知道這是因為我之前在大腿上注射腎上腺素，還是因為與伊蓮娜一席奇怪談話，身體自然產生腎上腺素。總之，我至少知道今晚難以成眠。

我得用其他方法填補晚上的空閒。

我拿起杯子，啜飲一口，望著落地窗外。外面的氣氛有種下班後的喧囂嘈雜，中城的人群匆匆趕往中央車站、搭Q線列車、回上東區的經典六房公寓，或者去附近酒吧見朋友。每個人都有地方可去。我又喝了一口，納悶弗雷斯此刻身在何方。如果他說實話，這時就是坐在辦公室的高背皮椅上加班。

我打算查清楚他有沒有老實說。

紐約市每條街都有一家星巴克的好處，就是艾伍德酒吧入口對面正好有一家，而且視野毫無屏障，我監測起來當然更方便。當然，我不認為今晚會看到弗雷斯走進他最喜歡的酒吧。但如果我從蘭登身上學到任何教訓，那就是：永遠不要放下警惕。畢竟我和弗雷斯才剛開始交往，需要小心呵護，就像對待小動物。我不會放任剛出生的貓咪在紐約市中心晃蕩，還無人監督，對不對？當然不會。

正如瑞奇所說，小心總比遺憾好。

「愛麗森點中杯的焦糖瑪奇朵。」咖啡師呼喊。

我看看手機上的時間——晚上七點零五分，時間還早。與伊蓮娜一番談話彷彿花了好幾天，其實不到一小時。我抽了幾張餐巾紙擦掉眉梢的汗珠，重新轉頭看艾伍德酒吧，三個身穿黑大衣的華爾街先生正走向門口。他們比弗雷斯矮。比不上他。

我的手指敲打著亮漆桌面，餘光瞥到兩個四十多歲的女人盯著我看，短髮那個靠向穿著露肩上衣的朋友耳邊說了幾句，兩人的目光又轉向我。我別過頭，一手撫過翹起來的頭髮，開始翻皮包找耳機聽音樂打發時間。我推開皮夾，指關節掠過鮮豔的平裝書書脊，一秒後才想起這是什麼。是達頓的書。我在他缺勤的第一個晚上從他位子上拿了這本書。

我看了幾秒，彷彿看到神諭，慢慢地從皮包裡取出，有個尖角輕輕刮過掌心。

「我不懂大家為什麼要看電子書，」達頓某天晚上在員工餐廳高談闊論，他比向另一個臨時雇員，對方正在附近桌子低頭看 Kindle。「基本上就是把大腦藍圖交給亞馬遜或蘋果。我在《20／20》[47]看過，以後他們會知道你的眼睛讀過的每個字。我才不接受『老大哥』[48]那套狗屎！」他得意地舉起平裝書。

現在翻開封面，我瀏覽了幾頁，拇指停在書中間折角的一頁。我翻下那個三角形時，全身一陣哆嗦。達頓在書裡做記號，這個舉動樂觀得令人難過，他顯然認為會讀完這本書。我的手指沿著折痕，把它撫平，發現折起來的三角形裡寫了字。我點開手機螢幕，打開燈，調整角度避開陰影，瞇起眼睛看鉛筆輕輕寫下來的字跡：**希姆羅德街一二二七號**。

我盯著這個地址，皺起眉頭。潛意識似乎有種情緒蠢蠢欲動，那種感覺甩不掉，似曾相識又說不上來。

用手機上谷歌搜索，很快就發現這個地址是布希維克的公寓，我從來沒去過那一區。

但為什麼我覺得以前去過？

各種問題在腦中迴盪，五臟六腑都籠罩著不快的感覺。達頓就從這棟跳下去？為什麼他的書裡寫著這個地址？我在手機上點了幾下，發現希姆羅德街一二二七號這棟樓有三間公寓正在招租，還附了房東的電話號碼。我用食指和拇指放大螢幕，才能看清楚房東的名字。格蘭姆．李奇。

我的身體發冷，猶如死屍。

舉起杯子，顫抖著喝了一口拿鐵，腦中響起伊蓮娜的聲音，身體僵硬。**謝謝妳今晚過來幫我釐清我的達頓到底發生什麼事。有妳這種女兒，父母一定引以為傲，小凱。**

我用力閉上眼睛。**她不可能知道，**我告訴自己。**不可能知道這些話是我最害怕的情緒地雷。**

「先生，」咖啡師喊了一聲，嚇我一跳。「先生，您的信用卡刷不過。」我抬頭，看到一個白髮男子慢慢走回櫃台，一臉尷尬。我看著他嘟嘟囔囔地把信用卡塞進讀卡機，頓悟的心情如同海嘯般湧上心頭。我已經掌握弗雷斯今晚的行蹤——因為我有他的信用卡號碼。沒必要獨坐在這裡，看守門口，確定弗雷斯是否真的在加班。打個電話給他的信用卡公司，就能輕易查出他今晚的活動，還不必冒險暴露行蹤。

我把剩下的拿鐵扔進垃圾桶，臨走時還回頭瞪那兩個中年婦女。我把圍巾圍上脖子，盯著通往地鐵站的街道，思考著下一步該怎麼做。

我還有一整個晚上的時間要消磨。

47 美國廣播公司的新聞雜誌節目。

48 Big Brother，喬治．歐威爾在反烏托邦小說《一九八四》塑造的人物。老大哥是大洋國的領袖，象徵極權統治及其對公民無所不在的監控。

34

我最後一次比對這棟六層樓公寓正面的門號和書上潦草寫下的地址，才將達頓的書塞回皮包，深吸一口氣。

我不確定我來這裡做什麼。但經過伊蓮娜那番奇怪的對話，加上這棟樓的房東竟然與自稱達頓同事的人同名，我不得不過來看看。

根據我傳給格蘭姆．李奇的簡訊，我來是因為想看他招租的某間公寓。我以為他會約幾天後的週間日，我就有時間擬定計畫，或說服自己放棄。我沒料到他是這個答覆：**隔一個小時之後，隨時可以過來。**顯然，格蘭姆想打鐵趁熱。看過這棟大樓外觀，我就理解了。

「可以分點硬幣嗎？」靠在紅磚建築的女遊民喊著，對我搖了搖髒杯子。她奇瘦無比，頭髮稀疏，看起來很蒼老——老到不適合坐在堅硬的人行道——每次我看到與母親年紀相仿的人，都有同樣的心情。

這就是她的下場嗎？所以她再也沒回來？

我把指甲狠狠地插進手心，又再埋得更深，享受著痛苦的快感。

「集中注意力，」我喃喃自語。那個女遊民用黯淡的灰眼睛盯著我，無論我多想置之不理，良心也不允許。我伸進口袋，在她伸出來的手上放了幾張縐巴巴的鈔票。她低聲道謝，我發現她有幾顆牙齒已經發黑。心頭一緊，趕緊轉頭看人行道上散亂的咖啡杯和塑膠袋。

直到前一刻，我都懷疑達頓的決策受到毒品的影響。但這一帶的一景一物都不違悖警方所下的結論，《法網遊龍》外傳絕對可以在這條街拍攝。我沒想到布魯克林還有這種街景，現在這一區多半都有全食超市[49]和Urban Outfitters[50]。

我看著脖子上有偌大紋身的矮壯男人走過人行道，走上小樓梯、打開骯髒玻璃門之前看了看手錶。他走進大樓，我等他徹底離開視線範圍，才去查看大門旁邊對講機按鈕旁用鉛筆輕描的一連串名字。我找到標有房東的按鈕，頓了一下，才用食指按鈴。

對講機發出靜電聲。

「我是小凱，來看公寓，」我大喊，尾音上揚，不確定對講機是否沒故障。一聲響亮的蜂鳴，門開了。

49 Whole Foods，美國連鎖超市，專門銷售有機食品。

50 美國中價位連鎖服飾店。

厚重的大門在我背後砰地關上，大廳裡的香菸混著中國菜的氣味毒氣般地撲面而來。我從通風口聽到朦朧的咆哮聲，但我怎樣都聽不分明。我突然想到，世上沒有一個人知道我現在的下落。

一絲恐懼竄過背脊。

如果「脖子刺青」下樓，用利器襲擊我的喉嚨，再丟到垃圾箱棄屍，會有人來找我嗎？有鑑於我今天離開公司的狀態，如果我不再出現，臨時雇用我的事務所也不會有人覺得意外，可能甚至不會試圖聯繫我。弗雷斯會認為我甩了他，即使他真的懷疑我出事了，也不知道我的真名。我想像自己的屍體從垃圾箱被拉出來，員警試圖根據失蹤人口報案確認我的身分，因為找不到，最後就當我是無名屍埋了。這個想法似乎誇張又傻氣，也可能成真。

我掏出手機，決定至少傳電郵給人，交代行蹤。游標在「收件者」欄像心跳般跳動著，我又有同樣的焦慮感，每次在保單上填緊急連絡人都有同樣的心情。我的大腦空白地教人不安，我一度考慮傳簡訊給弗雷斯，繼而一想，**萬一你發現我失蹤，請到布希維克的公寓找我——地址如下**，這個內容極其瘋狂，所以我迅速決定，發郵件給自己。

我要去希姆羅德街一二二七號。如果沒回來，請到那裡找我。

我點擊「傳送」，感覺可笑至極，又安心了一點，因為我的行蹤存在網路上，就算只是我自己的收件匣也好。

我的手指繞著一縷頭髮把玩，納悶格蘭姆還要我等多久。不過我也無處可去，今晚的任務就是完成所有瑣事。明天，我將洗掉這個大廳的氣味，吹乾我的頭髮，重新成為弗雷斯愛上的人。那是嶄新的我，那個我一定有緊急連絡人。

手機在我手中震動，嚇了我一跳。我低頭看螢幕，竟然看到瑞奇傳來的簡訊。

致小凱：

我想和妳取得聯繫，確定妳現在的身體狀況，請回報。

瑞奇謹啟

我重讀了兩遍，噴出小小的鼻息。如果簡訊要寫得像二戰士兵的拘謹家書，交給瑞奇就對了。但我對這位特級行政律師意外產生好感，這則問候簡訊展現的關愛，比我父母還多。我把手機塞回口袋，心裡默默記下，一離開這棟令人毛骨悚然的大樓，馬上回傳溫馨回覆。越快離開這裡越好。

樓梯間的門被撞開，有個壯碩的身影出現。

「妳來看公寓？」語氣像指控，而不是提問。

我點頭，不敢吭聲。他脖子上的刺青近看更恐怖。

「脖子刺青」仔細端詳我。「我是格蘭姆，這裡的房東，跟我來。」他用手比比走廊。

我的腳牢牢地釘在瓷磚地上。「脖子刺青」是格蘭姆？但伊蓮娜口中的格蘭姆身材高大、眼神和善，怎麼可能沒提格蘭姆脖子旁邊有一片很大的彩色刺青？我站得很近，看得到圖案就是血淋淋的骷髏頭，底下是一具女體。

「喔，呃，慢著，」我結巴，大腦必需跟上拚命加快的心跳。我不可能跟這個人待在關上門的屋裡。「我，呃……剛剛發現你們沒有電梯，我丈夫和我有個新生兒，所以有嬰兒車。」我強調「丈夫」，他就知道如果我失蹤，世上還有人會來找我。「走樓梯可能太辛苦。」

他不高興地揉揉後頸。「所以妳到底想不想看？」

我的目光掃向出口，一度考慮衝出去。但我特地跑一趟，不想空手而回，希望可以平息腦中大喊大叫的問題。

我需要改變方向。

「可以先問幾個關於這棟大樓的問題嗎？」他無言地盯著我，於是我繼續說。「以前我朋友常來。你記得見過一個叫達頓的人嗎？」我始終盯著他的臉，打量他的表情——看看是否有任何細微反應顯示他聽過這個名字。但是他面無表情，紋絲不動。「他可能認識你……」我的聲音越來越小。

他冷酷的表情讓人猜不透。片刻之後，他才回答。「小姐，很多人進出這棟大樓，我又不查身分證。妳到底想不想看房子？」

我低頭看緊抓著手機的手。我的頭很痛，從一邊太陽穴傳到另一邊。我來這裡做什麼？我說服自己，找出格蘭姆可能有幫助，可以幫助伊蓮娜，解開如同套索般綁在我脖子上的沉重悔恨。**總是**有幫助。我太傻了。這傢伙不是去伊蓮娜家的格蘭姆，那個人脖子上絕對沒有刺青。

「對不起，恐怕不適合我們，」我結結巴巴，往出口後退。「我丈夫還在家等我。」

我推開門時，我聽到他嘀咕：「小姐，妳腦子不正常。」

一小部分的我害怕他說對了。

35

我向門房要張便利貼時，門房挑高毛毛蟲般的白眉，狐疑地看著我。

「我有東西要送給這裡的住戶，」我把頭髮塞到耳後，指尖劃過眼睛下方。「只是想確保她收到。」

他把破舊的黃色紙磚推過來，在抽屜裡翻了一會兒，拿出一支筆放在紙上。「一定要寫下公寓號碼和妳的名字。」

我照辦，寫下**伊蓮娜，達頓把這本書留在公司，我想還給妳。希望妳能找到平靜和慰藉。**我撕下紙條，貼在封面左上角，手指順著邊緣壓，確定貼好。再用拇指快速翻過，免得皮包裡的紙頭卡在書裡，最後才交到等著接過去的門房手中。

這下不會覺得良心不安了。

我一開始就該這麼做，我穿過滑門，走進空氣新鮮的夜晚，開始步行回上城。我蠢到家，竟然任憑自己捲入伊蓮娜悲痛欲絕的理論。達頓死了。雖然悲慘，卻是無可改變的事實。

我從手腕取下髮帶，草草綁個馬尾，免得頭髮貼在冒汗的脖子上，又翻皮包取出淡黃色護手霜。在手上擠出一粒豆子的分量，在乾枯的皮膚上塗開。我繼續走，不時地把滋潤的手湊到鼻子前，聞著莫爾頓布朗公司的「柳丁佛手柑」的香味，這就是安娜貝在 Instagram 上所說的 **# 天堂的味道**。

微風掠過，吹得我的手臂起雞皮疙瘩。我加快腳步，突然急著回公寓。

「專心，小凱。專心，」我喃喃自語，手插進口袋，在行人穿越道信號燈倒數時穿過萊辛頓大道。儘管我盡了最大努力，思緒依舊回到伊蓮娜身上，就像潛意識堅持要拉掉的鬆散線頭。為什麼她深信達頓不是自殺？達頓真的有毒癮嗎？去找伊蓮娜的人又是誰？

我在腦中移動著這些拼圖，挪過來移過去，想找到正確位置。格蘭姆告訴伊蓮娜，說他和達頓是同事，也許是我加入之前和達頓有交情的人，也許他們後來鬧翻。這種事情在同事之間常發生，也不會阻止格蘭姆在達頓死後去探訪伊蓮娜。他去可能因為內疚，我當然知道內疚的威力。

然而，這依舊無法解釋格蘭姆為何要看達頓的電郵。

皮包規律地打在我身上，我設想過各種瘋狂情節，沒有一件是好事。我想到出神，沒注意到我已經踏入車流，直到聽到計程車司機猛踩煞車，狂按喇叭。我跳回人行道，心跳飛快。

「看路啊！」一穿著不合身大衣的胖子閃避我時氣呼呼地說。他又嘀咕了幾句，沮喪地對我搖搖頭。

「對不起。」我低聲說，手壓住胸口，希望失控的心跳慢下來。我一陣頭暈，就像剛跳下旋轉木馬。腦子龍捲風似地天旋地轉，刺耳的問題發出越來越大的聲音，非要我正視不可。無論我如何翻來覆去地想，都無法說出個道理。

格蘭姆到底是誰，為什麼要進入達頓的收件匣？

人們快速走過，城市的喧囂——喇叭聲、咆哮聲——鑽進太陽穴，我感到一陣暈眩。我用力眨眼，試圖消弭扎刺著皮膚又教人無法喘氣的恐慌感，卻怎麼也甩不掉。

我知道達頓沒自殺，這裡告訴我的。伊蓮娜的聲音在我的頭殼裡迴蕩。

突然間，所有聲響都不見。彷彿有人拿遙控器按了「靜音」，關掉周圍嗡嗡作響的噪音，讓我處於震耳欲聾的寂靜中。我無法吞嚥。無法呼吸。無法思考。我回頭，擔心有人監視我，鬼鬼祟祟想獵捕我。「脖子刺青」跟蹤我嗎？我的呼吸急促，擔心自己可能換氣過度，在街角暈倒。

吸氣。**吐氣**。我留意胸口每次起伏，害怕恐慌的情緒吞噬我。腦中傳來一連串的小小爆炸聲，一次接著一次，炸開我腦中的雲霧，只留下顯而易見的事實：有件事情不對勁。

我緊緊閉上眼睛。達頓的回憶像細小塵埃般在我腦中飄浮。以往覺得模糊的畫面變得清晰聚焦。我可以看到他溫厚笑容中的每顆牙齒，看到他笑起來喉結晃動的樣子。在員工餐廳，他坐在我的桌子對面，用以前耍寶的模樣，挑起單邊眉毛假裝意外。我想到我見到他的最後一天，我們一起走向地鐵，停在樓梯口時，他摸摸下巴上的鬍渣。我放大他的面容，彷彿這段記憶是 iPhone 的影片，點兩下就能看得更清楚。我第一次注意到他臉頰的微小顫抖和髮際的汗珠。我調高他最後一句話的音量，突然清晰地聽到他說要去見某個人時發抖的聲音，語畢立刻焦急地回頭。現在回想起來，也許我誤會了。他回頭時，刻在他臉上的不是焦慮。

是恐懼。

我體內每根神經都緊繃。突然間，有種體悟倏地抓緊我的喉嚨，我因此喘不過氣。

達頓不是跳樓，有人把他推下去。

36

我不記得我是跳上計程車、搭地鐵，或者一口氣跑過二十條街回到公寓。只記得接下來邊發抖邊把鑰匙插進鎖孔，終於成功進門之後，立刻鎖上背後三個門閂。我喘個不停，彷彿快把肺吐出來。

我三度檢查門鎖，才貼著牆滑坐到地上，像胎兒般，頭靠著膝蓋。忍到現在的眼淚終於滑落臉龐，我閉上眼睛，試著解開腦中的結。過去幾小時發生的事情像幻燈片般跳出來——鑿在伊蓮娜臉上的悲傷、聽說有同事去過的困惑、看到達頓筆下的地址。我在當下覺得莫名其妙，回到安全又安靜的公寓坐了幾分鐘，腦中的靜電干擾漸漸消失，我開始納悶是否忽略了哪個合理解釋。我對達頓失蹤的原因有個剛成形的解釋，隨著恐慌情緒漸漸消退，這個理論不再是恍然大悟，比較像是瘋狂又偏執的想法。

我用手背憤怒地抹掉眼淚。「別瘋了，小凱。不要再發神經。」我隨著急促的呼吸重複。

我記得十幾歲答應奶奶不會變得像母親一樣，還去圖書館借《精神疾病的二十五個跡象》。圖書館管理員掃過條碼，狐疑地挑眉，把這本大部頭從櫃檯上推到我稚嫩的手中，我解釋：「為了要交報告。」她的懷疑也沒錯，對於十三歲孩子而言，這本書很艱澀。我記得鎖上房門，從背包裡拿出書，爬到床上，希望背下每一頁，確信只要知道警訊，就能及早戒掉偏差行為。我讀到的大半內容都把我嚇得半死，也早就刻意從記憶裡抹掉，但我依然記得第一頁的加粗黑體字：**＃一，對別人有不合理的恐懼、猜疑，或是強烈的緊張感。**我記得我當時想，誰能確定恐懼是不是合理。現在坐在我家地板，我發現，認為沮喪的同事不是自殺——雖然他暗示他會——而是他殺，可能就是不合理的恐懼。

我抬頭茫然地看著小公寓時，鼻涕在褲子上留下一道溽濕的痕跡。我揉揉眼睛，視線依然模糊。屋裡沒開燈，僅有的光線就是發出微弱光芒的廚房小燈。我的視線落在茶几上，半空伏特加酒瓶上的閃光吸引了我的注意。

我不可能喝了那麼多，不會，否則我會記得。

我從地板上站起來，跨出四步就走到筆電前，不該再多想達頓遭遇的荒謬理論了。如果格蘭姆真想入侵達頓的電郵，他的收件匣裡一定有什麼是格蘭姆想知道，或是不想讓人知道的資訊；要知道答案只有一個方法。

手指飛快掠過鍵盤，輕鬆回答前兩個安全問題。盯著螢幕上第三個問題時，我猶豫了。我的手停在鍵盤上方，又放到腿上。我往後靠向沙發，用掌根用力按壓眼睛，直到視野裡都是微小的彩色圓點。

我長嘆一口氣，揉揉後頸，重新望向螢幕。游標在下方的矩形框中拚命閃爍，挑釁我。**你第一隻寵物的名字是什麼？**

「隨便啦，」我低聲說，把箭頭移到螢幕角落的╳處，就讓它停在那裡，準備點擊滑鼠，把一切拋諸腦後。我全身激動，彷彿太靠近懸崖邊。

別想了，小凱。點擊那個蠢滑鼠，闔上螢幕，走開吧。

我抬起食指，還來不及思考，更強大的力量就控制我，手指迅速落在鍵盤上，快得彷彿毒蛇襲擊獵物。當我打出吉——利——根，按下「確認」時，雙手出奇地穩定。

我的胃像電梯般升到喉嚨。

重設密碼，螢幕指示。我幫達頓的帳戶創建新密碼，在提示問題旁邊重新輸入時，完全心無旁騖。

就這樣，我進去了。

達頓的收件匣有許多未讀的新郵件。即使他死了，收件匣還在，郵件不斷湧入，這件事古怪得令人害怕。我屏住呼吸，目光掃過寄件者的名字——Seamless、「旅遊城市」[51]、Xbox Live ——每則都像垃圾郵件。沒有哪封信可以回答任何問題。

但這些郵件都在達頓死後收到。我點了點觸控板，在達頓的收件匣中往下滑，跳過一長串未讀郵件，灰色方框在螢幕側邊移動時，我的脈搏加快。幾秒鐘感覺像是幾小時，我終於找到達頓讀過的最後一封郵件。主題欄空白，但寄件者的名字是粗體字。我迅速眨眼，不敢相信自己的眼睛。

一瞬間，時間停止流動。

什。麼。鬼。

我顫抖地點開信。

收件者：達頓．塞弗

寄件者：弗雷斯．瓦茨

放輕鬆。我們談談吧。打給我，(646) 995-7787

我盯著螢幕，想釐清自己究竟看到什麼。**那是我的弗雷斯。我的弗雷斯發電郵給達頓？**周圍的空氣突然變得稀薄，我無法將足夠的氧氣送進肺裡。

為什麼弗雷斯要傳信給達頓？他們甚至不認識對方。他們認識嗎？我的視線只

51 Travelocity，旅行服務網站。

能看到螢幕上角的淺灰色數字。日期是**二〇一九年十一月五日下午四點十三分**。我知道這一天，它像疤痕般刻在我的記憶裡。這一天，事務所要我們暫停審查，我們晚上提早下班。

齒輪在我的腦海中轉動、變換，試圖加以釐清。我們接到停止審查電話的同一天，弗雷斯發電郵給達頓。是達頓提醒弗雷斯注意系統失誤嗎？他為什麼這麼做？當天下午的記憶突然迎面撲上，瑞奇走到我的位子旁，問我達頓為何離開碉堡那麼久。**嘿，妳的哥兒們呢？**我記得我看看螢幕角落，納悶達頓為何離開十五分鐘以上，一反他平時上廁所的習慣。我可以在腦中清晰看到時間——下午四點二十七分。

我現在看的這封郵件是在達頓離開碉堡那段時間送出。

我的手似乎有自由意志，往下滑，想看看弗雷斯寫**我們談談**是針對哪件事的回覆，但是什麼也沒看到。弗雷斯寫給達頓的這封電郵是獨立信件。

不安的情緒爬上頸背。為什麼有人會沒頭沒尾發電郵叫別人放輕鬆？更重要的是，為什麼弗雷斯會傳給達頓？每件事都說不通。

恐慌電流般地竄過我全身，我用游標複製弗雷斯的電郵地址，貼到達頓帳號的搜索欄。要知道弗雷斯為何聯繫達頓，唯一的辦法就是看看兩人之間是否有其他通信。我點擊「確認」，結果馬上顯示四封電郵——兩封在達頓的寄件備份匣，兩封在達頓的收件匣中。快速掃過發現這些郵件的日期都一樣，只有相隔幾分鐘。我湊得更近，臉和螢幕之間只有幾吋，彷彿縮短距離就會更明白。點開第一封時，脈搏加快三倍。

收件者：弗雷斯・瓦茨
寄件者：達頓・塞弗

你不認識我，但我認識你，也知道你在希姆羅德街的秘密。我不能保證我會幫你守住。你覺得這個秘密值多少？

點擊。

收件者：達頓・塞弗
寄件者：弗雷斯・瓦茨

我不知道你自以為多了解我，但你找錯人了，大哥。

點擊。

收件者：弗雷斯・瓦茨
寄件者：達頓・塞弗

不，我確定我找對人，大哥。我在你的郵件中看到希姆羅德街一二二七號的地址，忍不住做了點功課。那棟大樓二〇一八年被伍德蘭公司以二百二十萬美元買下。二〇一九年，伍德蘭公司以五百二十萬美元賣給某家有限公司。不到一年就有巨幅升值！我很好奇伍德蘭公司的所有人，結果在你的電郵中找到答案。恭喜你賣樓成功。怪的是，你賣給空殼公司賺了這麼多錢，那家公司的所有人和資金來源都無從追蹤呢。哼。

我還需要繼續說嗎，大哥？

點擊。

收件者：達頓・塞弗
寄件者：弗雷斯・瓦茨

放輕鬆。我們談談吧。打給我，(646) 995-7787

我的心跳如此之快，彷彿快衝破肋骨。各種問題在我腦中旋轉，我深呼吸，想讓自己平靜下來，才能想清楚，但胸口有太多阻力，我彷彿穿了鉛背心。汗珠開始浸濕襯衫，我抬起手指放在太陽穴上，似乎這麼做就能釐清泥濘般的混亂思緒。

搞什麼鬼，搞什麼鬼，搞什麼鬼，搞什麼鬼？我低聲說，就像壞掉的唱片，重複看了每封電郵，又看了第三遍。

恍然大悟之際似乎有人伸手掐住我的喉嚨，我知道達頓書中的地址為何眼熟了。我在弗雷斯的電郵中見過。

腳下的客廳地板消失，我就像自由落體。一切飛快旋轉，他捏了一下之前，我甚至沒發現他的手已經搭上我的肩膀。

37

我驚訝得跳起來，才猛地回頭。

他站在我背後，笑容一派輕鬆，彷彿只是站在人行道和某人打招呼，彷彿他此刻在我家出現是世上最自然的事。他穿著白色襯衫，我的筆電在他的頭部照出光暈，他就像報佳音的天使，我不禁懷疑自己是否出現幻覺。

視線範圍之內都是小黑點。**這不是真的，不是真的。**

「妳看到我似乎很驚訝，」他的聲音低沉沙啞，這聽起來像他早晨的嗓音，也就是我常幻想每天醒來會聽到的聲音。我胃部翻攪。

「弗雷斯，」我喘氣站起來。「你在這裡做什麼？」

他側著頭。「等妳啊，小凱。」

我對他眨眼，完全摸不著頭緒，大概落後十步。這就像有人按了控制——轉換——刪除，重新啟動我的大腦。我的短期記憶被清除得一乾二淨，只注意到弗雷斯．瓦茨在這裡，在我的公寓裡。他的微笑有吸引力，我靠上去，拉近我們之間的距離。我試探性地把手放在他的腰上，彷彿太用力觸摸，他會因此消失。

「我……我不知道你在這裡等，否則我會更早回家。」

「對啊，很遺憾今晚不能見面，慶祝妳那份新工作，但是——」他微笑的嘴角下沉，擺頭示意我的筆電——「妳倒是在這裡做了點功課，小凱。」

我轉頭，愛慕的魔咒一瞬間幻滅，取而代之的是動彈不得的恐慌。茶几上堆滿幾個小時前上網調查達頓的筆記。我的目光快速掃過桌面，那裡有弗雷斯的資料嗎？我不記得了，現在也來不及藏好。我的弗雷斯文件夾——天啊，我的弗雷斯文件夾在哪裡？我不知所措，各種問題在腦中彈跳，我又跌坐到地上。**弗雷斯在那裡站多久了？他看到什麼？我該怎麼說才能掩飾？**最後，有個問題把所有念頭重重拖回地面：**弗雷斯怎麼進入我家？**我沒有幫他開門，他也打不開那三道鎖，我從眼角看到門鎖原封不動。

不安的感覺竄過脊椎。

我看著我放在弗雷斯腰上的手，就是這時候瞥見。他的褲子口袋露出紫色絨毛，是我的鑰匙圈，早上找不到的那個。

弗雷斯順著我的目光看。「喔，這個。」他諷刺地笑，伸進口袋掏出我的鑰匙，丟在沙發上。「昨晚趁妳睡著時拿走。」他的聲音感覺冷冰冰，我不認得他這一面。「妳甚至沒注意到我離開臥室，對吧？」

我茫然地搖頭，似乎無法發出聲音。

「我覺得自己有機會看看妳的公寓才公平。畢竟妳這麼了解我，小凱，難道我不該調查妳一下嗎？」他用食指點點我的鼻子，就像大人會對小孩做的動作，卻有種敵意。

我本能地往後退了一步。

過了幾秒，心臟猛跳的我才聽懂他的話。**難道我不該調查妳一下嗎？**靠。弗雷斯查到我哪些事情？我就像被丟上碼頭的魚，不斷抖動，想回到海裡。我張嘴想說話，但在我找到聲音之前，我慌亂的目光落在弗雷斯另一隻手裡的東西。我沒馬上看出來，突然間，肺裡所有氧氣都被抽光。

文件夾。

我只能勉強擠出這句話。「弗雷斯，我……」我開口，已經是懇求的語氣，但他舉起了一隻手打斷我。他面色一沉，就像太陽被雲朵遮蔽。

「照我說啊，這個。」他舉起文件夾，就像傳道人拿起《聖經》。「這是我看過最棒的調查報告，小凱。如果妳放棄臨時雇員的工作，當記者應該前途無量。」

血液湧上臉頰。我僵住，無法動彈，甚至沒辦法呼吸。

他舔舔拇指，開始翻。「我們看看喔。這裡有什麼重要資訊呢？我們有『弗雷斯的喜好』、『關於弗雷斯家的資訊』、『弗雷斯的臉書朋友』。」在繼續之前，他樂得挑眉。「『給安娜貝的郵件』，『安娜貝的服裝』……」他的聲音變小。我下巴顫抖著，淚水刺痛眼睛。

「什麼人有**時間**整理這些資料？」他嗤之以鼻。

熱燙的羞愧感湧上胸膛，彷彿有人拿刀捅我肚子，刀刃一扭就剮掉我的五臟六腑。

他繼續翻，看到最後一頁才停下來，攤開手輕拍文件夾。「翻到這一頁，才知道妳調查得多徹底。」他拿出「弗雷斯密碼」那頁。

一直忍著的淚水終於滑落臉頰。我費了九牛二虎之力才結結巴巴地說：「我可以解釋。」

「哦，真的嗎？」弗雷斯訕笑。「妳怎麼解釋？」他湊過來，直靠到我鼻子前。「凱珊卓・伍德森。」他不屑地說出我姓氏的第二個音，彷彿是罵髒話。

我的心糾成一團，幾乎無法呼吸。

他用力闔上文件夾，扔到沙發上。「不是只有妳會用谷歌，我也知道妳所有事情。看來我不是唯一有秘密的人，對吧？」他睜大眼睛。「而且還是很糟糕的秘密。」

我往後退，被茶几桌腳絆到。我必須離開這裡，我需要時間制定計畫解決這個問題。解決我們的問題。

我的脖子上似乎有絞索慢慢收緊。

弗雷斯抓住我的前臂，我任憑他拉過去。「小凱，既然妳知道我所有事情，妳必須告訴我。這件事又怎麼說？」他朝我筆電上仍開著的電郵點點頭。

我的視線模糊。究竟是淚水蒙蔽雙眼，還是弗雷斯的話導致我頭暈目眩，我不確定。大腦都無法處理我自己的謊言，我無法分辨哪些是我矇騙他，哪些又是弗雷斯欺瞞我。

放輕鬆。我們談談吧。

「說啊，小凱。我想知道。」他緊緊地抓住我的手。「妳打算在小夾子裡寫什麼？」

我想告訴他，我不在乎那些電郵寫了什麼。我願意接受他的真實面目。**無論甘苦，至死不渝。**我往上看，他的臉扭曲成我不認得的醜陋面貌。緊閉著嘴，脖子青筋暴露，一點也不像我早上醒來看到的那個人。我用力吞嚥湧上喉嚨的酸水，聲音終於在腦海之外找到出路，只是略帶哽咽。「我不……我完全不知道這些事情，這也不是我**想**知道的事情。」

弗雷斯冷哼一聲，雙手交叉抱胸。「喔，當然，妳完全**不知道**。」他說的話附和我，語氣卻不然。他歪著頭，若有所思地看著我。「我該拿妳怎麼辦，小凱？我一直坐在妳的公寓，問自己這個問題。我該如何處置妳？」

「弗雷斯，」我舉起顫抖的雙手。「我甚至不知道你們認識對方，達頓和我沒那麼要好，真的。我只關心你。」我的聲音變調，心也碎了。

他閉上眼睛，長嘆一聲。「親愛的，如果妳真像妳說的什麼也不知道，為什麼去布希維克那棟大樓？」

我聽到自己呼吸暫停。他怎麼知道我去過達頓書裡的地址？他跟蹤我？

「我……我不知道……」

「不要騙我。」他提高音調，打斷我。他盯著我的眼神，讓我覺得脊背發涼。「我知道妳去過，小凱。想知道我怎麼曉得嗎？」他靠得更近，溫熱的鼻息拂過我的耳朵。「因為我也有**妳的**密碼。」

我的喉嚨鎖死。

「親愛的日記，」他模仿。「我要去希姆羅德街一二二七號。如果我不回來，請到那裡找我。」他發出毫無幽默感的笑聲，往後靠，從頭到腳打量我。「難道沒有人告訴妳，所有帳戶不能通用同一個密碼？否則妳創帳戶上飛輪課時，任何人都能拿到妳的個資。」

我的心跳猛地停止。

安娜貝。一定是安娜貝走出更衣室，從我留在櫃台上的 iPad 看到我的電郵和密碼。我的思緒翻騰，拚命想兜起所有細節。安娜貝不可能知道我那天會去靈魂飛輪健身房，我沒提前買票，她在 Instagram 上發布這件事之前，我甚至不曉得有這堂課。

媽啊。

安娜貝陷害我。

我感到自己就快痛哭失聲，但強忍住，指關節壓住嘴唇。我早該知道安娜貝脫不了關係，她這種女人總是會壞了我這種人的好事，就只因為她們辦得到。

「妳就是無法不多管閒事，對嗎，小凱？」弗雷斯假裝難過地搖搖頭。「不幸的是妳的朋友也不能。他在我的一封電郵中看到一個地址——他本來就不該審查這封信——覺得有必要扮演業餘偵探哈迪兄弟[52]。」

我停止呼吸，完全僵住。

「對我們所有人而言，不幸的是，他的愚蠢行徑沒有就此打住。那個白癡打給我，說他發現我這些鳥事。」他的呼吸急促，但聲音穩定，就像敘述腦子裡的電影。「然後他試圖勒索我，以為我是他媽的傻瓜，會付錢讓他閉嘴。」他的音量小到幾乎是耳語。「我可不傻，小凱，妳的朋友才是。他只提醒我，一群沒指望的臨時雇員正在審查我的電郵。當然，我出手制止，甚至炒掉搞出這場混亂的白癡。至於妳的朋友，嗯，後來事情不如我想像順利。」

我試圖消化弗雷斯告訴我的這些事，頭痛欲裂。我努力重新整理他的話，排列成可以消化的句子。達頓想勒索弗雷斯。

後來事情不如我想像順利。

他的話帶來的餘波蕩漾在我身上一寸一寸擴散，最後我終於全盤了解。我忍住嗚咽聲。「你……」我聲音沙啞，喉嚨彷彿成了砂紙。「你對達頓做了什麼？」

弗雷斯的眼睛發亮，恐懼在我的血管裡竄流。

「你……你殺了他嗎？」我聽到一個微小的聲音問。我深陷於驚恐情緒當中，以致我花了一秒才意識到這是我的聲音。

弗雷斯一臉怪相，揉揉下巴，沒回答，但也等於都認了。

眼前一片黑。

「妳的朋友應該管好自己，他自作自受。」

城市的喧囂聲越來越小，房裡靜悄悄，只聽得到弗雷斯不均勻又急促的呼吸聲，他一定能聽到我的心臟在胸口怦怦跳。他憤怒地瞪著我好一會兒，面孔開始扭曲變形，就像豁出去了。那表情陰鬱醜陋，我的恐懼快速飆升。

「妳！」他大喊，咄咄逼人地指著我，瞳孔擴張。「妳倒是讓我吃驚，小凱。孤單的臨時雇員都看不到我的電郵了，我還有一個問題，是不是？」他挑眉，一副高高在上的模樣。「我不知道還有誰看過我的信，所以我得去要到負責審查這件案子的員工名單。」這時他一臉狡詐，就像魔術師即將揭露他如何讓兔子消失的秘密。

「我看到名單上有個小凱，妳想像我有多驚訝，巧的是那個和我在酒吧點了同樣雞

52 The Hardy Boys，兒少小說，主角哈迪兄弟是喜好冒險的業餘偵探。這部作品也改編為電視、電影。

尾酒品的女孩也是這個名字呢。」

冰冷的手握住我的心臟，使勁一捏。

他嗤之以鼻。「我第一次在『冷壓果汁』看到妳，就知道妳有毛病，拚命盯著我的手，看得我毛骨悚然。妳就像他媽的掠食動物，想嗅出誰是單身漢。」他舉起左手，我本能地往後退，以為他要打我耳光。當我睜開眼睛，看到弗雷斯冷笑，晃動著他的無名指，秀出緊緊戴在手上的白金婚戒。「我上健身房從來不戴，不過妳做的功課大概沒查出這件事，對吧？」他發生嘖嘖聲。

我的指甲深深埋進手心。我必須叫醒自己，不要再繼續做惡夢。

「我在艾伍德酒吧看到妳，本來擔心妳是臥底員警，否則何必跟蹤我？我甚至傳簡訊警告安娜貝，叫她開始銷毀資料。」他冷笑了一聲。「後來我在臨時雇員名單上看到妳的名字，才知道妳不是臥底，只是神經病跟蹤狂。這下輪我調查妳，看看妳知道多少。結果，相當多哩，還查了很多我妻子的事情。但有一件事妳不知道。」他豎起食指。「安娜貝比妳聰明，是她想出那點子，用 Instagram 當誘餌，看看妳會不會出現。只是一個募款活動的留言，妳就神奇地出現了。那麼天真樂觀，蠢到亂放電郵、密碼，全世界的人都能看到。」他嘲弄地把手往外揮。

我猛吸一口氣。我想舉手拍他的嘴，逼他收回那些話。我縮成一團，等待難以承受的痛苦壓垮地板。我捏造的故事硬生生被扯出來，就像被截肢般地痛苦。頭開始抽痛，那節奏深沉又熟悉。這是背叛。我深愛的人背叛我。又來了。

弗雷斯的目光掃過客廳，落在小邊桌上。他冷笑，指著桌上的開木斯紅酒空瓶，插在瓶子裡的長蠟燭往下滴，紅蠟塞住瓶口。「開木斯紅酒？老天爺，妳對我們做了多少功課？我應該問妳怎麼知道，但妳知道嗎？我他媽的根本沒興趣知道。」他搖頭。「天哪，妳竭盡所能想成為她。妳以為我沒注意到妳們的味道和穿著都一樣嗎？太離譜了。但是，妳這種人永遠比不上我妻子。無論妳在那台該死的筆電上花多少時間，都無法改變事實。」

我真的縮起來，雙手緊抱著肚子，弗雷斯說的每一個字接二連三打下來，拳拳到位。他繼續說，但這些話在我心裡彎曲重疊，最後耳邊的嘶嘶聲完全淹沒他的話。我過了一會兒，才認出這個聲音是什麼——是達頓的聲音。

這些傢伙自以為是他媽的神明，身邊每個人都該伺候他們。他們就是為了搶而搶，除了自己以外，對任何人都不屑一顧。

我望進弗雷斯冷淡的棕色眼睛，尋找我認識的那個人，但那眼神的主人是個陌生人。太陽穴開始劇痛，因為有個體悟深入我的骨髓：達頓在員工餐廳說得沒錯。這個人根本不關心我的死活，他不愛我。他不比蘭登、我的母親或任何一個搞垮我的人好。**他們就是為了搶而搶，除了自己以外，對任何人都不屑一顧。**

弗雷斯向我邁出一步。我的腦子天旋地轉，努力想著接下來該怎麼做。如果我不逃出去，伊蓮娜永遠不會知道她兒子喪命的真相。弗雷斯和安娜貝會逍遙法外，從此過上該死的幸福美好人生。我迅速考慮幾個選擇，雙手不自覺握拳。現在門上了三個輔助鎖，沒辦法衝出去。我還來不及打開第一道，弗雷斯就能阻止我。我可以拚命大叫，就算有人聽到，恐怕也不會過來。我和鄰居的互動僅止於早上一起沉默搭乘電梯，而且他們可能覺得是家庭糾紛，應該會置身事外。

我後退一步，往大門移動。

我突然想到自己還穿著大衣，左邊口袋還因為手機而沉甸甸。

「不過有一點我想不通，小凱，」弗雷斯瞇起眼睛。「妳那本文件夾裡沒有布希維克公寓的資料，妳怎麼會發現？」

「我……我真的什麼都不知道。」我結結巴巴，聽出自己聲音的顫抖，希望弗雷斯不會聽出來。「那個地址就寫在達頓留在位子的書上。他沒再回來之後，我幫他收好，只是想還給他。」

弗雷斯歪著頭，繼續聽我說。

我直接跳到後面。「但他一直沒回來，我本來忘記這件事，但我和達頓的媽媽有了一番奇怪對話，她說有個格蘭姆去看她，我……我想……也許……」我動搖了。突然間，腦海閃出伊蓮娜某件事情，就像幻燈片放進投影機：她說「**他眼神和善**」時，伸出小指，不自覺地輕輕劃過左眉。她準確地描出弗雷斯左眉的疤痕。

我明白真相時就像聽到槍響，我必須逼自己不要嚇得往後退。弗雷斯就是格蘭姆，是弗雷斯去伊蓮娜家追查達頓信箱的安全性問題，他才能進入收件匣，大概是為了確保沒有人看到我剛點開的郵件。此刻這些信就在我的筆電螢幕上。

我放輕語氣，努力壓抑聲音中的恐懼。「不一定要走到這步，弗雷斯。你要知道我有多關心你，你知道我不會說出去。我下不了手。」我仰頭看他，希望傳達我的誠意。「我希望我們……」

弗雷斯舉手打斷我，我嚇一跳。他嗤之以鼻，然後搖搖頭。「別這麼戲劇化，小凱。要是妳不多管閒事，就不會他媽的走到這一步。」

我低頭，彷彿準備上斷頭台，希望弗雷斯不會注意到我手滑進大衣口袋，手指在手機上彎曲。如果能夠輸入密碼，就能從主螢幕上打緊急電話。我打這些數字很多次了，應該可以靠肌肉記憶辦到。我的指尖滑過光滑的螢幕，喚醒它，默默祈禱口袋裡的亮光不會穿透大衣布料被發現。按下密碼的第一個數字時，我的手指顫抖著。

響亮的喇叭聲從五層樓下傳來，劃破公寓的寧靜，弗雷斯憤怒地望向窗外。隨著他身體轉動，後口袋的東西露出來。那個銀色物體，在窗戶光線下發亮。恐懼劃過我的五臟六腑，我忍住不倒抽一口氣。那是一把刀子。

弗雷斯再度望向我，我僵住了。他頓了一下，上下打量我。「妳真的很瘋狂，妳知道嗎，小凱？」他又朝我靠近一步，我可以看到他胸口的起伏速度加快。「瘋狂到跟蹤到我的公司，今晚邀請我來妳家，試圖殺死我，因為如果妳不能擁有我，別人也不行。」他戲劇性地翻個白眼。「誰會料到妳這麼老套？」他的臉泛起神秘的微笑。「不過妳的確有發神經的黑歷史，不是嗎？我很幸運，隨手就能拿到的文件夾裡就有妳迷戀癡迷的所有證據。要證明我別無選擇，只能在因為自衛而殺死煮兔子小姐[53]，實在他媽的容易。」

我的心都涼了。我強迫自己與他四目相交，顫抖的手指繼續滑過螢幕，敲出剩餘的數字，暗自祈求這個方法能奏效。

毫無預警地，弗雷斯伸手掐住我的喉嚨。我還沒機會尖叫，他的兩手就握住我的脖子。他的手指緊壓我的皮膚，用力壓我的氣管，我向後踉蹌。我的雙腿一軟，劇烈疼痛閃過我眼前，害我失去平衡。我的雙手本能地揮向兩側，瘋狂揮舞，試圖站穩腳步，不跌到地上，否則我就沒機會反擊。

我的手機——我與上鎖公寓外的人的最後聯繫——從口袋滾出來。

發亮的螢幕從我手中滑落時，我忍住沒尖叫。我的身體彷彿失去了一個重要器官，微小的黑點充斥在眼前，暈眩感吞噬了我。

弗雷斯鬆開手指，電話在地板上發出哐噹聲時，他冷笑，把電話踢得遠遠的。

我看到他眼睛上方的白色疤痕變成憤怒的紅色，他靠得更近，表情扭曲成怒目相視。

「妳不會害自己受更大的折磨吧，小凱，是不是？」他兇狠地盯著我，他低聲說話時，我的臉可以感受到他噴出的潮濕熱氣。「妳認為警察會相信誰——瘋狂的小凱．伍德森還是我？」

他再次掐住我，這次更用力，壓得我叫都叫不出來。

我的喉嚨痛得痙攣，手指在脖子上亂扒，抓住他的手指，指甲劃過他的手腕，我驚慌失措、狂亂地向下看，找任何可以拿到的東西。我想都沒想過自己這是做什麼，只是握住可以拿到的東西——文件夾。

我用盡全身的力氣，砸向弗雷斯的腦袋。文件夾打到他左邊的太陽穴，劃破皮膚，他因此失去平衡。我往前衝，用全身的重量撞他，他向後倒。我看著他倒在地上，壓住流血的額頭。就算他哀嚎，我也聽不到，因為我只能聽到自己的脈搏。

我撐著地板站起來，他揮手想抓住我的腳踝。他還來不及四肢著地之前，我抬高右腳，直接越過他的臉。一瞬間，時間停止。我的思緒努力釐清地板上這個弗雷斯與我熟悉的弗雷斯。我全心深愛的弗雷斯。

53 電影《致命吸引力》的情節，男主角的婚外情對象潛入他們家，將寵物兔子丟入湯鍋。

這是弗雷斯歎，有個聲音在我腦中低語。**這是妳的未來，妳的救生索。沒有他，妳活不下去。**

我可以嘗到牙齒劃破舌頭流出的鮮血。我動搖了。弗雷斯是否會殺了我不重要。就算沒有，我腦中這個可惡的聲音最後也會要我的命。這個聲音會越來越響亮，最後吞噬我整個腦子。就像蹂躪父親內臟的癌症，奪走他一個又一個健康的細胞，把他從我身邊偷走。我現在可以在腦中看到爸爸的臉，聽到他的聲音重複他在我們最後一次見面時說的話。「幫我一個忙，小凱，」我調整他的枕頭，讓他舒服一點，他沙啞地說，「不要讓癌症也奪走**妳的**性命。」

我用力閉上眼睛。

有妳這種女兒，父母一定引以為傲，小凱。

我的嘴裡爆發原始的聲音，發狂憤怒地把鞋跟踩向弗雷斯的鼻梁。一聲巨響充斥整個房間，弗雷斯發出一聲野獸般的哀號，鮮血從鼻孔中像消防水管般噴出，浸濕我的褲腿。我猶豫了一下，然後強迫自己奔過客廳。

一道鎖。

兩道鎖。

三道鎖。

因為湧上大量腎上腺素，我全身顫抖，但也想辦法打開所有輔助鎖。我終於推開門，張嘴大叫時，腋下還夾著文件夾。我不確定自己是否發出任何聲音，直到我看到他走出走廊盡頭電梯時臉上的驚愕表情。

「小凱！」他大叫，舉高手機。「我也不想闖到這裡，但妳一直沒回覆我的簡訊。」

我差點如釋重負地癱在地上。他正向我走來，彷彿是我用意念召喚來。可不就是我們的特級行政律師，瑞奇。

他停住腳步。看到我被血浸透的衣服時，眼睛瞪得像盤子一樣大。「這是搞什麼……」

「打電話報警！」我嘶啞絕望地大喊，搖搖擺擺走向樓梯間。

下了一層樓之後，我拉開垃圾管道間。確定聽到文件夾落入垃圾箱的聲音，才鬆手讓門關上。

《紐約郵報》，二〇一九年十一月十五日
曼哈頓出軌律師襲擊女伴後被捕

知名李維暨史特隆事務所的三十九歲財經法律師面臨多項指控，罪名包括重傷害和非法囚禁，起因是深夜在上東區公寓發生的糾紛。

警方在晚上九點四十七分接獲瑞奇・桑多斯打九一一報警。證人告訴警方，「我過來看看同事，因為她生病回家，沒接電話。後來我看到她從公寓裡跑出來，一臉驚恐，腿上都是血。情況危急，但我能夠在壓力下保持冷靜，這都要歸功於我所接受的嚴格法律實訓。」警方在公寓發現弗雷斯・瓦茨，帶回警局拘留。有消息指出，這位已婚律師和受害者交往，瓦茨發飆的原因目前還不清楚。

紐約市警局發言人證實這起逮捕，但拒絕發表評論，只說預計對瓦茨提出更多指控。

保釋金尚未確定。

《法理之上》，二〇一九年十一月二十日
醜聞律師面臨駭人新指控

我們談過律師的不良行為，但各位看倌，握緊小木槌了，因為這個非比尋常。財經法律師暨數十億美元的交易員弗雷斯．瓦茨（上圖）和妻子安娜貝．瓦茨面臨多項指控，包括銀行欺詐、洗錢和共謀。

先有瓦茨涉嫌於上東區襲擊其女友被捕的無關事件，數天後檢方才提出這些駭人起訴。不可思議的是瓦茨的情婦不是別人，正是凱珊卓．伍德森。這位律師因為情人口角，毆打同事，不光彩地遭到某家歷史悠久的事務所解僱。我們是否能說伍德森和瓦茨聽起來就像天造地設呢？

瓦茨服務的知名事務所合夥人對這些指控相當震驚，不願具名的律師說：「弗雷斯是明日之星。這件事會扼殺他的法律生涯。」

是嗎？我提名這句話為年度最含蓄說法。

瓦茨被指控從眾多離岸公司洗錢，金額高達一千四百萬美元。

曼哈頓地區檢察官海瑟．布坎解釋：「瓦茨買賣房地產，顯然是為了幫貪贓的外國僑民洗錢。」

根據起訴書，瓦茨成立公司，用個人基金購買雙方同意的房產。他再將物業賣給某家離岸公司，該公司所有人的身分隱藏在許多公司之後，售價遠遠高於市價。收到購買金額之後，瓦茨將保留兩成五的利潤，返還剩餘的七成五。詳細起訴書中最奇怪的部分是瓦茨顯然透過購買各種仿冒藝術品，轉回高達兩百萬美元的金額。據稱，這些收購交易由他的妻子安娜貝執行。

布坎表示：「據稱，瓦茨洗錢的贓款，是剝削哥倫比亞國民的賄賂和貪汙所得。」

金融犯罪專家莫琳．涂蘭指出，「政府所說的洗錢總額中，每年大約只有百分之一被沒收。人們落網通常是因為犯了愚蠢的錯誤，例如用個人電郵或其他個人身分成立公司。」

不禁讓人困惑，瓦茨的電郵中還藏了什麼。

如果遭到定罪，弗雷斯和安娜貝．瓦茨可能各自得面臨最高四十五年的有期徒刑。

《紐約早報》，二〇一九年十一月二十五日

當地刑案綜合報導

本月稍早在布魯克林希姆羅德街和歐文大道轉角發現一具男屍，警方重啟調查。

紐約市警局發言人表示，該案有新線索。

後記

一年後

我醒來時，他的手繞過我的腰，把我拉向他赤裸的胸膛。我嘆口氣，沉浸在他的體溫中，沒想到經常安心熟睡八小時，有這麼大的改造力量。有他睡在我旁邊，就像服用大量褪黑激素，讓我放鬆，腦中揮之不去的焦慮聲音也會安靜下來。

「醒醒，瞌睡蟲。」他熟悉的聲音在黑暗的房間裡響起，那甜蜜的聲音讓我全身微微顫動。「上班要遲到了。」

我發出一聲輕嘆，睜開一隻眼睛，望向窗外。外面看起來依舊是半夜，但時鐘上的紅色數字可不這麼說。現在是十一月，西雅圖的日出要等到早上七點。我再次閉上眼睛，食指順著他光滑的手臂內側往下摸，聽著冰冷的細雨淅淅瀝瀝地打在窗上。季節變化再次提醒我時間過得多快。一年前，我從未想過今天會在一個新城市醒來，有一份新工作，身邊躺著我深愛的人。我不認為有**任何**女人能這麼走運，更不用說我，凱珊卓·伍德森了。但是，話又說回來，當時我認為上谷歌就能搜索到我的名字，我就被栓在名字這個錨上，注定要在難以承受的重量下永遠無法動彈。

網路上到處都有我的名字，不僅和工作場所傷害罪有關，現在還和媒體眼中的黑幫律師有染，誰會雇用我？上谷歌快速搜尋凱珊卓·伍德森，我就完蛋了。

妙的是，在我絕望地停滯不前時，也是谷歌——永遠忠誠的朋友——丟了一個救生筏給我。弗雷斯被捕一週後，當我自虐地上網搜索並瀏覽關於弗雷斯各項控訴的駭人報導，螢幕右側的定向廣告吸引了我的注意。廣告推銷的是「刪除自己」公司的服務，該公司保證從網路上徹底清除顧客身分。**你的包袱應該放在飛機上，而不是網路**，廣告這麼寫，旁邊是個憂慮女子盯著電腦螢幕的照片。定向廣告能夠讀懂你的心，真是令人毛骨悚然。仔細想想，不禁覺得可怕。

我點擊幾次，花了幾千美元，再加上合法改名，凱珊卓·伍德森消失，梅根·史密斯誕生。沒有名字比這個更平凡，更無可追查了。

一無所有也有好處吧。

梅根·史密斯與凱珊卓·伍德森截然不同。凱珊卓·伍德森相信像弗雷斯和蘭登這種男人撒的謊。梅根·史密斯就沒那麼傻，她絕對不會任憑男人欺負，也沒有男人騙過她。

我設法脫離舊生活，猶如蛇蛻皮，並且展開新人生。我用新名字提光銀行帳戶餘額，提早兌現退休金，離開東岸越遠越好。我難得可以徹底擺脫過去的束縛。

「我去洗個澡，」亞當親一下我的肩膀。「如果妳願意，可以一起洗……」他的聲音漸漸變小，露出狡猾的笑容，兩根手指滑過我的體側。

我鬧著玩地拍掉他的手。「那麼我們兩個都會遲到，你說你今天有重要會議。你去洗澡，我來煮咖啡。」

他誇張地嘆氣。「這個替代方案不公平，不過我接受。」

「很好，我可不想再幫你找工作。」我調侃他。

我搬到西雅圖之後，應徵法律招聘人員並不難。因為我對弗雷斯諾工作，事前做了許多功課，所以我能輕鬆通過面試，看起來似乎真的做過假履歷表聲稱的每件事情。俗話說得好——有能力的律師當律師，沒能力的律師就負責招聘。這不是我夢寐以求的工作，但查核相關資料時，法務人員派遣機構的雇主不如事務所勤奮。事實證明，只要填上紐約任何一家事務所的電話和虛構的合夥人律師的名字，就能達到他們的要求。

我喜歡說這是機緣。我開始上班半年後，亞當，一個有著闊肩和和善笑容的財經法律師，帶著履歷走進我的辦公室，他希望去科技業當公司法務。我設法幫他爭取到這個職位，同時取得他的大量資訊，剛好讓我能天衣無縫地融入他的生活。

這是雙贏。

「我帶了你喜歡的『尋死』[54]咖啡膠囊。」我看著亞當可愛的背影走進浴室時，在他背後喊。

「妳最棒。」我聽到他關門前說。

我微笑著赤腳走進廚房，把一個咖啡膠囊放進綠山咖啡機，在腦中重播這句讚美。**妳最棒**。以前從來沒人對我說過這句話，我得忍住衝動，才不會拿紙寫下，免得我忘記。我最棒，不是嗎？咖啡噴進杯子裡時，我靠著流理台，納悶還要多久才能正式住進來，才能搬來和亞當同居。我覺得這個單位離火車站太近，但只要能在他身邊，我願意整晚聽火車叮噹響。

我終於明白人們說快樂到此生足矣是什麼意思，此生足矣了。

環顧四周，我暗自盤算到時要從我家搬什麼過來。我在松柏街二手家具店買的書架放在遠方那面牆很好看，他肯定需要新餐具，我會把我那套帶過來。我有幾個花瓶可以把這間單身公寓完美改造成兩人小窩。當然，亞當還沒要求我搬來，但我知道這只是形式（畢竟我在這裡都放了牙刷和睡衣）。視線掃過開放式廚房，盤點物品時，我的目光停在餐廳玻璃桌上的某件物品。

54 Death Wish Coffee，美國咖啡品牌，標榜喝完可以連續幾天不睡。

亞當的筆電。

我的心跳加速。亞當通常把筆電放在門邊的公事包裡，他不在公司時，鮮少拿出來，現在就放在那裡，孤伶伶地放在外面，像野外落單的受傷羚羊。我想都不想就走過去盯著它看，彷彿筆電可能會跳起來咬我。

我咬指甲考慮了一下，又走一步，手落下，輕輕掠過鍵盤，似乎多用力一點就會引爆炸彈。我全身皮膚開始發癢——強烈又具體。我回頭朝浴室的方向看，淋浴間還有水聲，亞當喜歡慢慢洗澡。最近，我發現自己偷偷估計他的淋浴時間，平均大概二十一分鐘。我的目光回到開著的筆電，胸口熟悉的感覺越來越高漲，就像陷阱裡拍打翅膀的鳥兒。我躊躇地把手指放在冰冷的觸控板上旋轉，不可置信地睜大眼睛，電腦竟然開著。我斜著眼打量，發現自己正看著他的收件匣。今天早上我還沒醒的時候，他一定先起床工作。

手心開始出汗，手指突然抽動，因為良心正與我深入探究的本能鬥爭。**別這樣，真正的關係應該建立在信任之上。**至少大家都這麼說。我果斷地點頭，轉身離開，但是腦海深處響起一個微弱的聲音。**但……我不是偷進他的信箱，亞當自己開著，簡直就像他想和我分享。我們之間不該有任何秘密，不是嗎？**

我的手指在觸控板上滑動，呼吸急促。誰知道下次何時再有這種機會？亞當很快就會洗完澡，到時就沒有機會了。我往他的方向看了最後一次，然後，我盡可能悄悄地抬起食指，堅定地按下去。

點擊。

只看一眼沒什麼。

致謝

我非常感激出色的經紀人 Alexa Stark，感謝她願意照顧這本書，以創意、耐心和專業知識指導我完成這個令人興奮的過程。我無法找到更好的代理人，有妳在我身邊，我很幸運。也感謝 WME 的 Hilary Zaitz Michael 對這本作品的支持和擁護。

衷心感謝我的天才編輯 Anne Speyer。從第一次談話之後，我就知道妳會以我想都沒想過的方式讓故事更精采，妳也證明我沒料錯，與妳共事既愉快又榮幸。衷心感謝 Ballantine 的許多人，一切才能合作無間——特別是 Kara Welsh、Kim Hovey、Jennifer Hershey、Jesse Shuman、Quinne Rogers、Allison Schuster、Jennifer Garza、Jennifer Rodriguez、Diane Hobbing、Scott Biel、Rachel Walker 與 Denise Cronin。我很高興成為 Ballantine 團隊的一員。

感謝家人和大家庭的支持，他們不斷鼓勵我，慷慨讚美我。我難以言喻他們的信任對我有多意義重大。衷心感謝爸爸媽媽、Ellen Montizambert，以及 Bohaker 家、Akerly 家、Magraken 家、Lamprecht 家、Cameron 家、Royale 家、Brant 家、Brook 家和所有 Reef Road 的校友。如果要找他們，他們都在當地書店確保這本小說放在顯眼位置。

謝謝他們的友誼、慷慨、詼諧和支持，感謝以下這些了不起的人。Sara 和 Doug DiPasquale、Marie-Claude Jones、Jennifer Mermel、Hyewon Miller、Ceylan Yazar、Joanna Rodriguez、Serena Palumbo、Kimberley Hall、Gosia Bawolska 和 Michele Murphy。這需要動用全村之力，我很慶幸有你們在我身邊。

雖然放在最後，但並非不重要，我要感謝生命中的摯愛，高爾德，簡而言之，一切都是因為你才有可能（包括在疫情大流行的頭幾週完成編輯）。我們已經開心共度十五年，夢想依舊未熄滅。伊森和艾莉絲，和你們在一起的每一天都是我最愛的一天。你們倆讓我引以為傲，也照亮了我們的世界。繼續發光發熱吧。

國家圖書館出版品預行編目資料

只是看一眼 / 琳賽．卡麥隆作；林師祺譯. -- 初版.
-- 臺北市：皇冠, 2022.09　面；公分. --（皇冠叢書；第 5046 種）(CHOICE；356)
譯自：Just One Look

ISBN 978-957-33-3936-6（平裝）

874.57　111013071

皇冠叢書第 5046 種
CHOICE 356
只是看一眼
Just One Look

作　　者—琳賽．卡麥隆
譯　　者—林師祺
發 行 人—平雲
出版發行—皇冠文化出版有限公司
台北市敦化北路120巷50號
電話◎02-27168888
郵撥帳號◎15261516號
皇冠出版社(香港)有限公司
香港銅鑼灣道180號百樂商業中心
19字樓1903室
電話◎2529-1778　傳真◎2527-0904
總 編 輯—許婷婷
責任編輯—黃雅群
行銷企劃—薛晴方
內頁設計—李偉涵
著作完成日期—2021年
初版一刷日期—2022年09月

法律顧問—王惠光律師

讀者服務傳真專線◎02-27150507
電腦編號◎375356
ISBN◎978-957-33-3936-6
Printed in Taiwan
本書定價◎新台幣420元/港幣140元